ダークエルフの森《もり》となれ

現代転生戦争

プロロ —— 010

第一章　宵闇の甘い味 —— 018

第二章　彼女がいる温度 —— 062

第三章　陽の中に答えはあるか —— 146

第四章　そして森は息吹き始める —— 202

エピローグ —— 338

プロローグ

《緊急出動第２０７３号における通信記録》

記録日時：令和元年　六月十八日　一五時〇六分

出動場所：日本国　長門《ながと》県《けん》　新仁陽市《しんじんようし》郊外　山間部

環境省　新環境問題対策庁　長門《ながと》輝獣対策局

甲　長門《ながと》南駆動騎士団・第一小隊長　旗山繰秋《はたやまくりあき》

乙　緊急対策本部　通信員

†

――法令により騎体への搭載が義務づけられている記録装置からの映像。

――一定の高度を保ったまま水平に前進する視点。眼下には閑静な森が広がっている。

――異常は見られない。

乙『状況を報告せよ』

甲『こちら隊長騎。第一小隊所属のＲＶ式駆動鉄騎《リボルヴ・アイアンクラッド》は高度二百メートルを通常隊形にて七騎とも安定飛行中』

乙『了解した。観測された輝獣反応までの距離は約十キロ。注意されたし』

――異常は見られない。

甲『当該輝獣反応についての新たな情報があれば求める』

乙『残念ながら新しい情報はない。ブリーフィングで伝えられた通り、今回の輝獣はこれまで観測されたことのない新種である可能性がある。正直、こちらも分析以前に観測処理の段階で忙殺されている』

甲『今までのものより遥《はる》かに巨大であるという話を聞いたが、確かか？』

乙『データ上ではな。だがそれも何かのエラーである可能性は否定できない。新種の輝獣とはそういうことだ。活用しているとはいえ、我々はまだ奴《やつ》らについて全てを理解しているとは言い難《がた》い――あらゆる不測の事態を考慮しつつ、近接情報収集、並びに駆除に向かわれたし』

甲『了解』

――異常は見られない。

――異常は見られない。

――異常は見られな――

画面に激しいノイズが走る。

乙『隊長騎、応答せよ。映像がこちらに来ていない。繰り返す。映像が来ていない。いや――確認したところ、第一小隊のRV《リボルヴ》全てに同じ症状が見られる。記録装置のステータスを確認せよ』

甲『隊長騎了解。少し時間をくれ……エラーコード七〇二。全騎共通だ』

乙『内部のエラーではなく外部的要因によるものだな。電子機器を狂わせる性質を持つ輝獣も確認されている。今回のもその類かもしれない。音声通信だけは可能な限り維持できるようにする』

甲『最低限、エネルギー《E》流体《F》駆動機構まわりにさえ影響がなければ職務は遂行できる。落ちないように祈っておいてくれ――すまん、今の冗談は失言だ。要注意条項Aを思い出した』

乙『ああ。騎士校の生徒たちもまだ付近にいるだろう。優先順位はあるが気を配ってほしい』

甲『了解した。奇跡と幸運を祈っておく。――ではこのまま接近を続け、頃合いを見て周囲の捜索を開始……』

――言葉が不自然に途切れる。

――画面には灰色の嵐しか映し出されていない。

乙『どうした？　ちっ、音声通信も途切れたか。予備回線を開くぞ』
甲『ち……違う。何だ？　前方の空に、何かが』
乙『輝獣か？』
甲『いや。輝獣じゃない。俺たちと同じ高度に、くそ、何だあれは、何だ――⁉』
乙『隊長騎、冷静に報告しろ。何が見える？』

甲『人だ。人が空に浮かんでる』

――返答から冷静さは感じられない。

――早口で隊長は一方的に言葉を続ける。

甲『いや、人なのか、あれは？』
甲『わからない。自信がない』

甲『民族衣装のようなものを着ていて、褐色の肌をしていて』

——さらにその声には震えのようなものが混じる。

甲『耳が尖《とが》っていて』
甲『木で出来た杖《つえ》のようなものを持っていて』

——最後には、引《ひ》き攣《つ》れるような声で。

甲『わ、笑ってい、いる』
甲『ひ——目が合った！　目が合った、こっちを見てる！』
乙『隊長騎？　落ち着け、冷静になれ！　幻覚でも見ているのか？　くそ、全騎の状況を再確認しろ。副隊長騎にチャンネルを——』
『『ああああああああああああああああああああああ！』』

──開いた通信回線全てから氾濫する、悲鳴、悲鳴、悲鳴。

──そして、その場にいた百戦錬磨の第一小隊所属のＲＶ駆操者《騎士》七名は。

──いかなる理由をもってか。

──全員、背中を向けて任務より逃亡した。

†

ＲＶ式駆動鉄騎《リボルヴ・アイアンクラッド》、通称ＲＶ《リボルヴ》は新世代技術の粋を尽くして造られた個人装着型作業装甲である。一人用の装甲としての軽便さを持ちながら、一騎一騎が重機に匹敵する作業性能を発揮できる。日本国内では主に輝獣と呼ばれる自然脅威の対処法として用いられるものであり、間違っても生身の人間を相手にするためのものではない。相手にならないからだ。

なのに、彼らはなぜ逃げたのか？

そのＲＶ《リボルヴ》の扱いを熟知していたはずの国家公務員たちが、なぜ？

後に行われた輝獣対策局による事情聴取の際、彼らは口を揃《そろ》えて「わからない」「突然、凄《すさ》まじい恐怖感に襲われた」「気付いたら逃げていた」と供述。

空にいた人影が何だったのかは今をもって不明である。隊員たちの報告も全てが一致しているわけではなく、その人影の背中には羽が生えていた、いや生えていなかった、持っていたのは剣であった、などと幾つかの差異がある。ただしそれらは極限状況下での個々人の認識能力差に依存したものであるとみられ、少なくとも集団幻覚の可能性は低いと考えられている。

ただ、隊員の一人はこう語ったという。

この二十一世紀、新科学技術が広く膾炙《かいしゃ》しつつあるこの令和の時代に。

大真面目な顔で、冗談のような内容の言葉を発したという——

少なくとも、あれは確実に『人間』ではなかった。

褐色の肌。尖《とが》った耳。ねじくれた杖《つえ》。人ならざる悪意に満ちた、慈悲の欠片《かけら》も存在しない眼《まな》差《ざ》しでの、人間という種族全てを見下すような嘲笑。

あれは、まるで。

ファンタジー映画に出てくるような、いわゆる『　　　　』の——

魔法の、ようだったと。

第一章——宵闇の甘い味

†

朝倉練介《あさくられんすけ》は嘘《うそ》の仮面を被《かぶ》って、優等生として生きている。

それ自体はきっとよくある話だ。


一時限目。現代文。

教科書に載っている直木賞作家の例文についての解説を求められ、完璧にこなした。

本当はその作家の売れなかったデビュー作である近親相姦《きんしんそうかん》を主題とした物語のほうが好きだったが、気持ち悪いと思われるのはわかっていたので、嘘《うそ》をついて黙っていた。

二時限目。日本史。

一番好きな武将について教師に問われ、大河ドラマの主人公にもなった知将の名を挙げた。

本当はその親戚である頭のおかしなエピソードを無数に持った武人のほうが好きだったが、嘘《うそ》をついて黙っていた。

三時限目、四時限目。駆動実習。

班ごとに分かれ、RV式駆動鉄騎《リボルヴ・アイアンクラッド》の操作を学んだ。同じ班の友人が昨夜のテレビのネタについて軽口を叩《たた》いたので、教官に怒られない程度に軽口を叩《たた》き返して班のみんなを笑わせた。

本当はその心底くだらない番組を流し見しながら読んでいたホラー小説の描写のほうが心に残っていたが、嘘《うそ》をついて黙っていた。

五時限目。数学。

数式に対して嘘《うそ》をつく必要はなかった。授業の合間の苦行時間とは違う、ようやく訪れた、この日初めての休み時間。

六時限目。化学。

突然の抜き打ち小テストに対応して満点を取った。特に難しい化学反応についての設問に正答できたことを褒められ、たまたまですと答えた。

本当は海外の犯罪ドラマで見た知識で、死体処理に使われるものだったから興味があって覚えていただけだったが、嘘《うそ》をついて黙っていた。

そうして今日も、一日が終わる。

――限界だった。

†

新仁陽市《しんじんようし》　西日本管区第13騎士校　2年3組教室

放課後の訪れを告げるチャイムには変わり映えのしない空々しさがあった。

白を基調とした、ともすれば無機質な印象すら受ける教室に、対照的な生気に満ちた若々しい喧騒《けんそう》が一気に広がっていく。今までぴくりともしていなかった窓のカーテンもようやく初夏の陽気を掻《か》き回《まわ》す風を受け入れ、アリバイ工作のように揺れ始めた。

そんな中、帰り支度をしていた練介《れんすけ》にクラスメイトの一人が声をかける。

「れんすけー、今日これから4組の連中とカラオケ行くんだけど、お前もどう?」

スタイリッシュな刈り上げ頭という遊び人的な見た目通り、交友関係の広さが特徴の友人だ。片手でスマホを弄《いじ》っていることから見て、現在進行形で誰かと連絡を取っているのだろう。

少し考えて――正確には考えるふりをして――練介《れんすけ》は申し訳なさそうに苦笑いを返した。

「ああ……悪ィ、行きたいけど、今日はちょっと用事があるんだ」

「えー。久々にお前とハモるのもいいと思ったのにな」

「先週の新しいアルバム買ったろ？　そろそろカラオケにも入ってんじゃないか。どっちが高得点出せるか勝負しようぜー」

なんとなく他の友人たちも集まってくる。練介《れんすけ》は軽く唇を曲げて、

「恐れ知らずだな。聞き込んでるから負ける気がしねーぞ」

全く興味のないアーティストの楽曲を歌うのは勿論《もちろん》苦痛でしかないが、そういうテストだと思えばクリアはできる。本当に好きな海外のメタルバンドの曲はカラオケには入っていない。

「だから逃げるんじゃないってのは言っときつつ、やっぱ用事があるんだよ。悪いけどパス」

「しょーがねーな。次は来てくれよ」

刈り上げ頭がそこでニヤリと笑い、近くの席にいた女子生徒に目を向ける。

「なーなー、頼りにしてた練介《れんすけ》が来ないってことは、こいつ狙いの４組の女子も来ないってことでさー。たまにはうちのクラスの女子も来てくれっと盛り上がるんだけど。どう？　委員長が音頭《おんど》取《と》ってくれたらみんな来てくれたりしねぇ？」

声をかけられたのは、練介《れんすけ》の隣の席に座るこのクラスの委員長、枇杷谷唯夏《びわたにゆいか》だ。同年代の少女たちと比べれば痩せすぎとも思える華奢《きゃしゃ》な身体《からだ》を、誰よりもきっちりとした校則基準の制服に包んでいる。

彼女は普段どおりの真剣な視線を手元に向けたままでいた。

つまり軽薄なクラスメイトの言葉は顔も上げずに一蹴した。

「知るわけないでしょ。誘いたければ自分で誘ったらいいと思うわ。ちなみに私も参加したくはありません。いろいろと忙しいから」

「暇そうにゲームしてんじゃんよ……しかもいつものテトリスを……」

唯夏《ゆいか》が操作していたのは数世代も前の電子遊具だ。エネルギー流体規格《EF》が隆盛しているこの現代の新仁陽市《しんじんようし》、電池というだけで時代遅れ感が漂うのに、それは充電も効かないリチウム電池で動くもの。キーホルダーとしての意味合いを含んだ、まさに玩具じみた遺物だった。

「別にいいでしょ。校則違反じゃない。スマホでゲームなんかやるよりはよほど集中力と判断力が鍛えられるわ」

「いや、別にテトリスの文句は言ってないんだけど」

「それから、別に暇はしていないから。用事のある友達を待っているだけよ」

刈り上げは口をへの字にして肩を竦《すく》めた。

「んー、委員長から切り崩すのは無理か……女子に尊敬されてるから頼りたかったんだけど」

「光栄ね。でも、それを言うなら、やっぱり成績優秀な朝倉《あさくら》くんのほうが誘蛾灯《ゆうがとう》としての効果があるんじゃない？」

そこで初めて唯夏《ゆいか》の視線が手元のレトロゲームから離れた。一瞬だけ——横目で。好意とは違う、真逆の刺々《とげとげ》しさが上手に包まれた視線。

彼女はRV《リボルヴ》の駆動実技においても学業においても優秀ではあるが、入学以来、常にその前を走っている生徒が他にもいる。彼女にしてみればそれは目の上のたんこぶで、目障《めざわ》りな存在であると見えている……の、かもしれない。

余計な波風を立てたくはなかった。こんな——どうでもいい世界《ところ》で。

鞄《かばん》を持って席を立ちながら、いつもどおりに、流す。

「だから俺は用事があるんだって。先に帰るよ。でも、まぁ……そういや委員長と遊んだことないから、気持ちはわかるな。今度どっか行く予定とかあったら誘ってくれ」

「やっぱいいこと言うな、練介《れんすけ》！　最初からそーいうセッティングしろって話だな？　よーし、じゃあ次の遊び企画は2年3組内メインだ。委員長の行きたい場所とか優先させてさ」

「勝手に決めないでくれる？」

舌打ちでも混じっていそうなほどの冷たい声音を背後に残し、練介《れんすけ》は一人、教室を出た。

賑《にぎ》やかな教室の喧騒《けんそう》に、名残惜しさは感じない。

†

新仁陽市の街並みは、日本中を見渡しても特筆すべき新品さを備えている。国家資格としてのRV《リボルヴ》駆操者を養成する教育機関、第13騎士校がここに設立されるのを契機に補助金《国家予算》が潤沢に流れ込み、街全体が新しく生まれ変わったからだ。

整然と配置された美しい街灯。代わりに電柱はほとんど見られない。コンクリート、アスファルト、その他の最新舗装材で塗り固められた道路。公的機関が遠隔管理する掃除ロボが定期的に動いているため、道にゴミが落ちていることは稀《まれ》だ。新世代自動車がEFを補給するためのスポットはコインパーキングじみた規模のシンプルなスペースで、他の街にはガソリンなどという危険物を大量に保管し配布する場所があるとはとても信じられなくなる。

真新しい、未来的な。

言い換えるなら——清潔で、無機的で、画一的な。

あの教室と同じような、息苦しい白色の街。

頭痛が、してきた。

「…………」

それに追い立てられるように無心で足を十五分ほど動かせば、住宅街にある一棟のマンションに辿《たど》り着《つ》く。そこが練介《れんすけ》の自宅だ。

宅配ボックスを確認すると一つの荷物が届いていた。それを抱えてエレベーターに乗る。

階数表示を見つめながら、クラスメイトたちは今頃どうしているのだろうかとふと考えた。

笑い合って、歌い合って、楽しさを分かち合っているのだろうか。考えたのは間違いだった。

酔った気分になりながらエレベーターを降り、自室のドアを開ける。間取りは一人暮らし用のワンルームだが、築年数は浅く、バス・トイレも別。住んでいて不都合を感じたことはない。制服を脱ぐこともリビングの電気をつけることもないまま、練介《れんすけ》は洗面所に飛び込んだ。

そして吐いた。

ひとしきり胃の中の不快《もの》を排水管に送り込んで、はあ、とようやく顔を上げる。

鏡に自分の顔が映っていた。何の変哲もない十七歳の男の顔。特徴と言えば学校の攻略法が上手なことと、外行き用の人畜無害な仮面をかぶるのが得意なこと。

でも今は。

こんな腐った魚の目をしている。

「……もう、無理かなあ」

しんどいなあ、と小声で排水管に向けて続けた。何かの童話みたいに。

今日が何か特別だったわけではない。これは少しずつ蓄積していき、溢《あふ》れるものだ。今までにも溢《あふ》れてきた。そしてそれを巧妙に隠してきた。練介《れんすけ》は器用だったから。

その一連の流れが今日も起こったというだけだ。

頭痛と吐き気を残しながら、口をおざなりに水で洗って洗面所を出る。

練介《れんすけ》を苛《さいな》むのは、ある意味では、空気だ。呪いにも似た空気。

普段は全力で気付かないように演技している『違い』だった。朝倉練介《あさくられんすけ》という存在《モノ》を包む周囲の世界。その温度。あるいは温度差。本当の中身との……〝みんなに合わせている自分〟を自覚することで浮かび上がる、乖離《かいり》。

その空気が、たまたま今日は強かったというだけ。クラスメイトの誰も悪くはない。

効き目があるかどうかはわからないが、対症療法を試みてみる。

宅配ボックスの荷物を開封。通販で頼んでいた品物が二つ入っていた。正確には、通販でしか買えないような趣味の品が。これこそが今日の大事な用事だ。

一つは漫画で、一つは映画のディスクだった。

有り体に言ってしまえば、珍しくもなんともない——練介《れんすけ》は隠れオタクだと評することができる。手を伸ばす対象は架空に触れられる創作物全般だ。漫画にアニメ、映画に小説にゲーム……だがそれだけなら学校の中にも何人かはいるだろう。日陰の気分を味わってはいるかもしれないが、排斥はされていないだろう。

問題は、その先にある嗜好《しこう》だった。練介《れんすけ》がそれを通じて心を震わせる方向性だった。

まずは好きな作家の新刊、漫画のページを捲《めく》る。大手ではない、聞いたこともない出版社から出ているものだ。残酷と猟奇を全面的に押し出した作風からして当然のように売れておらず、街の書店などで手に入れることはできない。作者本人のSNSをチェックして情報を仕入れていなければ新刊が出ることにすら気付けなかった。

内容は一巻完結のダークファンタジー作品だ。様々なアウトローのエピソードが群像劇ふうに語られている。中でも練介《れんすけ》は黒い肌の森妖精の話が一番心に残った。ストーリーが意表をつく展開を見せたし、何よりキャラのデザインがいい。扇情的に突き出た胸、健康的な太股《ふともも》、何者にも媚《こ》びない目。元々ダークエルフ系のキャラに目を惹《ひ》かれる性癖を持ってはいたが、それでもこれは今まで触れたものの中でもかなり上位にランクインする出来だった。

次に映画のディスクをプレーヤーにセット。日本を含めほとんどの国で上映禁止になったという、通販でしか買えないスプラッタ映画だった。血と内臓が飛び散ることだけは確かな、一般人が見れば間違いなく眉をひそめる〝趣味の悪い〟露悪の極致のような映像作品。

部屋の電気を点《つ》けないまま再生ボタンを押し、集中して見始める。

「………………」

普段は見えない人体の内部構造。手加減のない四肢欠損。悪意すら感じる下卑た台詞《せりふ》の数々。死。死。血にまみれた女優の乳房。死体を辱《はずかし》めるシーンまであった。

最後まで飽きることなく堪能《たんのう》できた。

「……うん」

今日手に入れた漫画と映画、両方に満足する。

突然の来客に備え、本棚の奥に細心の注意を払って隠してあるコレクションたちと比べても、なかなかのものだと思えた。今まで〝見たことがないもの〟がそこにはあった。

だから、感動した。

けれどこれらは〝見てはいけないもの〟と紙一重で、この部屋以外ではそういう扱いなのだろう。事実、優秀さと普通さという義務感の押しつけで圧殺《あっさつ》されそうだった実家では、けっして触れることができなかった。その点に関しては、父親を説得して一人暮らしで騎士校に通えるようになったのは良かったと思う。それ以外の全ては最悪だと思っているが。

実家だけではない。学校でも、外の社会でもだ。わかっている。自分の趣味は他人とズレている。気持ち悪い、と言われるのが確かなものばかりに惹《ひ》かれる。

これまでの人生全て、隠してはいたがそうだった。

絵本では格好良い騎士や姫よりも醜い怪物に興味を持った。みんなが楽しめる喜劇よりも絶望的な悲劇に目を奪われた。誰かの成功譚《せいこうたん》よりも犯罪者の自伝に興味を持った。

反抗ではなく、人と違うものがいいという天邪鬼《あまのじやく》でもなく、ただ自然に、それらがいいと思うのだ。それらのほうに心が動かされてしまうのだ。

世界の枠組みから外れているものに。

だが——不幸にも。器用だから、〝そうではない演技〟ができてしまっている。

それ以外に選択肢はないのだ。建前はどうあれ、現実、世界にはルールがある。〝違うもの〟はいてはならない。傷つけてもいい。嘲笑《あざわら》ってもいい。排除してもいい——そんな、誰も口には出さないし逆のことを言うのに、無意識下で守られ続けている秘密の掟《おきて》が。

社会にも教室にも、そして、絶対の支配者がいる家庭にもそれが蔓延《まんえん》しているのだとしたら、自己防衛する以外の何が子供にできるのだろう。抱え、噤《つぐ》み、逸《そ》らし、隠し、黙る。それらを連続させていく以外の何が。

それは誰にも知られてはならない、誰にも話してはならない、終わりのない苦役。

どれだけ不毛でも。情けなくとも。辛《つら》くても。先が見えなくても。孤独でも。

一度ついた嘘《うそ》は、つき続けねば、炙《あぶ》られる。

「……ふぅ」

非の打ち所のない優等生のふりは、体力と精神力の両方を手加減なく削り取るものだ。

好きな漫画と映画を誰に気兼ねすることなく見終えても、その内容に心から満足しても、意識の中心点にわだかまる頭痛は収まらなかった。

この唯一の気晴らしをしてもまだ痛いのならば、仕方がない。別のものに頼ろう。

練介《れんすけ》は机の引き出しを探る。そこに保管してあった薬を必要な量、水で飲んだ。あとは眠気が来れば寝ればいい。

しかしなんとなく、この部屋にいるのは息苦しいような気がした。実家のことを思い出してしまったからだろうか。結局払われている家賃は父親の金だから、その温度のない腕が此処《ここ》という空間を今も包んでいるような気分を覚えたのだ。

少し迷ったが、気分をよくすることが先決だと考えた。息苦しさよりは新鮮な空気だ。荷物を持たず、靴だけを履いて部屋を出る。エレベーターに乗るときに顔見知りの隣人と入れ違いになったので、「少し散歩に行ってきます」と笑顔で挨拶をした。

マンションの外に出た。目的地はどこにしよう。どこでもいい。だが空気の良さを求めているのだから、繁華街とは逆の方向にしよう。

練介《れんすけ》は閑静な住宅街を、より人気のないほうに進む。日は落ちたばかりで薄暗闇の曖昧さが視界に優しい。とはいえ頭痛の強さにあまり変化はなかった。

どこまで行っても街並みは牢獄《ろうごく》のように清潔だ。徐々に近代化したのではなく、田舎の地方都市が一気に再開発されたせいか、均一化に加減がない。整理と管理の空気に窒息《におい》しそうになったので、せめてそこから外れたものを目で探した。掃除ロボに見逃された、金網に刺さった空き缶。マンションのベランダで毛繕いしているカラス。『近頃、このあたりでペットがいなくなる事例が多発しております』などという防犯の注意を呼びかける張り紙。その関連か『うちの家族を捜しています』という猫捜しの張り紙も見た。こんな街にも人の営みにはいろいろあるのだ。不謹慎だが、作り物ではない日常感にそれなりの安心を覚えた。

この際だからと見知らぬ道ばかりを選んで歩いていたら、そのうちに広い公園の傍《そば》に出る。この街にしては珍しく、それなりに緑が残った自然公園だ。高台に作られているため見晴らしもなかなかよい。せっかくなので街が一番よく見える場所に行ってみることにした。

辿《たど》り着《つ》いたのは公園の南端、崖状に少し突き出ている一角。街を見守る巨人のように幹の太い樹《き》が葉を茂らせており、その横手にベンチが置かれていた。先客の姿はなかったので、練介《れんすけ》は安心してそのベンチに腰を下ろす。安全のために設置されている崖際の手すりは少し邪魔だったが、それでもなかなかいい景色が見えた。

訪れたばかりの夜の色。今だとばかりにこぞって存在を主張し始める家々の明かり。見ている端《はし》から新たな光が増えていくのはどこか幻想的ですらある。初夏の風は曖昧に生温《なまぬる》く、それに乗って、どこかの台所からの醤油《しょうゆ》の匂いが薄く届いてきた。

――ああ。こういう当たり前なのも、良《よ》いとは思う。けっして嫌いではない。

――でも。それでも。

「っ……！」

頭痛の波が来た。目眩《めまい》すら覚える。ただの波ではなく波濤《はとう》。頭を揺さぶられるような衝撃に、練介《れんすけ》は喘《あえ》ぐように首を動かして顔を真上に向けた。

そこで――――――見た。

今まで見えていなかったものが、視界に入ってきた。

このベンチに人影はなくても、先客がいないわけではなかったのだ。

彼女は練介《れんすけ》の頭上、横手の大樹から伸びる太い枝の上に、まるでネコ科の動物がそうするようにだらんと寝転がっていた。

現実感は奇妙に希釈されている。熱に浮かされたような、ぼんやりとした視界。それでも確かに彼女はそこにいた。幻覚や見間違いではなかった。

身に着けているのは制服だ。練介《れんすけ》と同じ騎士校のものではない。チェックのスカートに白のシャツ。どこのものとも言えない、漠然としたブレザー型女子高生の夏制服。適当に着崩している感じからして、有り体に言って――勉強よりも遊びを重視する、ギャル、のようだ。

遠く街を眺めるその視線は。

ふて腐れたようでいて、退屈しているようでいて、呆《あき》れているようでいて、それでいて強い。

届いてきた独り言のような声からも、練介《れんすけ》は似たような印象を感じた。

「あの明かり一つ一つに人間いんの？　マジでか、多すぎっしょ。つーかなんか美味そうな匂いすんだけど。……騒ぎ起こしてもいいから襲って何か喰《く》うかなー」

街を眺めるその少女の顔がちらりと見えて、練介《れんすけ》はそこで疑いと迷いを全て捨てた。

瞬間、魂で理解してしまったのだ。

彼女は人間ではない。

そしてその正体を言い表すための言葉も酸素不足の脳にするりと浮かんできた。

褐色の肌をしていたから。

普通人よりも少しだけ耳が尖《とが》っているように見えたから。

しかしそれ以上に、練介《れんすけ》の感性が答えを導いたのだ。

どれだけ突飛で冗談めいた言葉でも、正解であるならば口に出すしかない。

それはファンタジーの用語だった。映画や物語の中にしか存在しないものだった。

つい先程、創作物の中で触れてきたものだった。

ヒーローよりもヴィラン。天使よりも悪魔。善玉《ベビーフエイス》よりも悪玉《ヒール》。それらを選んできた練介《れんすけ》の感性からすれば当然に――気高い森の守護者であるエルフの対極にあって、好きなもの。忌《い》み嫌《きら》われ虐《しいた》げられ、悪役として闇に生きる存在であるところの――


「ダーク、エルフ……？」


採点に時間はかからない。

呟《つぶや》きが耳に入ったか、樹上の彼女の視線が素早く練介《れんすけ》を捉えた。

無論、全てが練介《れんすけ》の妄想である可能性もあった。ただの日焼けした女子高生が木に登っているだけの可能性もあった。

だが否定される。

彼女の反応は――犬歯を剝《む》き出《だ》しにするような、獰猛《どうもう》な舌打ちで。

「はぁ？　チッ、ザコすぎて気配に気付かなかった。もう別の魔術種《マギス》にバレたのかよ」

そんな言葉を吐き捨てつつ、その枝の上から一気に練介《れんすけ》に飛びかかってきたからである。

反射的に避けようとしたが、練介《れんすけ》の視界は明滅を通り越し、既に暗転を始めていた。耐えきれない頭痛と、そのために飲んだ薬の相互作用。身体《からだ》に力が入らない。入れようという意志がどこかへ抜け出ていく。

視界に迫る掌《てのひら》、接触、現実味のある皮膚感、落下力を足された少女の確かな重み、自分の身体《からだ》がベンチの上からあらぬ方向へ弾《はじ》き飛《と》ばされる感覚――

それらを最後の記憶に、練介《れんすけ》の意識は消え去った。

苛《さい な》んでいた頭痛と共に。

望みどおりに。

†

彼女は困ったように眉根を寄せ、ぴくりともしないその人間の顔を見下ろしていた。

どう調べても。何度確かめても。

「えー、ただの人間？　マジで？」

想定外だ。敵だろうと自信を持って全力でブッ込んだのに、第一打から勘違いだったとは。

「どーしよ。いや別に何か悪いコトしたわけでもないけど。初っぱなからこれはさすがに縁起が悪すぎるっつーかさあ？　……ていうか――」

改めて、地面に仰向けに倒れている人間の男の顔を覗《のぞ》き込《こ》む。

しゃがみ込んで、つん、とその頬をつついてみた。当然のように起きない。

褐色の少女は首を傾《かし》げる。何度考えてもおかしい。

「ただの人間なのに。何にもしてないのに……なんであたしがそうだってわかったんだ？」

気になる。

そして気になることをそのままにはしておけないのが彼女のサガだった。

特に今は、この世界に転生してきたばかりなのだから。

「しゃーない。ま……なんとかなるんじゃね？」

重大な選択を、彼女はあっさりと決断した。

重い使命なんかよりも刹那の快楽を。

気が重くなるばかりの悲観よりも、気分が良くなる楽観を。

そういう種族だ——ダークエルフというものは。

†

目を開けたら女子高生の下着《パンツ》が見えていた。

ギャルっぽい見た目にふさわしい、大人びた色合いで面積の小さな下着。それがすぐ眼前にある。鋭角なフォルムで褐色肌に程良く食い込み付近の肉感を自然に浮かび上がらせている。

すなわち彼女は練介《れんすけ》の頭のすぐ横で蹲踞《そんきょ》の姿勢を取り、自分の膝に肘をついていた。

退屈そうに欠伸《あくび》を漏らしていたが、練介《れんすけ》が目を開けたのに気付くと、あ、起きた起きたと居住まいを正す。ただし下着は相変わらず隠さなかった。恥ずかしがるでもなく見せつけるでもなく、ただ、それが意識すべきモノであるということを知らないように。

何が起こった？ どうしてこんな状況に？ 自分の身体《からだ》はどうなっている？

ひとまず彼女からは顔を背け、練介《れんすけ》は軋《きし》む身体《からだ》を動かして上半身を起こ——せなかった。

彼女が人差し指を伸ばして、起き上がる動作を制止するように彼の胸を押さえたからだ。

指一本とは思えない、自然な圧力。練介《れんすけ》は再び地面に背中を戻すしかない。目を合わせた。

「あのさ。最初に聞くから答えなよ」

「……？」

「なんであたしがダークエルフだってわかったんだ？」

練介《れんすけ》は瞬《まばた》きをする、しかない。脳の回線が次第に繋《つな》がってくる。意識を失う寸前の記憶。

「素直にそのまま話してね。内容次第じゃめんどいことになったりならなかったりするけど、とりあえずあんたには正直に答える以外の選択肢はないから。マジでさ」

わけがわからないが、どうやらこの第1問に解答しない限り、状況が進むことはなさそうだった。だから練介《れんすけ》は真面目に考える。

まず大前提として、彼女は本当の本当にダークエルフなのだろう。

彼女が当然の体《てい》で話を進めているその部分を認めないことには始まらない。そして魂では練《れん》介《すけ》もそれが真実だと理解してしまっている。圧のある宝石じみた瞳に、健康的で自然な褐色肌。尖《とが》り気味の耳はよく見ればぴこぴこと軽く揺れ動いている。猫の耳ほど大袈裟《おおげさ》なものではないが、同じような感覚で解読してみると、今は警戒や興味といった感じを受ける。なぜか全体的にはそれほど不自然には見えないが、人間だとすればなかなかの特技自慢ができるはずだ。

ただそれらは現時点での感想、後付けであって、彼女が求めている答えとは違う。

自分が、この彼女を見て第一声であぁ口にしてしまった理由は何か？

——雰囲気。

多分、ざっくりと言えばそういうことになる。でもさすがに漠然としすぎているだろうか。褐色肌というだけならただの肌を焼いたギャルだって同じだ。なのになぜ自分はあんなことを言ってしまったのか。一言で言い表せる答えはあるだろうか。あるとすれば何だろうか？

目覚めてから、頭痛は消えていた。晴れ晴れとした気分だった。

だから答えられた。

「好きだから」

彼女はきょとんとした顔で目をぱちくりさせた。同じように耳もぴこりと動いた。

「へ……？　あたしが、じゃないよな？　お前とは初対面だもんな？」

「いや、まぁ……うん。ダークエルフが、かな」

一瞬の間があって。

ブフォ、と彼女は噴き出した。

「ははっ、ははは！　何それ⁉　くだんねー、そういうことってある⁉」

おかしくてたまらないというように練介《れんすけ》の胸をびしばしと叩《たた》き始める。覗《のぞ》く八重歯は先程とはまったく違う印象で、目の端には涙まで滲《にじ》ませていた。

ひとしきりケタケタと笑い尽くした後、彼女は悪戯猫《いたずらねこ》のような表情で、

「へへー。とんでもない失敗したかと思ったけど、いやいや。いいじゃん、ぴったりじゃん！　やっぱあたし持ってるわー」

地面に寝ている練介《れんすけ》の腕を引っ張る。許しが出た様子だったので、その導きに従って練介《れんすけ》はようやく上半身を起こした。予想外に顔同士が近付いてどきりとする。

長い睫毛《まつげ》、切れ長の目。彫像のように整った鼻に、瑞々《みずみず》しい唇。

今度は静かに、面白がるように、にやにやした笑みで練介《れんすけ》を見つめて——彼女は言った。

「ね。とりあえず、なんか食《く》わせてよ。好きなダークエルフに餌付けできるチャンスだぞ？」

†

土地勘がない住宅街では、辛《かろ》うじて見つけられたコンビニに頼るしかなかった。

しかし彼女は興味津々《きょうみしんしん》の様子。まずはカウンターのケースにある唐揚げに目を留《と》め、

「おいおいおーい！　あれは肉、肉だよな？　山盛りじゃん、肉は好きだぞあたし！」

「じゃあ、あの唐揚げ棒を――」

「いやあれは何だ？　見たこともない野菜だな。ヒョロヒョロしてるぞ、美味《うま》いのか？」

シュッと別のものに興味を移して店の奥へ。溜《た》め息《いき》をつきながら練介《れんすけ》はその後を追った。

彼女は練介《れんすけ》の服を引っ張りながらあれは何だこれは何だと聞いてくる。耳はぴこぴことひっきりなしに動いていた。おそらく溢《あふ》れる好奇心のせいで、今のところ猫よりも解読しやすい。

「おっ、パンだ。これはあたしにもわかるぞ。こっちの世界にもあるんだな」

「こっちの世界？」

「ハハーン？　気になる？　でもま、喋《しゃべ》るのは後。今はとりあえずメシの確保が優先っしょ」

一方的に言うだけ言って、また食べ物の物色に戻る。「むっ、酒もあるじゃん。泡が描いてあるってことはエールだな」と缶ビールを練介《れんすけ》の持つ買い物カゴにドサドサ入れ始めたので、社会のルール上どうあってもそれは買えないのだと言葉を尽くして説明する必要が生じた。

膨らんだ買い物袋を間に挟み、二人は店の前のベンチに座る。代金は全て練介《れんすけ》が支払った。親からの仕送りを工夫して貯《た》めているので余裕はあるが、それでも理不尽さを感じなくはない。

「しっかし、マジで無防備な店だよなー。店員はヒョロい女一人だし、カウンターの下になんか武器が用意されてるようでもなし。盗賊が二、三人いれば中のもん根こそぎ奪えるぞ」

「物騒なこと言うなよ。でも正直、ダークエルフでも真面目に買い物するんだなとは思った」

「ま、ここがくっさいオークの店とかだったらブッ殺して奪おうって気になるかもだけどさ。んなことしなくても好きなモン買えるんなら襲う必要もないっしょ。つーかそもそも、こっちの世界ではあんま目立たないほうがいいってことぐらいはわかってるし」

「目立ちたくないんなら、せめて立て膝止めてくれないか。見える」

「何が？」

「いいから頼む」

しょーがねーなー、などと言いつつ彼女は従ってくれた。素直だとか練介《れんすけ》に気を遣ったとかではなく、単に買い物袋の戦利品を漁《あさ》るのに忙しくてどうでもよかっただけだろう。

少し遅れて、若い男の三人組が横を通ってコンビニに入っていった。ぎりぎりのタイミングだ。軽く視線を向けられたような気もしたが――こちらは二人とも（揃《そろ》いではないとはいえ）制服姿だ。ただの高校生カップルに見えていればそれほど悪目立ちはしていないだろう。

練介《れんすけ》に食欲はなかったが、実のところ、ずっと喉は渇いていた。ひとまずペットボトルの水を開け、半分ほどを一気に喉に流し込む。少しだけ冷静になれた。

だからぐったりと肩を落として呟《つぶや》いた。

「流されすぎだろ俺。意味わかんねえ……」

「まーまー、気にすんなって。ちゃんと説明してやっからさ。大事な話をするときはメシを食いながら、ってのがあたしのポリシー。どうせ口を動かすんだからついでにできるじゃん？」

張本人は呑気《のんき》に唐揚げ棒を取り出し、大口を開けてかぶりつく。途端に耳がピーンとなって、

「ぐああ、なんだこりゃ美味《うめ》ぇ。この味付けは胡椒《こしょう》か？　すんげーな、こんなにたっぷり……あたしらのとこじゃランギ泰山《たいざん》王国にでも行かないとこんなに手に入れらんなかったぞ」

「どこだよ」

「あたしらの世界の場所に決まってるだろ」

平然と言葉を返してくる。そしてもぐもぐと口を動かしながら、

「んじゃ最初に軽く自己紹介しとこっか。あたしはシーナ。シーナ・グレイヴ・ヴァインメリ。好きなものは楽しいことで、嫌いなものは面倒くさいこと。オッケー？」

「まあ……オッケーだ」

「オッケーじゃないっしょ。名乗られたら名乗り返すのがスジだろ。あんたの名前は？」

「……朝倉《あさくら》、練介《れんすけ》」

「あさくられんすけ。練介《れんすけ》、ね。わかった覚えた。じゃあ次ー」

カツサンドの包装を破りにかかったのでそっちのことかと思ったが、違った。

「あたしは別の世界から来たんだ」

「……」

「ここは全然違う世界だよ。あんたたちがイメージするところの、まあ、剣と魔法のファンタジー世界……みたいな感じ？」

「ちょっと待て。お前がそれを言うのはおかしいだろ」

ひとまず聞き専になろうと思っていたが、さすがにそれには突っ込んでしまう。

「ファンタジーっぽいとかぽくないとか、それはこっちの世界が基準の概念のような……」

「わかる。えーと、大事なことはな、その世界はいろいろあってもう滅んじゃったってことなんだ。で、向こうの世界の神みたいな奴《やつ》の手であたしらはこの地球に転生させられたわけだな。直接会って話した記憶はねーけど」

眉根を寄せ、この白パンもヤバいじゃん、なんでこんな柔らかいんだ、という呟《つぶや》きを挟む。

「そのとき、なんか知らんけどひとまずこっちで生きてくのに不都合がないくらいの基本情報はこの頭に埋め込まれたっぽくてさぁ。だから言葉だってこうして喋《しゃべ》れるってワケ」

「このコンビニの食い物とかだいたい知らなかったじゃないか」

その筆頭であるソフトクリームを、食べる順番も滅茶苦茶《めちゃくちゃ》にパクリ。「おいスゲーじゃん牛の乳を冷やして固めたやつ！　見直した！」と練介《れんすけ》の説明どおりのことを言って感動している。

「知ってるの知らないのは、そりゃ全部とはいかないさ。最新の知識でもない気がすんね。ある程度、だよ。頭の中を弄《いじ》られるのは気分がいいもんじゃないけど、まあ、しょーがない」

「望んでのことじゃない、感じなのか……？」

「納得はしてるさ。従わなきゃ向こうの世界ごとあたしも終わるだけじゃん？　乗っかるしかないんなら乗っかるしかないっしょ」

やはり順番など気にせず、次は総菜コーナーからの刺客、タコの刺身。口に入れた瞬間に真顔になった。「マジかよ、見た目からしてまさかと思ったけど、大海嘯窟《アッテンノース》にいたやつと同じ味じゃん。こっちの世界にもいんのか……」

彼女にとっては異世界グルメレビューとこちらへの説明は同列にあるものらしい。それが逆に、飾り気のない真実を彼女が喋《しゃべ》っている証明であるような気もした。

彼女——シーナは、本当に、異世界からの転生者なのか。

「異世界から来たのは……その世界にいた全員なのか？　さすがに違うよな？」

「そりゃそうだ。ダークエルフはあたし一人。つーか……種族ごとに一人だけ、なんだ。こっちの世界に転生してきたのはさ。それがなんでかっつーと」

シーナが手と口、そして耳の動きも止めて、じっと練介《れんすけ》を見てきた。練介《れんすけ》は悟る。

「ひょっとして、おかわりか」

へへー、とシーナは笑った。先程も見た気がする、八重歯を覗《のぞ》かせた満足げな顔。

「よくわかったな、すごいぞ。……あと飲み物も追加な？　なんか甘いのがいい」


再度コンビニの中へ。店員の目に呆《あき》れが混じっていたのは気のせいだと思いたい。

そのとき、先程店に入っていった若者たちが入れ違いに出ていった。大胆に着崩したシーナの制服姿に軽く目を向けたのを練介《れんすけ》は見逃さない。なんだか嫌な感じを覚え、意識的に彼女を店の奥に誘う。都合よくそこにはデザート系ドリンクのコーナーがあった。

「うおお。こ、これは……⁉」

「最近流行《はや》ってるやつだな。そろそろブームも終わりそうな気はしてるけど、まあ美味《うま》いぞ」

「そうか、美味《うま》いのか。じゃあこれにしてみっか。人間、侮《あなど》れないな……」

耳の先端を上下させつつ、やたら感心したように呟《つぶや》くシーナ。

今回は飲み物だけでなく甘味系を所望のようだ。ソフトクリームで舌が感動したせいだろうか。練介《れんすけ》はカゴに菓子やらデザートが放り込まれるのを甘んじて受け入れる。覚悟を決めれば散財も恐るるに足りない。ついでにまだ喉が渇いていたので練介《れんすけ》も水を一本追加補充した。

支払いは前と同じく、スマホでの電子マネー決済。あんな状況で家を出たのに、無意識にスマホだけは持って出ていたのが自分でも不思議だった。

今回はスマホの電池残量が心許《こころもと》ないのに気付いたので、ついでにそれも補充しておく。

「すみません、携帯のEF補充もお願いします。満タンで」

「はい、お預かりします。……5円ぶんの追加ですね」

店員がカウンター下から細い半透明のチューブのようなものを伸ばし、スマホと接続。独特の乳白色がそのチューブで速やかに送り込まれる。一瞬で作業は済み、電池表示がマックスとなった練介《れんすけ》の携帯が丁重に返された。

他の商品を店員が袋に詰めている間、ひょっこりとシーナが首を出して聞いてくる。

「何、今の」

「EF、知らないのか？」

「マジで知らない。あっちにもないしこっちの知識にもない。さっき言った、新しすぎて神も知らないやつなんじゃね？」

「新しいのは確かかな。実用化されたのはちょっと前だけど、こうして普通に俺たちが使うようになったのは最近だ。エネルギー流体《EF》っつって……電池はわかるだろ？　それの新しい版みたいなもの。ゲル状で、電池よりもエネルギーの蓄積効率が馬鹿高いんだ。だから最新の機械にはいろいろ使われてる。この携帯も一週間くらい保つぞ」

「ふーん」

そのうちに店員の袋詰めが終わり、店を出る。先程のベンチに戻るよりも早く、女子に最近流行《はや》りの飲み物――すなわちタピオカミルクティーを歩きながら啜《すす》ったシーナが呻《うめ》いた。

「マジか」

「口に合わなかったか」

なぜかぐわっと勢い込んでこっちを向いて、

「違うよ美味《うめ》ぇよ何コレ美味すぎじゃん⁉　中に入ってる黒いの何？　歯ごたえが新しすぎるにも程があるっしょ。明らかにポスニキロの卵だと思ってたんだけど、さては違う⁉」

「何だよポスニキロって」

「こっちの世界だと何て言うんだっけ。水辺にいてさ、雨の日とかになるとたくさん繁殖したりする――」

「ちょっと待ったそれ以上聞かないほうが良さそうだ。とにかくそれはタピオカミルクティーっていう。中のは、芋の粉を丸めてどうにかしたもの、だったはず」

「はー。考えてたのとちょっと違ったけど、やっぱ人間の工夫は侮《あなど》れねーわ……」

耳の先端をぺたりと伏せつつ、感心したようにちゅーとストローを啜《すす》る。味を堪能《たんのう》しようとしているからだろうが、その神妙さすら感じる様子が少し可笑《おか》しかった。

そこで練介《れんすけ》は戻ろうとしていたベンチに人影があるのに気付く。

先程すれ違った若者たちだ。こちらに倣《なら》ってコンビニパーティーに興じていたらしく、ビールの空き缶が何本も転がっている。酒臭い赤ら顔がにやにやとシーナに向けられていた。

練介《れんすけ》がまずいなと思ったのと同時、

「はいはーい。こんちは。俺たち暇なんだけどさ、一緒にどう？　オゴるし」

シーナは何秒か彼らの様子を観察する間を見せてから、ふっと鼻を鳴らして目を眇《すが》めた。

「はアン？　酒か。酒じゃん」

「そーそー。お酒あるよお酒ー。ウソ、ジュースね。美味《おい》しー炭酸ジュース」

「……止めとけよ」

小声でシーナに囁《ささや》いたのだが、失敗した。彼らの耳にも届いてしまったらしい。

「あ⁉　カレシは黙ってればいいんじゃね⁉　彼女の自由だろうがよ、束縛は嫌われるぜ！」

「そうだよお偉い騎士校の生徒さんがよクソが！　独り占めはよくないと思いマース！」

彼らの素のテンションなどわからないが、かなり酔いが回っているように思える。このコンビニが既にどこかでたっぷり飲んだ後の何軒目かだった、とかそういう可能性もあった。

練介《れんすけ》は、制服なのが少し困ったな、と思った。

騎士校はRV《リボルヴ》駆操者、いわゆる『騎士』を育成するための場所だ。そして卒業後の就職先の花形は、環境省の地方支分部局であるところの輝獣対策局……つまり最終目標は国家公務員になることであって、その前段階である騎士校にも一種公的な立ち位置が求められている。ゆえに当然、その生徒にもそれに恥じない品行方正な言動が求められるわけで——

そこまで考えたところで、苦笑が漏れた。

「……はは」

くだらない。そういうのがどうでもよくなったからこそ、自分は今ここでこうしているんじゃないのか。自称ダークエルフに付き合って夜のコンビニで散財しているんじゃないのか。そうだ。間違いだ。別に困りはしないのだ。きっと。

練介《れんすけ》の苦笑をどう捉えたか、若者たちの目が剣呑《けんのん》に細まる。睨《にら》まれても練介《れんすけ》に怯《おび》えはない。騎士校の教練内容には、その存在目的からしてみれば当然に、戦闘訓練も含まれている。

「まぁまぁまぁまぁ」

だが気楽な声で割って入ったのは誰あろうシーナだった。

「くれるってんならもらえばいーじゃんかさ。ポスニキロタマゴティー……違う、タピなんとか？　と、この世界のエール、どっちが美味《うま》いかあたしが判定してやろーじゃん？」

状況がわかっていないのかもしれない。へらりと笑っていた。だから彼らにも舐《な》められる。してやったりとばかりに唇を曲げた男の一人が、

「ほーらカノジョはこう言ってんぞ。カレシとじゃつまんねーってことだろ？　俺たちと遊ぶのは楽しいぞ、いろいろ玩具持ってるし、上手《うま》いし。マジ上手《うま》いし。お、触ってほしそーな玩具がここにも」

シーナの突き出た胸をむぎゅっと摑《つか》んだ。練介《れんすけ》は息を吞《の》む。

彼女は首を傾けながら彼のほうを振り返り、

「練介《れんすけ》。これ、こっちの世界特有の挨拶だったりする？」

んなわけないだろと思ったが、あまりのことに言葉が出なかった。それをどう解釈したか、ふむ、とシーナは普通に顔を前に戻す。

「へへ、へへへ。マジかよオッケー？」

「つーかブラしてないよねキミ。いーねー、遊びに慣れてるっぽいねー」

そのシーナの態度に、練介《れんすけ》は——少しだけ。

それは違うだろう、という失望に似た気分を感じていた。

どうしてされるがままなんだ。ダークエルフはそうなのか。あんなことをされても、黙ってへらへら笑っているものなのか。

へらへらどころか、にっこりと、彼女のほうから次の行動を促した。

「じゃ、ちょっと場所移そうぜ？　もっと静かなところにさ」

「うんうん、モチロンさ。どこがいい？」

「やっぱラブホかな？　風呂場《ふろば》が広くていーところ知ってんだよ。よーし行こう」

馴《な》れ馴《な》れしく男たちに肩を抱かれて歩き出すシーナ。

力の抜ける感覚を味わっていた練介《れんすけ》だったが、シーナが肩越しに目を向けてきたのに気付く。

唇を曲げて、男たちのことは無視するように言ってきた。

「説明が途中だったからさ。とりま、それを教えなきゃいけないっしょ」

ついでに目に入ったのは、彼女の耳がリラックス感とは真逆の雰囲気でぴんと立っている様子。だから辛《かろ》うじて、練介《れんすけ》はその後を追うことができた。

　そして。

　路地裏で彼女がまず行ったのは、小気味良い音を立てて若者の腕をへし折ることだった。

「あ？　っ、が、ぎぃあああああああ！」

　体重をかけ、バランスを崩した男の身体《からだ》をそのまま地面に倒す。さらに痛みで虫のように足《あ》掻《が》いていた膝関節《ひざかんせつ》を加減なく踏み抜き、膝から下をあらぬ方向に捻《ねじ》れさせる。

　仲間の惨状に一瞬呆《ほう》けていた別の男が、わめき声をあげて殴りかかる。結果は一人目と似たようなものだった。路地裏に骨が砕け肉の軋《きし》む音が追加される。

　シーナは笑っていた。

　次の男には鳩尾《みぞおち》に蹴り。倒れて呻《うめ》く男の身体《からだ》の上に馬乗りになって、自分の吐いた胃液で口元を汚している男の顔をにやにや覗《のぞ》き込《こ》んで、

「さすがにわかってるさ。お前ら、あたしを娼婦《しょうふ》扱いしたな？」

「ひ……あ……？」

「わかるわかる。そーいう奴《やつ》もいんよ。あたしらはだいたい虐《しいた》げられてるからな。下手こいて捕まって売られて、ダークエルフとかハーフエルフとか立場の弱い玩具ばかり取《と》り揃《そろ》えた専用の店のやっすい備品になった奴《やつ》らもたくさんいんだろーよ。でも」

声はどちらかと言えば優しいくらいだ。瞳も優しいくらいだ。余裕に満ちた態度のまま、ただ、シーナは彼らに痛みを与える。下にいる奴《やつ》の肋骨《ろっこつ》を狙い澄まして折った。

「っ、いぎぃぃぃっ！」

「あたしは違う。あたしが抱くのは気に入った奴《やつ》だけで、あたしが抱かれるのも気に入った奴《やつ》だけだ。金じゃ買えない。それを買おうってんなら——お前らも金以上のものを払う覚悟がいる。高くつくぞ？」

「ちょっ……待、おかしいだろ、これ、おかしいだろぉぉぉッ⁉」

残る一人の男は仲間を見捨てて逃げようとした。だが路地から出ることは叶《かな》わない。

シーナが男の上に座ったまま、そいつに向かって弓を引いたからだ。

弓である。木で作られた弓と矢だ。それは虚空《こくう》から忽然《こつぜん》と現れたように見えた。彼女は平然とその弦《つる》を引き絞り、狙いをつける様子もなく撃つ。逃げようとした男の足に矢が刺さり、男は悲鳴を上げて転んだ。夜の路地裏にその色は溶け込むが、生々しい血の臭いは隠せない。

「あたしはもう、お前らから代金をもらうことに決めた。逃がしゃしないっての」

現実だ、と練介《れんすけ》は震えていた。

倒れて、目覚めて、夢うつつだった周囲《せかい》が今、ようやく実感を持って繋《つな》がった。

失望？　馬鹿馬鹿しい。彼女は自分が願った彼女のままだった。

あれは悪だ。

その本質を当然のものとして、あるいは意識すらすることなく、純粋なまでに自らに準じて生きるもの。

それが確かに目の前にいる。

あそこにいるのは、紛れもなく。

自分が心惹《ひ》かれてやまない、世界の調和から〝外れたもの〟としての――

ダークエルフ、だった。

「んじゃ、ようやく落ち着いて話せるな。とりあえず……さっき買ったのなんかくれよ」

練介《れんすけ》が律儀《りちぎ》に持ったままだったコンビニの袋に視線を向けて、シーナはにっこりと笑った。

ロリポップキャンディを咥《くわ》えながら、彼女は下ごしらえと称して男たちを気絶させていた。目障《めざわ》りな呻《うめ》き声《ごえ》が路地裏から消える。

「さっきの弓は？」

「あれか？　なんか神がちょっとだけ基本装備を用意してくれたんだよね。出したり消したりできる。あたしっつーかダークエルフは弓矢ってワケ。ちなみにこいつに当てたのも急所じゃないから、別に血止めしなくても死にゃしない。……安心した？」

「正直、した」

「ひっひ、素直じゃん。やっぱこっちの世界はそれが当たり前なんだな。平和、平和。あっちじゃ、何かモメたときにゃどっちかの命がなくなって終わるのが当たり前だったけど」

「その常識感がわかってんなら、今のこの状況も一般的には相当バイオレンスな出来事だってこともわかるよな。何をする気なんだ?」

「魔力をもらう」

練介《れんすけ》はまたベタなファンタジー用語が出たぞと思った。

「魔力?」

「いろいろ言い方はあんだろーよ。例の基本知識で、こっちの言葉で言うと一番わかりやすいのがソレってこと。あたしらの世界でも言い方はいろいろあった。精気とかマナとかエーテルとか闇滓《アンシイ》とか……」

シーナは口から出たキャンディの棒をぴこぴこ動かしながら、男たちの傍《そば》にしゃがみ込む。

「ま、人間なら誰もが持ってる生命力、みたいなモンかな? んで、魔力はあたしたち魔術種《マギス》のもう一つのメシなんだ。あ、魔術種《マギス》ってのはその魔力を基に魔術を使える種族のことな」

「ダークエルフもそれってことか」

「そーそー。他にもたくさんいっけど。魔術種《マギス》はそれぞれ固有の魔術を使ってて、方法や用途にいろいろ違いがある。別の種族の魔術はどうあっても使えない。理屈がわかんないからさ」

腕まくりされたシャツの袖から伸びる、滑らかな褐色の手。剥《む》き出《だ》しにされた、というイメージが何かの補正を与えたか、指の一本一本の輪郭さえ健康的で神秘的でどこか艶《なま》めかしく思え、こんな状況なのに見惚《みほ》れてしまう。

その掌《てのひら》が倒れた男の顔に翳《かざ》され、額に触れるか触れないかぐらいのところで止まった。

「で、メシなんだから魔力は別んところから補充しなくちゃいけない。それを今からイタダキマスしようってハナシ」

そこに淡い光が生まれる。ぼんやりとした白系統の光だ。それはどうやら男たちの身体《からだ》からシーナの掌《てのひら》に向かって流れて——吸い上げられているらしい。

彼女が虚空《こくう》から弓矢を生んだのに続いて、二度目の明確な異常現象だった。

けれどもう疑いはない。素直に練介《れんすけ》はその異常がここにあるものだと受け入れた。

一人目から光が出なくなると、続いて二人目、三人目。

「これで魔術が使えるようになった……のか？」

「いんや。こっちに転生したあたしたちの身体《からだ》の在り方は向こうとは違うからな。魔術を使うにはいろいろめんどくさい準備とか手続きとかがいんの。……必要なもんとかさ」

一瞬、シーナに横目で視線を向けられたような気がした。しかし練介《れんすけ》が彼女の顔を見返そうとしたときには、もう彼女は膝を伸ばして立ち上がっている。

うーん、と猫のような背伸び。耳も一緒に可愛《かわい》くぷるっとしていた。

「じゃあなんで魔力が必要かっていうと、あたしらがしょせんこの世界のモンじゃないからだ。あたしらがただここにいるだけでも必要なんだ。腹が勝手に減っていくのと一緒。だから魔術のこととか関係なく、定期的に補充しなくちゃいけないけど――」

シーナは靴のつま先で男たちの身体《からだ》をつつきながら言った。

「あたしらのメシの種になるレベルの魔力は、誰もが持ってるわけじゃない。人間が普通に持ってる生命力は、あたしらにとっちゃ薄すぎる。味も栄養もないんだよ。しっかり凝り固まった、密度も栄養価も高くて美味《おい》しい魔力は、こいつらみたいな人間だけが持ってんの」

「こいつらが何か特別だったとは思えないんだけど。どういう区別なんだよ、若い奴《やつ》？」

「ま、簡単に言えば――悪人、ってコトじゃね？」

シーナは自分を含めた全てを嘲るように笑っていた。

「なんでそうなる」

「理屈なんて知らねーよ。いるんだったらあんたが考えて」

ただ――なんとなくなら、わかる気がした。魔力とは生命力だとシーナは言う。

好き勝手に、楽しそうに生きているのはたいてい善人ではなく悪人だ。人を踏みつけにして、人の気持ちを無視して、罪に問われる可能性を無視してまでそうして生きる者たち。生命力が強くて濃いのは善人と悪人のどちらだと言われれば、答えはそうなるのかもしれない。

そんなことを考えていたら、いつのまにか真正面にシーナが立っていた。

「それとは別にさ。デカい魔力を持ってる奴《やつ》がいる。あたしと同じ立場の魔術種だ。たとえばドラゴン、魔女《ウイッチ》、エルフ、ドゥオーフ、ヴァンパイア、オーク、リザードマン、フェアリ

「……他にも候補はたくさん、な。具体的にどいつがいるかまでは知らないけど、そいつらはあたしと同じように、種族の代表者としての〝一人〟がこっちの世界に転生してきてる」

彼女の目は練介《れんすけ》から離れない。

面白がるように。あるいは練介《れんすけ》の中の何かを見定めるように。

「そう──同じ立場の魔術種《マギス》から種族代表としての魔力を奪い合い、最終的には一つに統合する。実はそれがあたしたちの目的なんだよ」

また喉が渇いていた。練介《れんすけ》は罅割《ひびわ》れたように軋《きし》む喉を唾液で無理矢理に湿らせ、

「一つになったら、どうなるんだ……？」

シーナは犬歯を覗《のぞ》かせて言った。

「新しい世界の第一種族として、やり直しをさせてやる──だってさ。つまりこれは、滅んだあたしたちに神がくれたチャンス。次の世界での繁栄権をかけたサバイバルってとこ？」

サバイバルというよりも、練介《れんすけ》が想像した言葉は蠱毒《こどく》だった。毒を持った生き物たちを壺《つぼ》の中に入れて殺し合わせ、最後に生き残ったものを最高の毒、あるいは呪いとして用いる邪法。

異世界から転生してきた、魔術を使う種族の代表──それが、毒を持つ生物たちで。

この二十一世紀を迎えた、魔術や魔法や神秘なんてものが夢物語になってしまった自分たちの科学世界が、彼らの殺し合う壺《つぼ》。そういうことなのだろうか。

「──」

目眩《めまい》のように、いつのまにか周囲の色彩《せかい》が反転していたような感覚に襲われる。

自分は無機質で無味乾燥で、そして無形の圧力で型に嵌《は》められる白の鳥籠にいたはずなのに、
気付けば見えるのは黒だ。だが——世界の白さに目が潰れそうになっていた練介《れんすけ》は、どうあれ、
それを救いの色に見る。

それでも一つだけ聞いておかなくてはならなかった。

「なんで……俺に、コンビニ奢《おご》っただけの俺に、そんなことまで説明するんだ」

「あれ、言ってなかったっけ」

耳をぱたりと大袈裟《おおげさ》に動かし、シーナはきょとんとしたような表情。

「あたしたち魔術種《マギス》がこっちの世界で充分な力を発揮するには、こっち側に根ざした端末……

眷属《けんぞく》が必要なんだ。現地協力者っつーか相棒っつーか？」

けれど、その次に彼女が浮かべた表情が、練介《れんすけ》にとっては全てだった。

悪戯《いたずら》の結果を、楽しそうに眺めるような。

それでいて罪悪感の欠片《かけら》もない、邪気もない、ひたすらに一方的な愉悦に満ちた——

まさに悪の妖精《ダークエルフ》らしい、にんまりとした笑顔。

「実はもう、あたしはあんたを相棒に選んでるんだ。だから手伝ってくれないと困る」

練介《れんすけ》は即答した。

「わかった。手伝わせてくれ」

その返答速度にシーナは目を丸くしている。

彼女にそんな表情を浮かべさせたことが、どういうわけか誇らしく思えた。

気を取り直したシーナが、苦笑気味に唇を曲げて、

「やっぱあんたって面白いやつだわ。あたしの見る目に狂いはなかった。でも、一個だけ聞かせてよ。なんで？」

「理由なんて決まってる。さっきも言っただろ、変わんないさ」

嘘《うそ》だと、冗談だと思われたくなかったから、意識的に彼女を強く見た。

終わった世界に舞い降りてきてくれた、褐色肌の救い手を。

「好きだから」

その真顔とストレートな言葉のコンボは、彼女に致命傷を与えたらしい。

同じ台詞《せりふ》を言ったいつかと同じように。

「ぷはっ……あはははははは！　また！　またそれ!?　あははは！」

シーナは大きく噴き出して、ケタケタと腹を抱えて笑い始めた。

今のはもちろん存在全体としての『好き』であって、別に男女の恋愛的な『好き』ではないのだから、別にこういう反応でもショックは受けない。のだが、やっぱりなんだか微妙な気分

にはなった。練介《れんすけ》が口をへの字にすると、その顔がまた彼女の何かの琴線に触れたか、いっそう肩の震えが大きくなる。

「ふふ、くくくっ――あーおかしい。マジでさ、面白くて変な奴《やつ》だよな、練介《れんすけ》は」

「どっちかと言えば、学校じゃ優等生っぽいスタンスなんだけどな」

「ひひ、嘘《うそ》ばっかり」

そのとおり、嘘《うそ》だ。学校での朝倉練介《あさくられんすけ》は嘘《うそ》ばっかりだ。

「よろしい！　それじゃ、スムーズに協力要請を受け入れてくれた相棒クンに何かご褒美《ほうび》をあげたいところだけど……んー、困った。今はこれくらいしかないや」

ようやく笑いの衝動が収まったらしいシーナが、身を軽く折り曲げるようにして、練介《れんすけ》に顔を近付ける。自分が舐《な》めていたロリポップキャンディの柄をつまんで口から出した。

そして、買ったときよりだいぶ小さくなっているそれを。

「とりあえず、これでどうかな。いる？」

練介《れんすけ》の顔を至近から見上げるようにして、差し出してきた。

反応を試すような、挑戦的で蠱惑《こわく》的な眼差《まなざ》し。

それは彼女らしい嗜虐《しぎゃく》に満ちた、確認と契約の儀式なのかもしれなかったが――

そうでなくとも。

練介《れんすけ》は、彼女の味を受け入れることに何の躊躇《ためら》いもなかった。

第二章——彼女がいる温度

——おなかがへった——

——おなかがへった——

†

だから食べる。栄養があるものを。腹が膨れるものを。

自らが在るべきかたちになるために。

この無関心が蔓延《まんえん》した夜の街は、それにはひどく好都合だった。目立たない服装で顔を隠してさえいれば、他に何を気にする必要もない。歩いているだけで咎《とが》められることはない。

そこにいたのが世界を壊す怪物だったと気付くのは、大事なものが貪り食われた後だ。

怪物は匂いと気配で次の皿《獲物》を定めた。今回は明かりの灯《とも》っていないアパートの一室が食堂だ。明かりが点《つ》いていたとしても場合によっては構わず入店させてもらうつもりではあったが。

窓を破って、いらっしゃいませ。提供品は既にテーブルの上。

美味《おい》しそう——かどうかは、わからない。口に入れてみなければ。あるいは口に入れた後も。

赦《ゆる》されているから、手を伸ばす。

そうしなくてはならなくて、そうする必要があって、そうすれば望みが叶《かな》えられる。

そんな『理由』を言い換えるなら、それはやはり『赦《ゆる》し』だ。


窮屈な羽ばたきが鳥籠を不規則に揺らし、羽毛が舞い散り、何かが滴《したた》り、全てが消えた。


もぐもぐ。ごくん。

この世界の理から外れた異物は、そうして成長を許可される。

満腹を感じることはない。今までと同じように。

これはただ胃が文字通りに〝膨れた〟だけのこと。さらなる空腹の種でしかない。

それでも一食は一食だ。胃への小さな刺激を受け止め、噯《おくび》のように息を吐いたとき――

唐突に部屋の電気が点いた。

スキンヘッドで派手なシャツの中年男が玄関に立っている。予想外の侵入者にぎょっとしたように立ち尽くしている、おそらくこの部屋の主。

結論から言えば、その男はデザートになった。

〝人間〟というモノを丸ごと喰《く》うことは、まだできない。まだそこまで胃は膨らんでいない。

しかしそれでも、魔力は必要だ。

形のないデザートを吸いきると、男は気絶して倒れる。

辛《かろ》うじて食べられたというだけで、味は満足できるものではない。より濃いものが必要だ。

この世界に顕現している異世界のモノにとって、それは別の意味で必須の食事である。

だから——醜く巨大な大食漢の怪物は、今日はまだ、ねぐらには帰らず。

より一層の食い出があるものを求めて、夜の餌探しを続けることに決めた。

†

新仁陽市《しんじんようし》の北部は、住宅街が集まった比較的閑静な区域となっている。練介《れんすけ》がシーナと出会った公園もそちらの方面だ。さらに街から出るほど北に行けば、そこは未開発の——あるいはこれから開発予定の、ほとんど原生林が広がる山間部。

対照的に栄えているのが、瀬戸内海に面した南部のほうだ。練介《れんすけ》の通う第13騎士校が建設されたのを契機に、新世代技術が惜しみなく注《つ》ぎ込《こ》まれて再開発された近未来的な街並み。港も駅もそちら側にあり、流通や交通の面からもそこに人が集まりやすいようになっている。

そして人が集まれば、自然、街には賑《にぎ》わいが生まれるものだ。良くも悪くも。

東京の新宿もかくやという賑《にぎ》わいを見せる、新仁陽市最大の繁華街。夜が深まり日付の変更が近くなった頃合いであっても、ここから喧騒《けんそう》が消え去ることはない。

練介《れんすけ》とシーナはそこを連れ立って歩いていた。

「つーかめっちゃハナシ早いんだけど、何アンタ？　わりとビビるわ」

「協力するって決めたら協力するだけだろ。迷う時間とかもったいなくないか？」

シーナはいつものギャル制服姿のままだが、練介《れんすけ》は一度家に帰って着替えている。入りたい場所に入れなかったり、学生と見て舐《な》められたりと、さすがに騎士校の制服のままではこれからの動きに制限がかかると考えたからだ。

練介《れんすけ》の作戦に従って、繁華街を右へ左へ。それなりに暇潰しの話をする時間がある。

「でもさ、まだビミョーに信じられないワケ。あの白くてお高くとまってるエルフじゃなくて、街に入っただけで石投げられることもあるダークエルフだぞ？　マジで好きなの？」

「あっちの世界じゃそんな扱いなのか、最悪だな。……正直に言って、マジで好きだ。ファンタジーもののゲームとかで主人公に選べるなら確実に選ぶね。選択肢がエルフしかなかったら『これは白いダークエルフだ』と思いながら選ぶね」

「あはは、意味わかんねー！　あいつらをあたしらの代用品にするってことか？　変なの！」

耳を揺らして笑いながらびしばしと肩を叩《たた》かれる。

「ていうか……よくよく考えたらおかしな話だよな。細かい特徴とかはともかく『エルフ』は『エルフ』で、『ダークエルフ』は『ダークエルフ』だって通じるなんてさ。話聞く限りじゃ、他のオークとかオーガとかの魔術種《マギス》だってだいたい雰囲気は伝わるんだろ？　単語自体は神の野郎が翻訳してそうなってるのかもしんねーけど、中身まで一致してんのは変じゃね？」

「こっちの世界にはいないもののはずなのに、なんでそもそもそういう種族のイメージみたいなモンがあるのか、って話か」

「そうそう」

「言われてみるとちょっと不思議だな。俺はファンタジー小説とかから得た知識だけど……それを最初に書いた作者が何でそういうイメージにしたか、ってことになるか。さらに大元は民間伝承とか心理学とかそのへんが関わってくるのかもだけど」

そこでふと思いついて、別の可能性を提示。

「ひょっとしたら、俺たちが知らないだけで、大昔にもそっちの世界から来た奴《やつ》らがいたりしたのかもな。それがなんか伝説とか伝承の形で後世に伝わって……みたいな」

「ふーん？　ま、なくはないか。神の野郎がどんぐらいの力を持ってて今まで何をしてきたかとか、さっぱりわかりゃしねーからな」

これはただの暇潰しの会話で、正解などわかるはずもない。だが理解できたことはあった。

「うん。俺は、この世界にダークエルフのイメージがあったことに感謝しないとな。おかげでシーナに会えた」

「あ、相変わらず真顔でストレートに恥ずいこと言ってくるな、お前……でもマジで、なんでさ。改めて聞くけど、ダークエルフのどこがそんなに好きなんだよ？」

「俺は元々モンスターとか悪役とかのほうが好きなタチなんだけど――その筆頭、みたいな感じがするからかな。俺の中での、ヴィランの花形みたいなさ」

様々な店が立ち並ぶ夜の喧騒《けんそう》の中では、会話を誰かに聞かれる心配はない。

メニュー表を持った店員が店の前で獲物を待ち構えている飲食店。全国チェーンのカラオケ店からは機械音声のアイドルの歌声が聞こえてくる。EF対応の新型携帯デバイス販売店の前では、軒先の見本品を手でなぞって夢中の人々。玩具屋《おもちゃや》のガラスケースの中では最近とみに進歩している小型ドローンがぶつかることなくジグザグ飛行を繰り返している。

夢の新電池たるエネルギー流体《EF》の普及率はこの街においてはかなりのものだ。だからその特徴である乳白色のラインの入った機具がそこかしこに見える。エネルギー伝達の関係上そうしたほうが効率的だという話でもあるし、単純に目盛りのように使えてわかりやすいという意味もある。街灯、照明、自動販売機、信号機、道ゆくバイクや自動車、掃除ロボもそうだ。

清潔さで形作られ、乳白色のラインで彩《いろど》られた夜の街並みを照らし出すのは無遠慮なネオンの光。そうして道に紡《つむ》ぎ出される複雑怪奇な色彩には、どこか退廃的な雰囲気すら感じる。

この夜の繁華街だけは、常識や空気という善意に押し潰されつつある都市の最後の抵抗であるように思えた。だから練介《れんすけ》もたまに人知れず夜にうろついたりしていた。土地勘はある。

「具体的には……凄《すご》く〝強い〟感じがあるからかな。実際のゲームのパラメータとかの話じゃなくて、雰囲気的な話。見た目も勿論《もちろん》好みだ。健康そうっつーか、安心感があると思う」

「本人目の前にしてンなこと言うかフツー。ホント練介《れんすけ》って面白いな……でもさ、見た目とか言うなら今のあたしはどーなのさ。別にダークエルフっぽい格好はしてないじゃん。ちなみにこの服は神が初期設定したやつだぞ？」

ちょいちょいとシャツの襟を引っ張りながら言うシーナ。言うまでもなく胸元が危険だ。

「その神ってやつのセンスをちょっと褒めたい気分になった。正直、黒ギャルは素でダークエルフっぽい。現代日本のダークエルフだ。シーナのそれも似合ってるからいいと思う。いや、シーナは何着ても似合いそうな感じはあるけどさ」

「マジで？……へへー、んなこと言ったらあんたに服買わせちゃうぞ？」

八重歯を覗《のぞ》かせた、例の満足顔というかドヤ顔。何でもない表情なのにやけに目に残る、彼女の素敵な特徴《癖》だと今やわかっている。言ったことは本音だしその顔も最高だしで今すぐそこらの服屋に突入したい気分になったが、ぐっと堪える。

「それは——考えとく、ってことで。今は他に優先させなきゃいけない金の使い方があるだろ」

「そりゃそーだ」

路地の入り口から奥を見ると、何をするでもなく二人の若者が携帯を弄《いじ》っているのが目に留まった。雰囲気的に期待は持てる。シーナに目配せして、一緒にその路地に入った。

警戒の視線で迎えられる。こういう場合は敬語よりもタメ語のほうがいいだろう。

「いきなりだけど、なんか売ってないか?」

「は? 何かって何だよ」

「俺たちが店開いてるように見えんのか、アホなのか?」

これは探りを入れているだけだ。練介《れんすけ》は平然と言った。

「これからカノジョと遊ぶんだけどさ。ちょっと準備にマズっちまって……楽しい夜のために、足りない遊び道具を用意したいんだ。草《野菜》でも冷たい《アイス》のでも、なんでもいいんだけど」

男たちは顔を見合わせて「どうする?」と視線で会話していた。やがて一人が肩を竦《すく》め、

「どこで聞いた? 紹介とかあんのか?」

当たりだ。夜の街を練り歩き、こんな奴《やつ》らに手当たり次第に隠語で取引を持ちかける——ビンゴの奴《やつ》がいればそれでよし、ハズレばかりでもいつかは『怪しい奴《やつ》らがモノを買おうとしている』と噂《うわさ》になって向こうから接触してくるはず、という二段構えの作戦だった。

どれだけ新しい街でもクズはいる。練介《れんすけ》のような嗜好《しこう》の問題ではなく、生存の方法それ自体を世界のルールから逸脱させた醜い犯罪者たち。世界に馴染《なじ》めず抗《あらが》っているのではない、抗《あらが》う以前にあっさりと敗北した、ただの負け犬だ。

「いや、実は最近この街に来たばかりで、全然。カンで声かけてみただけ。……紹介とかないとやっぱダメかな」

「基本的にはな」

「つーかいきなり言われてもこっちも在庫ねぇよ。上の人んとこにはあるかもだけど」

そこでシーナが軽く耳元で囁《ささや》いてきた。

「ダメだなー、こいつらはやっぱ魔力薄い。さっきの奴《やつ》らと同じくらいしかない。別に食えないってわけじゃないけどさ」

となると、やはり彼女に質が高い食事を提供するためには、もっと『悪い』奴《やつ》らを見つける必要があるわけだ。この機会は逃せない。

ホラ今おねだりされちゃったよ困ったなという顔を作って、練介《れんすけ》は二人を拝んだ。

「頼む！　ホント、どーしても今夜いるんだ。その上の人にでも紹介してくんないかな？　えーと、ちょっとくらいならあんたたちに紹介料も払うし」

先程話していた予算の使い所だ。最近あまり使わない現金の一万円札を何枚かポケットから取り出し、向こうの気分を害さない程度にチラ見せする。男たちはまた顔を見合わせ——

「しょーがねえな。上の人に聞いてみるわ。ちょっと待ってろ」

男の一人が携帯でどこかに電話をかけ始めてくれた。ありがたい。

「まったく、女子高生とキメ遊びかよ。羨ましいモンだなぁ」

もう一人のほうが本当に羨ましそうに言ってきたので、練介《れんすけ》は返答の代わりに不敵に片目を瞑《つぶ》ってみせた。そしてついでに——少し思い切って——シーナの肘に腕を回す。

「ん？」ときょとんとした面持ちで見返してくるシーナ。練介《れんすけ》は内心ドキドキして、それ以上危険な台詞《せりふ》を言ったりシーナにちょっかいかけたりしないでくれよと男に向けて願っていた。

――お前らまで下手なことを言ってコンビニの奴《やつ》らみたいになったら、いったい誰がもっと悪い奴《やつ》のとこまで案内してくれるんだ？

その腕組みは勿論《もちろん》、もしものときに彼女が奴《やつ》らの骨を折ったり矢をブッ刺したりするのを少しでも制止するためのロックだった。

†

練介《れんすけ》の長い夜はついに日付の変更を迎える。

けれど何も変わらない。既に変わりきってしまっているのだとも言えた。

既に目眩《めまい》のような常識の転換は体験している。

既に世界の色が反転する光景は目撃している。

とにかく、彼女との出会いから始まったこの特別な夜を終わらせたくはなかった。

高揚のせいか眠気はまったく感じない。空腹も同じだ。喉だけは渇いて、歩きながら何度もペットボトルの水で補給した。

「いやー、いきなりダイタンになったなオイ!?　ってさっきは思っちゃった」

「悪かったよ。ちょっと心配になったんだ」

素直に謝ると、シーナは口を尖《とが》らせながら耳の先端をぴこりと持ち上げ、

「あたしだって空気ぐらい読むっつーの。大事なメシのためなら少しくらいはムカつくこと言われても我慢するって」

あまり信用は持てない。が、練介《れんすけ》は神妙な顔で頷《うなず》いておいた。

「それと、いちおー言っとくけど、別に気は悪くしてないからな。あんたはもうあたしの相棒、あたしの眷属《けんぞく》。別に腕を組むくらいなんでもないっしょ。練介《れんすけ》は面白いし、わりと気に入ってるし……この世界で一人だけの相棒なんて、もう家族みたいなモンじゃん？　だから、まー気分次第だけど、練介《れんすけ》になら身体《からだ》のどこ触られてもいきなりブチ切れたりはしないぞ」

「どこ触られても？　本当にどこでも？」

「ま、真顔で言うなよ。……そういうとこが予測つかなくて面白いんだけどさぁ……」

気圧《けお》されたように視線を逸《そ》らしてぶつくさ言うシーナ。いつも余裕綽々《よゆうしやくしやく》な彼女にそんな顔を浮かべさせたことが嬉《うれ》しくなって、練介《れんすけ》は微苦笑する。

そこで目的地に辿《たど》り着《つ》いた。ひとまず口を噤《つぐ》み、その場所の様子を窺《うかが》ってみる。

建設中の工事現場だ。埃《ほこり》と騒音対策の白いシートが壁のように垂らされて敷地《しきち》全体を覆っており、外からは中の様子がまったく窺《うかが》えないようになっていた。

防犯カメラはないというあの路地裏の男たちの言葉を信じて、練介《れんすけ》とシーナはシートの隙間からその工事現場の中に潜り込む。

　それなりに大きな建物が建設されている途中らしい。草野球程度なら行えそうな広さの敷地《しきち》に、鉄の骨組みが不気味な廃城の雰囲気でそびえている。隣のビルの間接照明がシートのない頭上から差し込んでおり、雑然と並べられた建設機械の姿を薄ぼんやりと照らし出していた。

　これならちょうどいいだろうな、と練介《れんすけ》は思った。顔が見えにくいのはお互い好都合だ。

　先に来てこちらの様子を窺《うかが》っていたのだろう、鉄骨の城の中からスーツを着た男が歩み出てきた。シルエットだけで、レスラーのように筋肉の詰まった体格をしているのがわかる。

「確認させせろ。誰から聞いた？」

「えーと、何だっけ。そう、確か、カズさんとヨーさん……だったかな。この時間にここに来れば会えるって言われた」

「金はあるんだろうな。取引は現金だけだ」

「もちろん、あるよ」

「よし。だが、取引の前に一つ――」

　さらに近付いてきて、その強面《こわもて》の顔がなんとか見えるようになった。明らかに顔つきが一般人とは違う。上等なスーツ、太い手首に巻かれた高級そうな時計。間違いなく本職の人間だ。

　男は鋭い眼光をぎらりと練介《れんすけ》に向けて続けた。

「年上には敬語を使わんかい、若造が」

　その威圧感はかなりのものだった。恫喝《どうかつ》という非日常的な行為への慣れがある。

「す、すみません。調子乗ってました、マジすみません……！」

練介《れんすけ》は何度も頭を下げた。怖くないとは言わないが、大部分は演技だ。ヤクザの売人と、異世界から転生してきたダークエルフ。どちらを怖がるべきだ？

「ちっ──で、何が欲しいんだ。草《アイス》も冷たいのもあるが、冷たい《アイス》のは少し値が張んぞ」

練介《れんすけ》は相談するように横のシーナを見た。実際には相談ではなく確認だ。

「美味《おい》しそうじゃん。いけるよ」

シーナはにやりと犬歯を見せて笑っていた。

合格、ということだ。彼女の魔力補給に叶《かな》う、濃い魔力を持っている悪人だと認定。取り引き場として使っているからだろうが、防犯カメラがないのは実に都合がよかった。客のふりをしたダークエルフがヤクザを叩《たた》きのめして精気的な何かを奪っても証拠が残らない。

それじゃああとはシーナに任せるだけだな、と練介《れんすけ》が顔を前に戻すと。

ヤクザの男が死んでいた。

「……え？」

違う。それは結果だ。練介《れんすけ》の目はその瞬間を捉えていた。耳には同時に地面を穿《うが》つ重い音が届いていた。その刹那の視覚情報を、脳が遅れて認識していく。

鉄骨だ。

数トンはありそうな太い鉄骨が、頭上から垂直に、槍《やり》のようにまっすぐ落ちてきて──ヤクザの男の身体《からだ》を縦に貫いたのだ。

首の横から入り、大事な臓器が詰まっている胸と腹を粗雑に貫いて、下半身は太股《ふともも》を削り貫通した先端部で足先を潰し飛ばす程度に留《とど》めて、その鉄骨は一瞬で男の形状に変化を与える。まだ新鮮な肉片が衝撃で四方八方に飛び散り、夜の闇に生々しい生物の臭気を混ぜ込んだ。

練介《れんすけ》は映画コレクションの中の似たようなシーンを思い出していた。これより派手な惨劇シーンはいくらでもあった。ショッキングな場面もいくらでもあった。

だが、映画から臭いが届いてきたことはない。頬に血滴を感じたことはない。

現実感という最大の演出に、練介《れんすけ》は目を開いたままその場に立ち尽くす。

落下の勢いでほぼ垂直に地面に突き刺さっている建築凶器。その単純な暴威に貫かれた男の身体《からだ》は少し折れ曲がっていたが、カエルの串焼きじみた姿でまだ立っている。手を伸ばせば届きそうな距離に突如として生み出された、奇妙なオブジェ。

「下がれ、練介《れんすけ》！」

シーナに襟首を引《ひ》っ摑《つか》まれ、首が絞まるのも構わず強引に後方に引き離される。

ある程度の距離を取ってから、シーナは睨《にら》むような目をオブジェ頭上の暗闇に向けた。

「チッ……殺してから魔力を吸う主義か？　そりゃ新鮮なうちなら別に死んでても吸えるけどさ、片付けが面倒だろうがよ」

今までより少しだけ乱暴になった口調に、練介《れんすけ》は彼女の戦闘モードを悟った。

つまり敵だ。

男の死体、鉄骨串刺しオブジェの傍《そば》に、新たな影が頭上から落ちてくる。同じような重量感のある音が夜闇に響いたが、こちらは二本の足で大地を踏みしめて着地していた。

「片付け……だと？　ブハァ、妙なことを、気にする。小賢《こざか》しく、闇を逃げ惑う……胃の小さな矮小《わいしょう》種族に、ふさわしい……くだらぬ、気の使いようだ。ダーク、エルフ！」

喉の奥で巻き舌を行っているような、くぐもった奇妙な笑声を交えた言葉が届く。

巨漢の影であった。身長は軽く二メートルを超えているだろう。先程のヤクザの男すら比較にならない、相撲取りじみた膨張感のある体軀《たいく》。それを覆っているのは極大サイズのフード付きレインコートだ。伸縮性がある素材のようだが、それでもはち切れんばかりに内側から丸く膨らんでいるように見える。逆三角形というよりは丸っこい水滴のようなフォルム。

さらに腰の横には大きな布袋が丸く膨らんだ状態で保持されており、コミカルな体型と合わさって、適当すぎる現代のサンタクロースのような印象だとも言えた。

だがフードの下、ひどくつるりとした――あるいはぬめりとした――とっかかりのない男の顔から感じるのは、けっしてコミカルなものではない。

悪意と殺気だ。

「シーナ。ひょっとして、あいつ」

「ああ、あたしと同じ立場の魔術種《マギス》だろ。向こうにはあたしの正体はバレてるっぽい」

「初見でシーナの正体がわかった俺が言うのも変だけど、なんでバレた？」

「馴染《なじ》んだ魔力ってのは種族特有の匂いを出すからな。特に今は、最後の一人として託された、それぞれの種族の根幹を為《な》す魔力……根源魔力があたしらの中にはある。鼻がよけりゃ魔術を使わなくても外から嗅ぎ取れるだろ。まあ逆に言えば、魔力の匂いに覚えがあったら、あたしにもあいつが何なのかってことくらいはわかる……さ！」

シーナは素早くあの弓矢を虚空《こくう》から生み出し二連射。頭部を狙ったものは首を傾けられて惜しくも躱《かわ》されたが、もう一本がその肩に刺さる。

男はフードの下で口元を歪《ゆが》めて、その矢を引き抜く。血は出なかった。

「効いてない……？」

「やせ我慢じゃね？　あの矢は実際、この世のものとはちょっと違う、魔力の塊みたいなモンだし。あのぶよぶよボディにも刺さりゃあ痛いはず。そうだろ、《スライム》？」

「ブハハァ……わかるか、ダークエルフ！　わかっていながら奇襲とは、やはり、小喰《こく》らいの小賢《こざか》しさ、よ！」

練介《れんすけ》にもその単語は理解できる。だがこの場にふさわしいものとはあまり思えなかった。

「スライム……？」

「そ。一応聞いとくけど、どんなイメージ？」

「ゲームとかじゃ弱いザコ敵だ。魔法を使うイメージはあんまりないけど、使ってもおかしくない感じはある。そっちの世界の魔術種《マギス》って言われてもまぁ納得はするよ」

「弱いザコ敵ねぇ。お気楽でいいな。実際やるとわりと面倒なんだぞ、あいつら」

「ザコじゃないアメーバ系のスライムについてなら、攻撃があんまり効かない、なんでも溶かす、みたいなイメージだ」

「それそれ。そっちんが近い。この世界に転生させられるときに浮きすぎないように、ある程度は微調整されて人型になってるみたいだけど……根本の性質自体は変わってないだろな」

《スライム》だという巨漢は、引き抜いたシーナの矢を軽く見て、何かを思いついたように目を細める。そして。

その矢を口元に持っていって、奇術のようにそのまま一飲みした。

シーナは吐き捨てるように、

「そう、アレだよ。奴《やつ》らは何でも食べる。とんでもねー悪食《あくじき》、とんでもねー意地汚さだ」

「おお……なんと喰らい詰まらんモノだ。この矢は、魔力の塊……形は、あってなきがごとし。必要だが、味はなく……腹も膨れぬ。水のように、まったく食い出が、ない」

スライムのほうも、不満げにそんなことを言い捨てていた。

それから腰の袋に手を突っ込み、ガサガサと何かを取り出す。練介《れんすけ》にも見覚えのあるチェーン店のロゴが見え、紙包みのハンバーガーだとわかった。スライムは包装を剝《む》くことなくそれをそのまま自分の口に放り込み、むちゃむちゃと咀嚼《そしゃく》。そして続けざまに二個、三個。

「まだ、この人間どもの食い物のほうが、マシだ……別種族の肉を捏ね回《こねまわ》し合わせて焼き喰《く》らう、など、存外に、猟奇味では、あるが。ブハハァ！」

「あーアレか、はんばーぐって奴《やつ》だな。あたしも食ったがあれは美味《うま》かった。言われてみりゃちっと猟奇的だがよ……ふん、暗がりに潜んで冒険者たちを丸呑《まるの》みしてたころと比べれば、ずいぶんスライム種族も美食家になったじゃないか」

再び弓に矢をつがえ、しかし構えることはせず、静かに歩き始めるシーナ。練介《れんすけ》には視線で「そこにいろ」との指示が届いた。

着崩した女子高生制服の黒ギャルが、蛮族のような原始的な弓矢を持ち、獲物との間合いを測るようにゆっくりと前進する姿はなんとも世界と不釣り合いだ。だがそれが夜の闇と奇跡的に混じり合い、背景の串刺し死体と相俟《あいま》って、一種の前衛芸術のようにも見えてくる。

「我らと……戦った、ことが。あるのだな、ダーク、エルフ？」

「今のお前みたいなデブい人間の見た目じゃなかったけどな。動きにくくないか？　まがりなりにも肉を持っちまってるから、矢だって当たれば痛いだろうし。先に降参してもいいぜ」

「噯《おくび》のごとき囀《さえず》りだ、黒妖精。この姿で、あっても、我らの本質は、何も変わらん」

「今の下品な食いっぷり見りゃあわかんよ。つーかあたしはあんたらの魔術だって知ってる。『暴食魔術《イートマジック》』だろ。〝食べる〟という行為を魔術化した融合と変化の魔術」

「ブハハァ、愉快を喰《く》らおう……その通り！　我らは全てを喰《く》らうもの。全てを咀嚼《そしゃく》し喰《く》らい飲み込み溶かし消化し、その全てを我とするもの。暴食魔術《イートマジック》の極致をここに見よ。《我は引《グロー》き裂く爪を持つ者を食した《スリップスライム》》！」

刹那、男のフォルムに変化が生じた。

肘から先、腕の先端部分にかけてが大きく一気に膨れ上がる。

そして変じたのは太く肉厚な異形の腕だ。獣毛が皮膚全体に生えており、短く丸まった指の先には弧を描く鋭い鉤《かぎ》爪が覗《のぞ》く。ネコ科の獣の腕のように思えた。

ぬいぐるみのような猫手を腕に嵌《は》める、微笑《ほほえ》ましい仮装グッズを練介《れんすけ》はどこかで見たことがある。ともすればそれを想起させる変化であったが、この空間に満ちた殺意と威圧感の前ではとても笑うことはできない。

ただしダークエルフは別だった。あからさまに馬鹿にしたように鼻を鳴らし、

「そう、お前らは『食べたものの形質を取り込む』。そして不定形の身体《ボディ》はその形質を再現できる。それで擬態して、誘い込んだ獲物をまた襲うってのが捕食パターンだ。……それは何、ネコ？　可愛《かわい》いじゃん。あのドロドロ姿はやめて愛され系でも目指してるってわけか？」

「ほざけ、失笑を、喰《く》らう！《我は咬牙持つ者を食した《グロースバイトスライム》》！」

さらなる変化。フードの下にあった男の口がまた異形に変じ、冗談のような大きさの牙が生えた。人の頭に齧《かじ》り付《つ》けば、容易《たやす》く頭蓋骨を貫通して脳に届くであろう鋭さと長さだ。

「今度は犬。笑える。今まで犬猫しか喰《く》えなかったのかよ？　いや——こっちの世界では、ど

の種族も魔術を使うには何かの制限がかかるんだったか。そのあたりの事情があんのかな？」

「それは、貴様も、同じ。魔術ではなく、腹の足しにもならぬその弓矢で、我と戦う、心積もりらしいが……なぜ、使わぬ。ブハハァ、この世界では、貴様らの魔術は、よほど……弱体化している、のか？　ダークエルフの、魔術は知らんが、森エルフの精霊魔術《エレメンタルマジック》にも、北エルフの刻印魔術《ルーンマジック》にも至らぬ、どうせ、醜く惰弱な味の……児戯の魔術で、あろう」

スライムのあからさまな挑発だった。シーナの耳がぴくりと動く。

「こっちで魔術種《マギス》に会うのは初めてだけど、たいしたことなさそうでマジ助かったわ。手よりも口がよく動く種族にロクな戦士はいないってのがあたしの持論」

「ブハハハァ！　愉快を喰《く》らった！　我は『西界《さいかい》の澱《おり》のアグヤヌバ』！　スライム種族の命運を、託された……最強の存在なり！　種の誇りと繁栄にかけて、貴様ら、ダークエルフ種族の、根源魔力を……喰《く》らうッ！」

拳銃の抜き撃ちがごとく、弓を持ち上げた動きすら見えないほどの速度でシーナが矢を高速射出。同時にアグヤヌバはその巨体に見合わぬ敏捷性《びんしょうせい》で矢をかいくぐり間合いを詰める。

——種の生存を賭けた魔術種《マギス》同士の戦いが、今。

無機質な科学が支配する、彼らにとっての異世界を舞台に始まった。

適切な間合いを保ちながら、一射、二射、三射。続けざまに撃った四射目が胴体に当たった。しかし先程と同じく向こうに痛痒《つうよう》は見られない。

†

アグヤヌバの前進速度は予想以上だった。猫の形質を得て変化した獣の爪が、一瞬前までシーナがいた空間に上から叩《たた》きつけられる。飛び散る地面の泥土《でいど》。スライムの肉体質量に依存した一撃にはシンプルな破壊力が具《そな》わっている。

飛び跳ねるように後退しつつ、背後にあったリフト機械を蹴って高さを得た。弓を横に寝かせた形で二矢の同時撃ち。角度に変化をつけた射撃はスライムの首筋と肩を貫くが、やはり目立ったダメージにはならない。

ならば数で対抗する。一ダメージの矢でも百本撃てば百だ。相手の体力と魔力を少しずつ削り続ければ勝利は見えてくるだろう。この基本装備の弓矢で始末をつけるにはそれしかない。

弓矢以外の手段で、ということを考えるなら、それもなくはないが――

（……さすがにまだ無理だよな）

一瞬だけ横目で練介《れんすけ》の様子を確認した。邪魔にならない位置でじっと状況を窺《うかが》っている。やはり賢く、信頼がおける。彼を相棒に選んだことに悔いはない。だが、それでも。

彼はまだ事態の全てを把握してはいないし、真の意味での覚悟もできていない。

視線を切った一瞬の隙にアグヤヌバの巨体も宙を舞っていた。慌てて身を捻《ひね》る。空を切った爪は跳躍の足場にしたリフト機械を一撃で損壊させた。

動きの素早さではシーナのほうが勝っている。より立体的な位置取りを意識して高く跳び、建築途中の建物、その鉄骨の足場の上へ。

スライムはまた新しい何かを腰の袋から取り出していた。黄色い箱に見覚えがある、携帯型の栄養食品だ。それを一気に五、六個、紙ケースごと口に放り込みぼりぼりと喰《く》らった。

「これも、また、良《よ》い。この小ささに、貪欲なる熱量と栄養素！　満足を喰《く》らうぞ、在れば在る程！　食い出はないが、多量に喰《く》らえば、良《よ》いだけ！」

「それか。あたしもコンビニで食ったぞ。味はいいんだが、あたしはあんまりだったな……固められた魚のエサ喰《く》ってるみたいな気分になってな！」

射撃。栄養補給したスライムはそれをかいくぐり、巨体に似合わぬ跳躍力で追ってくる。

シーナは森の木々のしなりを懐《なつ》かしく思いつつ鉄の足場を飛び回った。スライムは苛立《いらだ》った様子でひっきりなしに飛んで来る矢を腕で打ち払っていたが、やがてそれすら億劫《おっくう》になったか、矢を無視して身体《からだ》で受けながらシーナを追うことを優先させるようになる。

「いやー、舐《な》めてる。マジ舐《な》めてる」

直前にいた下方の足場からスライムが跳んできた。

動きのリズムを変える頃合いだ。シーナはその場から飛び降りつつ、落下の勢いを利用してカウンターの跳び蹴りをその頭部に喰《く》らわせる。初の近接攻撃。

「オオッ⁉」

相手の身体《からだ》を蹴った反動で軌道を変え、苦し紛れの爪攻撃を回避。バランスを崩した敵はそのまま鉄骨空間の一階に落ちていき、その背中でズゥンと土埃《つちぼこり》を立てた。

「オイオイ、マジでこんなか？　リアルに単細胞じゃん」

やや遅れてシーナも少し離れた場所に着地。

――実のところ、スライムが喰《く》って看破したとおり、矢は自分の魔力で構成されている。だから無限に撃ち続けられるというわけではない。消耗品なのだ。

しかし問題はないだろう。いくら人外の突進力と破壊力があっても、動きが短絡的すぎる。遠距離攻撃能力を持たないのならばこちらに負ける要素はない。

倒れたスライムは緩慢に起き上がろうとしている。再び射撃モードに入ろうとしたとき、シーナは視界の端で何かが動いたのに気付いた。

先程のヤクザ男の死体だった。それがべちゃりと緩慢に地面に倒れる様子が見えた。

頭の中で警鐘が鳴る。

死体が倒れた？　なぜ？　縦に刺さった鉄骨に完全に縫い止められていたのに？

「シーナ！」

練介《れんすけ》が叫んで何かを知らせようとしている。指さした先。その死体のあった場所。縦に刺さっていたはずの鉄骨が、液状に溶けている。

（――――っ！）

気付くのが遅れた。

地面から上半身を起こしたスライムが、腕をぶるんと横に振るうと。

「《我は長く硬き鉄を食した》《イミテート・ミミックスライム》」

男を貫いていたのとまったく同じサイズ、まったく同じ形状の鉄骨が、凶悪に横回転しながらシーナに飛んでくる。人外の怪力で放たれた速度に、咄嗟《とっさ》には対応できず――

シーナはその鉄骨を腹部に喰《く》らって、無慈悲な質量に為《な》す術《すべ》なく吹き飛ばされた。

†

「ブハハァ……単細胞と、言ったか。我らに対する、最大の侮蔑を、喰《く》った。我らは一にして全、言うならば、全細胞と言う味が、正しい」

「し……シーナ……！」

練介《れんすけ》は背筋を震わせながらそれを見ていた。

スライムの体内から、い、い、生み出されたように見えた鉄骨。投擲《とうてき》されたその超重量が直撃した結果、後方にあったコンクリート壁にぐったりと背中を預けている褐色の少女。魔術種《マギス》は身体《からだ》のつくり自体が違うのか、先の男のように肉を抉《えぐ》り潰されたようには見えなかったが、衝撃はモロにくらってしまったように見える。地面に伸びた脚の上にはまだ鉄骨の一部分が乗っていた。

「あえて、単純な動きしか……見せず。油断させていたことも、わからぬ、とは。実に、愚かな味だ。我がなぜ、貴様の矢を、最初に喰《く》おうとしたのか、疑問には……思わなかったのか。無機物も、喰えば形質を取り込めるのだと、なぜ、気付かない？　かつて戦ったのは、それもできぬ、赤子のスライムだったか？　ブハハ、ブハハハァ！」

アグヤヌバは哄笑《こうしょう》しながら悠然と起き上がり、手近な壁に近付いた。

コンクリートから突き出ていた細い鉄の芯、つまりは鉄筋を力任せに捻《ひね》り取り。

先程と同じく、口に運んで奇術のように丸呑《まるの》みした。ごくりと嚥下《えんか》。

「生物と違って、腹は、膨れぬ。故に、もぎ取り使うのは、無駄ではあるが……根源魔力が補充できるなら、釣りが来る！　我は、決断を喰《く》った！」

敵の人差し指あたりの肉が不意に直線的に盛り上がり、細く捻《ねじ》れ、色も鈍い鉄色に変じた。

たった今食べたばかりの鉄筋だ。アグヤヌバはそれを切り離して別の手で握り、手槍《てやり》のようにシーナに投げつける。一本ではない。続けて二本、三本。

それらは起き上がれないシーナの肩や腹部に刺さる。朦朧《もうろう》としていたようだった彼女の身体《からだ》が、その衝撃と痛みでびくんと跳ねた。

「っ、ああ、あああああっ！」

「シーナっ！」

鉄骨で薙《な》ぎ払《はら》われるのとは違う。物理的に身体《からだ》を直接貫かれては、彼女も当然の摂理からは逃れられない。漏出する鮮やかな色彩。

――血が流れていた。

――人間のように。

――人間と同じに。

きっと、それが理由だったのだろう。無意識下で練介《れんすけ》の身体《からだ》を動かした、最後の一押し。

気付けば練介《れんすけ》はシーナとアグヤヌバの間に立っていた。

スライムが異形の口元を歪《ゆが》ませる。

「ほう？　見たところ、ダークエルフの眷属《けんぞく》の、ようだが……眷属《けんぞく》は、あくまでも、魔術種《マギス》のサポート。この地で仕立てられた、主の付属品に、すぎん。それが、敵対する魔術種《マギス》の前に、一人で立ち塞がるとは……質のいい、洗脳でも、喰《く》らったか」

「洗脳なんてされてない」

脂汗が流れ出る。今まで感じたことのないプレッシャー。有り体に言えば恐怖。

それでも前を見据えた。背後にいる、血を流している彼女のことを想《おも》って。

「ただ、好きなだけだ」

繰り返そう。自分にあるのは、本当にそれだけなのだから。それしかないのだから。

何を言っているのかわからないというように、スライムが怪訝《けげん》に首を傾《かし》げる。

練介《れんすけ》はその一挙手一投足から目を離せない。

自らを落ち着かせるように、意識的に深く長く、息を吐く。

半身に構えて拳を握った。

騎士校で操り方を習っているRV《リボルヴ》とは、いわゆるパワードスーツのようなものだ。人体の延長上にあるもの。だからその操者は人体の扱い自体にも習熟していなくてはならない。故にカリキュラムには格闘訓練も含まれている。

練介《れんすけ》はそこでも優秀な成績を残していた。だが一般的な対人格闘の技術が、この異形にどれだけ通用するのか。『食べたものの形質を取り込み、自分の肉体を材料にそれを再現する』という異世界の魔術に、どう対抗すればいいのか――

湿った咳《せき》の音が後ろから微《かす》かに届いた。

「あー……ちくしょー……」

「シ――」

「こっち見んな、前見てろ。あたしは大丈夫……すぐには動けないけどさ」

言われたとおりにした。聴覚の意識だけを後方に向ける。

「こうなりゃ頼るしかないか。教えるのはまだちょっと早いかと思ってたが……またそんな面白いこと言われちゃあな」

声には苦痛と血の色が混じっていた。だが同時に、彼女らしい飄々《ひょうひょう》とした軽さもいつものように含まれていた。だから練介《れんすけ》はその内容を真実だと信じる。

「はっ……あいつ、何て言ってた？　あのスライムクソ野郎とあたしらとじゃ、どうやら眷属《けんぞく》の立ち位置も違うっぽい。付属品なんかじゃなくて、あたしには大事だ。とても」

重要なのは彼女の言葉だけだ。巨漢が間合いを詰めてくるのはどうでもいい。いつ彼女と同じように遠距離から鉄筋を投げられて身体《からだ》を貫かれるのかという恐怖もどうでもいい。

「眷属《けんぞく》が、ただの案内人みたいなものだと思ってた？　相棒ってだけじゃなくて、わざわざ眷《けん》属《ぞく》って言ってる意味が……あるに決まってるじゃん。だから、練介《れんすけ》、よく聞いて、感じろ」

最後の言葉は、囁《ささや》くように。

「お前の身体は、もう、人じゃない」

――ぎしり――

鼓動のように、身体《からだ》の内側で軋みを感じた。ぎしぎし。ぎしぎし。

不快ではない。動きを阻害するものではない。たとえば血液と筋肉で動いていたモノの中身が歯車に置き換えられたら、鼓動の代わりに歯車が噛《か》み合《あ》う音が聞こえ始めるだろう。

それと同じように。

木が軋《きし》むような音が、自分の中から響いているような気がした。

その意味をそれ以上考える余裕は与えられない。

身体《からだ》の異変に気を取られた一瞬で、アグヤヌバは目の前に肉薄していた。あまりにも容易《たやす》く接近できたせいか、敵はその鉤爪《かぎづめ》で簡単に始末をつけるようなことはなく――練介《れんすけ》にあえて恐怖を味わわせるかのように、牙の生えた異形の顎を大きく開く。涎《よだれ》が糸を引くのが見え、

「あああああああっ⁉」

首と肩の間に、肋骨《ろっこつ》の数本にすら届くほどの深さで噛《か》みつかれた。巨体の重みが牙越しに圧《の》し掛かる。痛みと刺激はもちろんあった。だが想像した熱は来ない。違和感。

そして次の瞬間、べきべきという音を立て、スライムの牙が練介《れんすけ》の顔のすぐ横で噛《か》み合《あ》わさるのが目に映った。噛《か》みつかれた部分の肉が全て抉《えぐ》り取《と》られて、喰《く》われて消えた？

いや。

すっぽ抜けるように、一塊の木屑《きくず》がその横を飛んでいる。

視界の端で認識した自らの肩は、その塊がちょうど嵌《は》まるくらいの大きさで、無残に穴を空けて抉《えぐ》れている。

そこから血は流れ出ておらず、薄黄色の、まるで樹木のような断面を見せていた。

自分は何を見ている？　自分の皮膚一枚剥いだ先が、何故《なぜ》こんなことになっている？

それらの疑問を。

「大丈夫。あんたはそんなんじゃ死なない。それから、その身体《からだ》は凄《すご》い力が出るぞ」

彼女の言葉一つで、忘れることにした。

頭を切り換える。彼女ができると言ったなら、できる。

その信頼こそが、どうしようもなく足下を見失い、奇跡のように彼女と出会ったおかげでここに立っている自分の——唯一の拠《よ》り所《どころ》なのだから。

彼女がダークエルフであることも、異世界から来たことも、他の種族と殺し合いをしていることも、信じてきた。ならばこれもその延長上にあるものなのだろう。

それに。

「ヌグゥッ⁉」

握り込んだ拳を、アグヤヌバの顔に全力で叩《たた》き込《こ》む。学校での格闘術に沿った殴り方ができていたかどうかは知らない。ただ渾身《こんしん》の力を込めて殴った。ぶよぶよとした肉厚の手応え。しかしダメージは徹《とお》っている気がする。凄《すさ》まじい力が体内で軋《きし》んでいる気がする。

彼女の言葉どおりだった。だが、拳を進ませたのはそれだけではない。

殴りたかったのだ。自分自身が、心から、こいつを殴り倒したかったのだ。大好きな彼女を傷つけたこいつを。彼女に血を流させたこいつを。

久しく忘れていた〝怒り〟が練介《れんすけ》の胸中で燃えていた。嘘《うそ》をつくだけで一生懸命だった日々

の中に埋没していた、極めて原始的な感情。

想定外の反撃にスライムはまだ体勢を立て直せない。練介《れんすけ》はさらなる拳の一撃を加えてその巨体をよろめかせた。

かつてなく身体《からだ》の奥から力が湧いてきている。ぎしぎしぎし。軋《きし》む身体《からだ》の内側に、筋肉以上に固く柔らかくエネルギーを蓄えた肉厚の何かが詰まっている。限度のない内燃機関。溢《あふ》れる力と怒りが合わさった暴力的な衝動に従って、練介《れんすけ》は両手でアグヤヌバの腕を掴《つか》んだ。できそうな気がする。彼女だってできると言うだろう。

――その手首から先を、捻り切った。

「ヌオオオオッ！　小僧ォッ！」

元々の不定形生物の性質が残っていたためでもあるだろう。予想外の容易《たやす》さ。

練介《れんすけ》はさらに追撃を加えようとするが、スライムは一旦大きく飛び離れて距離を取った。

「近距離戦闘力を持つ、眷属《けんぞく》、か。弓を射る、ダークエルフを、その身で援護する……！」

「さあ、それはどうかなー？　近距離だけかなー？」

その声と足音に安堵《あんど》を覚える。練介《れんすけ》が時間を稼いだ間に鉄骨を押《お》し退《の》けて自由を取り戻したのだろう。いや――売人の死体を貫いていた最初の鉄骨が溶けていたことからして、スライムが作り出した無機物の複製品は一定の時間しか保たないのかもしれない。

練介《れんすけ》の横で立ち止まったシーナの身体《からだ》にはまだ生々しい傷が見えた。それでも不敵に唇を曲げたいつもの表情で、弓を構える。

「ただいま、スライムクソ野郎。わりと痛かったぜ？　傷は魔力で治せるけど、無駄遣いさせんなよな」

アグヤヌバは自らの失われた腕の先を一瞬だけ見やった。判断は速い。

「チッ。この状況では、熱量が、足りん。さらに、喰《く》わねば、ならん……！　屈辱の味、なんと、不味《まず》いことか！」

舌打ちと同時に身を翻《ひるがえ》し、こちらに背を向けたのだ。

「は？　ここでいきなりザコ敵っぽさを出してどうすんだよ」

シーナが矢を放つが、アグヤヌバは跳躍。組み立て途中の鉄骨に飛び乗り、上へ上へと移動して連続矢を回避した。

「大丈夫か？　無理はしないほうがいいんじゃないか」

「大丈夫だって。あそこから次にどう跳ぶとしても、狙える。高くて長いジャンプっていうのはいい的だ。次で墜《お》とす……」

シーナが一つ息を入れて、弓を引き絞る。ほとんど夜空の星を狙う角度で、鉄骨上のスライムに番《つが》えた矢の先端を向けて――

唐突な、羽ばたきの音。

それはまさにその矢を向けていた夜空のほうから届いてきた。

見上げて視界に入るのは新たな異変。天からの星光を遮る影がある。背中に鳥の翼の生えた一人の人間が、アグヤヌバのいる鉄骨の上に、さらなる上方から舞い降りてきたのだ。

小柄な影だ。体格は完全に対照的ながら、雰囲気的には似たようなフード付きパーカーを身に着けている。フードを目深《まぶか》に被《かぶ》っていて顔はよく見えない。

だが向こうにしてみれば、眼下の人影の様子を視界に入れるのは容易《たやす》いことだっただろう。その存在からの視線が届いてきたのを練介《れんすけ》は感じた。短い時間ながら、確実に。

「遅い！　早く、しろ、愚図！　不満を喰《く》う！」

苛立《いらだ》ち混じりの怒号を合図に、翼の人影がはっとしたように空中から腕を垂らす。そこにアグヤヌバが飛びついた。目的は攻撃ではなく、保持。アンバランスな体積関係ながら浮力は保たれていた。翼の人影をグライダーのように扱って、そのまま滑空を開始する――

「翼人《ラニアンシエ》の魔術種《マギス》……いや違うな。根源魔力を感じない。ってことは、スライムの眷属《けんぞく》か！」

シーナが夜空を舞う二人に対して矢を射かける。しかし上の人影が翼を軽く動かして軌道を変化、彼らを掠《かす》めた矢は星空めがけて儚《はかな》く旅立った。シーナはさらに何本か矢を射るが、それら全てを躱《かわ》しきり、二人は防護シートを飛び越えて工事現場の敷地《しきち》から離脱していく。

彼らの姿が見えなくなると、シーナは不満げに口を尖《とが》らせながら手中の弓を消した。

「そりゃ向こうにもいるよな。戦闘に向いてないタイプだから待機させてたってカンジか」

「追う気は……ないよな」

練介《れんすけ》の言葉に、シーナは腹を軽く撫《な》でるようにしながら肩を竦《すく》めた。

「まあね。さすがにこっちも元気いっぱいに追えるくらいのダメージじゃねーわ。ここで決めときたかったけど、今回は痛み分けってことで。しょーがない」

それからゆっくりと、シーナは練介《れんすけ》に向き直る。

その目はなぜか優しかった。抉《えぐ》り取《と》られた練介《れんすけ》の肩をしばらく見やってから、その内側、樹木のような中身を――人差し指で、そっとなぞる。

「痛い？」

「多分痛いんだろうけど、頭が上手《うま》く認識してくれないっつーか。それより今は、なんか不思議と……くすぐったい」

「変なの」

シーナはくすくすと笑う。変なところは他にもたくさんあると思う。

だから率直に聞いてみた。

「どうなってんだ、これ」

「んー。一言で言えば、あんたがあたしの眷属《けんぞく》になったから、って感じなんだケド」

「さすがにその一言じゃ足りないな」

「だよなー。説明してもいいけど、ここでして大丈夫？」

「それは大丈夫じゃないかもしれない」

練介《れんすけ》はスライムに殺された売人の死体を見た。この場に監視カメラがないのは本当によかったが、足跡くらいは消して立ち去らねばならないだろう。後は野となれ山となれだ。いつまでもここにはいられない。スライムとの戦闘で少なからず音を立ててしまった。深夜とはいえ、誰かがここに来たり通報したりしないとも限らないのだ。

じゃあさ、とシーナは唇を曲げた。いいことを思いついた、というような悪戯顔《いたずらがお》で。

「練介《れんすけ》ん家《ち》行こーぜ。ちっと身体《からだ》も汚れたし、動いたせいで腹も減ったし。そう、前に言っただろ？　大事な話をするときにはメシを食いながらがいいって」

†

深夜も深夜にこんな罪作りなことをしていいのだろうか。

そんなことを考えながら、練介《れんすけ》は二十四時間営業のスーパーで買った肉にトドメの塩胡椒《しおこしょう》を振りかけた。頃合いを見て肉をひっくり返すとフライパンの上で肉汁が跳ね、ジュウウと素敵な音を再び奏《かな》で始める。焼き加減を慎重に見ながら、同時並行で副菜の準備も始めた。意外と子供舌のようだったので、甘い卵焼きとかでどうだろうか。

一人暮らしの間に自然と身についた、そして持ち前の器用さで高められた料理スキルを駆使し、練介《れんすけ》は全力で腕を振るっていた。ただし意識が全てそこに向いていたとは限らない。

微《かす》かに届く風呂場《ふろば》からの水音が、やはり、気になった。

戦闘で血を流したのだから、清潔にしたいというのは当然だ。ダークエルフが川で水浴びをするかわりに練介《れんすけ》の家でシャワーを浴びているだけだ。瑞々《みずみず》しい褐色の肌の上を、対照的に真っ白な泡が名残を惜しむように這《は》い、ボディーソープのいい匂いにきっと彼女は口元を緩める。その手で身体《からだ》のそこかしこに存在するなだらかなカーブをなぞり、そこに追随する水滴たちは歓喜に踊るように——

「うおっ、危ない危ない」

料理中の妄想は危険だ。つまり料理中のシャワー音は危険だ。食事の準備に集中する。火加減に注意して彼女はどこから洗うのか味見を忘れずにいつも使っているあそこに裸で。

全ての料理が無事に完成したのは奇跡的なことだったのかもしれない。デザートが冷蔵庫で冷えていることを確認していると、がちゃりと風呂場《ふろば》のドアが開いた。

「つぷぁー。このシャワーってのだけはどんな魔術よりもスゲェな。ちょっと捻《ひね》るだけで永遠に水が出たり湯が出たりさ。あ、とりあえずテキトーに服借りたけど、いいよな？」

「お……おお」

大変なことだった。シーナは練介《れんすけ》の大きめのTシャツ一枚を着ているだけだった。

ダボダボの胸元はただ立っているだけで壮大な渓谷の形をした刺激を展開中。脇だって同様だ。タオルで髪をぐしぐししているために腕が持ち上げられているから、袖というトンネルの奥には白いシャツとの対比で映える褐色の領域が先程の渓谷の裏側である膨らみと部分的に繋《つな》がる形で惜しげもなく開帳されている。すべすべとした、普段は見られない秘肉部位。脇腹と二の腕を繋《つな》ぐ筋肉の筋が、一流の芸術品、あるいは世界遺産の吊《つ》り橋《ばし》のように美しい三角地帯を形成し、その窪《くぼ》みに美味《おい》しそうな水滴を隠し持つ。

さらにはTシャツ一枚という言葉には下半身も他人事《ひとごと》ではいられない。すらりとストレートに飛び出ている二本の脚。今までの短い制服スカートよりもさらに短い地点から伸びる太股《ふともも》はほどよい肉付きと彫刻じみたラインを同時に突きつけてくる。ああ、そこにも羨望《せんぼう》の水滴が伝い落ちているのだ。外側ではなく太股《ふともも》の内側を、つうっと透明の痕跡を残しつつ、そこに柔らかな肉があるのだということを無言で証明してくれているのだ——

勝手に服を借りるというワンアクションだけでこの多大なるダメージ。やはり彼女は強い。

「で、メシはどうなんだメシは。肉買ってたよな？」

「あ、ああ、丁度できたとこだ」

「やっほう！　じゃあ早く食おう早く！」

くるりとシーナが身を翻《ひるがえ》すと、拭き切れていなかったその髪の水滴が小さく廊下の壁に跳ね、あるいは練介《れんすけ》の顔というか口の中に狙い澄ましたかのように飛び込み、その生ぬるさが練介《れんすけ》の現実感をぐらぐらと揺らした。

ナイフとフォークを用意すべきかと思ったが、どうやら神からインストールされた基本情報の中には箸の使い方も含まれていたらしい。相変わらず基準がよくわからない。

リビングのテーブルにあぐらを掻《か》いて座り、シーナは器用にステーキをぱくついている。耳は定期的にぴこぴこ上下に揺れており、なんとも幸せそうな顔だった。

「うーん最高。やるじゃん練介《れんすけ》、店で売ってたやつよりも美味《うま》いぞ！」

「そりゃどうも」

悪い気はしない。それほど腹が減っていなかったので、練介《れんすけ》の前の料理はシーナと比べればかなり控えめだ。その代わりに喉が渇くので、何度もコップに水を注いで飲んだ。

「マジ何が違うんだ、やっぱ胡椒《こしょう》か、胡椒《こしょう》の量か？　ていうか肉自体もいい肉なんだろうな。柔らかくて肉汁ジュワッで、砂漠ネズミの肉とかとは違いすぎる……あ、肉と言えば、練介《れんすけ》。肩はどうよ？」

「いや……変わらないよ。頭が慣れたのか、地味に痛くなってきたけど」

着替えた服の襟首を摘まんで、中を確かめてみる。実際見れば抉《えぐ》れているのは変わらない。感じているのは、普段の肉体とは違って血管や筋肉や神経の関与しない、より純化した痛み――あるいはそのような何か――だった。

「で、これってどういう状況なんだ」

「簡単に言うと、眷属《けんぞく》は使い魔みたいな意味も持ってるんだ。魔術種《マギス》ごとに違う意味合いのさ。ダークエルフの眷属《けんぞく》は……樹人《ツリーマン》、っていう。だからあんたの身体《からだ》はそうなってる」

「樹人《ツリーマン》……」

「ダークエルフだって森の妖精であることは変わんない。太陽の恵みに満ちたものじゃない、陰気でおどろおどろしい森かもしれないケドな」

シーナはふてぶてしく唇を曲げ、肉をひょいと口に放り込んで続けた。

「基本的に変化したのは身体《からだ》の内側。普通にしてる限りは人からおかしく見られることはないと思う。触れば体温だって感じるし、皮膚の血管だってある。ただ力が強くなって、ただ痛みに強くなってるってだけ。魔術的な幻影効果もある程度は被《かぶ》さってるから、医者に診られても解剖とかされない限りはバレないと思うぞ」

「いや、つってもこの状況はさすがにおかしいだろ。服を脱げばモロバレだ」

さすがに突っ込むと、シーナはあっけらかんと言った。

「ああ、それは多分、まだ時間が経《た》ってないからじゃね？　たっぷり水飲んでしばらく休めば治るはずだぞ。元通りに再生すると思う」

「マジかよ」

「そういやさ、最近水が異様に飲みたくなってない？　多分それ、樹人《ツリーマン》化の影響。我慢しないで飲んどけよ。その身体《からだ》の燃料みたいな感じになると思うからさ」

マジかよ、と今度は胸中で呟《つぶや》いた。確かにあの公園で目覚めてからこの食卓まで、やたら喉が渇く感じがあったが。まさか身体《からだ》がこんな状況になっていたからだったとは。

「まーいろいろわかんないとは思うけど、ダークエルフの根源魔力の影響でそうなってる、つまり魔術の一種で概念的にそうなってるって感じだから。そういうモンだ、って納得しとけ」

「そうだな。少し驚いたけど、喉が渇く以外に体調が悪いわけでもないし。あんま深く考えないほうがよさそうだ……」

「へへー。さっすがあたしが見込んだ練介《れんすけ》。面倒な説明いらなくてマジ助かる」

いつもの満足顔で卵焼きを頰張るシーナ。練介《れんすけ》としては彼女の身体《からだ》のほうが気になった。じーっと見ていると、彼女は少しもじもじした様子で、

「なにー、また触りたいとか言う気？　風呂上《ふろあ》がりだから？　相変わらずマジメときどき変態、ところによりムッツリって感じだな。動きが読めねー……」

「違う。お前こそ身体《からだ》大丈夫なのかなって思ったんだよ。さっきまで血が出てたし」

「ああ、そっち。もう出血自体は止まってるよ。魔力を治癒に回せば傷は癒やせるんだ。魔術《マギ》種《ス》だからさ、そんくらいはラクショー」

「そっか。だったらよかった」

心からほっとした。自分の肩が治ると聞かされたとき以上に。

「それで、これからの予定は？」

「ひとまず回復を優先させたほうがいいだろな。スライムとは痛み分けになっちまったけど、本調子じゃないところを別の魔術種《マギス》に見つかって襲われたらムカつくし。正直、魔力はすぐにどうなるってわけじゃないんだ。治療に使ってもまだ蓄えはあるから、焦《あせ》ることたーない」

「つまり……しばらく休息か」

「そーいうこと。よっし、次はデザートだ！　ポスニキロの卵ドリンクあったろ、な？」

「タピオカミルクティーな。はいはい」

今日びはスーパーでも普通に売っていた。冷蔵庫で冷やしておいたカップを手渡すと、彼女は本当に幸せそうな顔でストローを咥《くわ》えて啜《すす》り始める。どうやらこれがこちらの世界での一番のお気に入りらしい。耳をぴこぴこさせながらの鼻歌なども飛び出す。

何の気なしに練介《れんすけ》がテレビを点《つ》けると、深夜のニュース番組が映った。ほほうこれがテレビってやつか、とばかりに身を乗り出すシーナ。

流れていたのは昨日の主な事件だ。北陸地方あたりで行われた輝獣対策出動の一場面。駆動騎士団のRV《リボルヴ》がやたら格好よく身を翻《ひるがえ》すシーンと、野犬じみた大きさと形状の輝獣が森の中に倒れ伏し、輸送ケースに入れられる様子が編集されて映し出される。

「なんかやたらでっかい鎧騎士《よろいきし》じゃん。中身が巨鬼《オーガ》だったりしないよな」

「普通の人間が中に入って、大きな鎧《よろい》みたいなものを動かしてるだけだよ。てか、これについての知識は？」

「任せろ。神に言う予定の文句レベルを一段上げようと思ってる」

「つまり知らないのか。相変わらず基準がよくわかんないな……EFと同じで新しいモノだからか？　確かに一般的に安定運用され始めたのはほんの十年くらい前からだけど」

「新しいのはわかんないとか、時代についていけてないオッサンみたいだな神。面白ぇ」

神の代わりに、とりあえずRV《リボルヴ》について簡単なところだけシーナに説明してみた。

RV式駆動鉄騎《リボルヴ・アイアンクラッド》。十数年前に実用化されたばかりの個人用作業装甲。型によって差はあるものの、おおよそ全長は3メートル超、重量は約600kg。エネルギー《E》流体《F》を用いた補給システムによる連続駆動時間はおよそ数時間で、その独特の方式こそがRV《リボルヴ》という名前の理由となっている。購入や所持には都道府県の許可が必要で、動かすにも決められた試験を突破して資格を得なくてはならない――

「よくわかんねーけど、国に認められた奴《やつ》らしか着れねーってんならザッハドの黒熊騎士団みたいなモンかな。あいつらもデカくて硬い鎧《よろい》着てやがってさあ？　めんどいったらねーの」

「まぁ、そういう意味合いもあっての騎士ってネーミングなのかもしれない」

「で、そいつらが仕留めてたアレ、あのキラキラしてた獲物は何だ？　美味《うま》いのか？」

美味《うま》くはないだろうな、と練介《れんすけ》は苦笑しながら、画面に映る獣の死骸に目を向けた。

「あれが輝獣。少し前から出てくるようになった新種の獣……かな」

まだまだ輝獣の性質や発生メカニズムには不明な点が多い。既存の生物と姿が似ていることもあれば似ていないこともある。突然変異とか放射能汚染の影響とかいろいろ言われてはいるが……今のところ答えを知る者はいない。遺伝子解析なども遅々として進んでいないという。

「ほっとくと人間を襲う危険な生き物だ。出たばっかりのときは山の集落が襲われて全滅したり、いろいろ事件も起こってさ。だから駆動騎士団とかが凄《すご》い早さで作られたんだけど」

その危険度は人里に下りてきた熊などの比ではない。猟銃や罠《わな》で対抗できるものではない。

一般的に知られている事実として、輝獣はその体内にコアと呼ばれる特殊な生体器官を持つ。その心臓部の活動が、輝獣を他の生物よりも危険でエネルギッシュな存在としているのだ。

だから全力で駆除せねばならないし——そのついでに。

「あと、昨日言っただろ？　最近電池みたいに使われてるエネルギー流体《EF》。あれは輝獣の体内のコアを取り出して、そこから何やかやして抽出してるものらしい」

「はーん。血を搾《しぼ》ってる感じか」

「そんな直接的な感じじゃないけどな。とにかく今ではEFは確保すればするほどいい感じのものになってるから、危険なわりに求められてる部分もあるんだ。さっきも言ったけど、今ではあの鎧騎士《RV》自身も使ってるからな。冷静に考えたら変な話だ」

「そうか？　ドラゴンを倒して獲《と》った牙で武器作って、また別のドラゴンを殺しに行くみたいな話だろ。わりとよくあるような気もするぞ」

「そう言われればそうかな……」

いつしかニュースは輝獣関連から別のものに切り替わっていた。

アイドルの一日署長の話には特に興味をそそられなかったらしく、シーナはタピオカミルクティーのカップを持ったまま部屋をうろうろし始める。棚を探ったりベッドの下を覗《のぞ》き込《こ》んだり。依然としてきわどいTシャツ姿なので目のやり場に困る。前屈《まえかが》みになると重みで布地が垂れた前面の隙間には引き締まった腹や臍《へそ》や二つの膨らみが見えかけ、しかしもっと視線を下げるとそこにもTシャツの裾から覗《のぞ》く太股《ふともも》の滑らかさ。その広すぎる褐色面積に下着についての一つの疑問を思い浮かべたが確かめるのが怖い。代わりに聞いてみた。

「えーと……何か探し物？」

「ん？　お前が普段楽しんでるダークエルフのエロい絵とかないかなって。好きだって言ってたからにはあるんだろ」

「そ、それは俺も黙秘権を与えてもらいたいというか、人のプライバシーを漁《あさ》るのは止めていただきたい所存だ。なんでいきなり？」

「そりゃ暇だから。テレビも意外にすぐ飽きたっつーか、知らん奴《やつ》の話とかされてもなって感じじゃん。それなら練介《れんすけ》の暮らしっぷりを知りたいぞ。普段何してるんだ？」

「そんなに暇なのか。じゃあ、そうだな」

彼女に対しては自分を取り繕いたくはなかった。いつもの隠し場所から映像ディスクを取り出し、プレーヤーにセット。決意と共に再生ボタンを押した。

この深夜を通り越した朝方からさらに二時間はさすがにしんどかったので、短編の映画だ。エログロな要素がふんだんに盛り込まれたマニアックなファンタジー。

シーナは興味津々《きょうみしんしん》な様子で耳をぴこりと立て、タピオカミルクティーを啜《すす》りながら再びテレビの前に座り込んだ。

「へー。これ、作り物なんだよな？　へー。……あっ、オークだ。なかなか似てんじゃねぇか、見てるだけであいつらの息の臭さを思い出しちまうぞ。おっ、あははは！　首がスポーンって飛んだぞ、ざまぁ！　でもこの女はなんでこんな乳が零《こぼ》れそうな鎧《よろい》着てんだ？」

シーナはケタケタ笑ったり「ここは自分の知ってる世界とは違う」などと得意げな蘊蓄《うんちく》を披露してくれたりした。

密《ひそ》かに緊張していた練介《れんすけ》は、次第に、胸中の輪郭が失われていくような感覚を覚える。内部で破裂しそうだった圧が自然とその澱《よど》みを緩めていく、心地《ここち》好くも不安な脱力。

映画はあっという間に終わったように思えた。終始シーナは楽しそうだった。

「これが映画ってやつかー。なかなかいいじゃん」

唾を飲み込み、思い切って聞いてみた。

「気持ち悪く、なかったか？」

シーナはきょとんとした顔を見せてから、

「なんで？　面白かったぞ。最後、ムカつく人間とオークが両方全滅するのがよかったな」

「そうか」

平静を装《よそお》って答えながら、練介《れんすけ》は、身悶《みもだ》えするような衝動を必死に堪えていた。胸の奥深い部分がこれまで受けたことのない刺激に困惑している。痛気持ちいい敏感な粘膜を掻《か》き毟《むし》られているような、剝《む》き出《だ》しの傷口を愛撫《あいぶ》されているような、そんな感覚。

他にどんなんがあるんだよもっと血が出たりエロいやつでもいいぞ、と興味《きょうみ》津々《しんしん》にコレクションを覗《のぞ》き込《こ》むシーナの後ろ頭を見ながら、練介《れんすけ》は目を細める。

この部屋にいる他人《誰か》が。当たり前のように。偽らない自分を見てくれている。

彼女は彼女のままで、自分は自分のまま。

在ることを、赦《ゆる》してくれている。

素直に思った。

俺は、単に。こういう時間が欲しかっただけなのかもしれない、と。

――でも。

それ以上先は、考えないようにした。

食事の片付けを終えて、練介《れんすけ》も軽くシャワーを浴びて。

寝ることになった。

「俺はソファーで……」

「つまんねーこと言うなよ？　ていうかな、眷属《けんぞく》はあたしの近くにいればいるほどパワーが出るんだ。活性化するっていうのかな。身体《からだ》の治りだって早くなるはずだぞ」

有無を言わせぬ勢いだった。体当たりするように、シーナは強引に練介《れんすけ》をベッドに押し倒す。

「だから諦めて、一緒に寝ようぜ？」

すぐ近くの、吐息。

手足をついて覆《おお》い被《かぶ》さっている彼女の重みを、マットレスの凹《へこ》みで間接的に感じる。

にやにやと笑って、挑戦的な目つきで、しかし言葉はあくまでも静かに。

「ちなみに——お前は先が読めない言動をする代わりに、なんか奥手っぽいからあえてはっきり言っとくと、だ。……ヤリたいんだったら別にいいぞ」

「……！」

「言った通り、あたしは練介《れんすけ》のこと、別に嫌いじゃないからな。たった一人の相棒と仲良くなっとくのは悪いことじゃないっつーか、むしろいいことだ。もっと息も合うようになるだろうしさ。……どうする？」

ぐるぐるぐるぐる、と思考と意識と世界が高速回転する。入り混じり撹拌《かくはん》される多種多様の何か。欲望とプライド。現実と非現実。触れたいものと触れていいのかわからないもの。

なんとか、声を絞り出すことに成功した。

「つ……疲れる、ことをするのは、駄目じゃないのか。治したいんだから」

「それもそっか」

彼女はあっさりと納得した。ニュートラルだ。彼女は本当にニュートラルで、自然で、嘘《うそ》な

くさっきのことを言っていて、つまりは本気だったのだ。練介《れんすけ》はまた唾を飲み込んだ。

「じゃあ今日はなしにしとくか。おやすみー」

ぼふり、と彼女は練介《れんすけ》の真横に軽く身体《からだ》を投げ出した。

そして冗談のように、ほんの数秒後にはもう寝息が聞こえ始める。

吐息は届かなくなった。瞳は閉じられた。けれど猫のように小さな呼吸音は耳のすぐ横にあって、同じシーツの上に二人の体温が滲《にじ》んでいる。

練介《れんすけ》の動悸《どうき》はしばらく収まることなく、無論、眠りもなかなか訪れはしなかった。

†

きっと、眠る前にあった二つのものが混ざってしまったからだ。

初めて体験する種類の緊張と――自分の趣味についてあれこれ考えてしまったこと。

悪夢を見た。

しかし自己防衛反応が辛《かろ》うじて働いたらしい。それは明晰夢《めいせきむ》にはほど遠い、コールタールにも似た息苦しいイメージの羅列にすぎなかった。過去の断片という天災にすぎなかった。

子供時代の低い視界、家の廊下。見下ろしてくる人影。厳格な氷の彫像——父親という支配者。「「このようなものは要らない」」でもそれは友達の。初めての友達からの。「「お前の人生に要らない」」贈り物なのに。高みからの視線。破られて散らばる大事な記憶。痛みはない。痛みという温度すら与えられない。世界は無温《むおん》だ。ずっとそうだった。他の家族からも届くのは視線だけ。冷笑か、嘲笑か、嫌悪《けんお》か、呆《あき》れか。子供の自分には理解できない。

温度は、どこにも、ない。

暗幕。あの男《父親》。家族。息が詰まる。しんとした団欒《だんらん》。家。幸福に満ちた地獄。何も許されない。視線。正しさしかないという間違い。冷たさすらもない。延々と目覚めて眠って。

朝倉練介《あさくられんすけ》という存在は、そうして育てられ——否。

管理／作成／彫刻／飼養／されて——

「ッ……！」

気付けばベッドの上に勢いよく上半身を起こしていた。額には汗が滲《にじ》み、心臓が暴れている。いつものことだ。でも今は、いつもと違った。

「どした？」

静かに、なんでもないように、ただ、彼女の声。

それが耳朶《じだ》に届いただけで、ふっと動悸《どうき》が収まる。見ると彼女は練介《れんすけ》の横に寝たまま、目だけを開いて天井に向けていた。Tシャツは臍《へそ》の上まで捲《めく》れ上がっており、その褐色肌の面積がなだらかな双丘すれすれまで開示されている。彼女の下半身についての状況を脳の覚醒と共に思い出したが、幸い、奇跡のように毛布の下に隠されていた。腕はなぜか万歳ポーズで両方持ち上げられていて、全体的にはリラックスした猫のような気怠《けだる》い雰囲気の寝姿であった。

だが、練介《れんすけ》の顔を見るでもなく開かれた目は、どことなく遠くを見ているようでもある。

「ごめん、起こしたかな」

「気にすんなよ。癖でさ、ちょっとした動きでも勝手に目が覚めちまうことがあんの。寝てる間にナイフでグッサリとか財布の金をスろうとする奴《やつ》とか警戒しなくちゃなんなかったから」

「一応言っとくけど、俺はグッサリも財布も狙いません」

「だよなー。狙うとすればあたしの身体《からだ》ぐらいだよなー」

「それは——えー、黙秘させていただきます」

「ひひひ。そこでカンタンに嘘《うそ》をつかないのがやっぱ練介《れんすけ》だ……ふわぁー」

にやりと笑ったついでにシーナは大胆な欠伸《あくび》をして、むにゃむにゃと口を動かす。

そんな会話をしていたら、夢見の悪さは完全にどこかに行ってしまった。夢の内容すら思い出したくないので助かる。

シーナはベッドの上で万歳をしていた両腕の角度を九十度変え、空中に突き出すようにした。さらにはその腕をぴろぴろと動かして、

「めっちゃ寝たわ。身体《からだ》が重い……れんすけー、起こして」

苦笑しつつ、その柔らかな手を摑《つか》む。毛布から引っこ抜くようにするのは彼女の下半身の事情でかなりマズい。ひとまず彼女の上半身だけを起き上がらせた。

くわぁ、ともう一度、可愛《かわい》らしい欠伸《あくび》。そこで練介《れんすけ》はその背景の違和感に気付く。

「外が暗い……えっ、今何時だ？」

「知らねー。あ、途中でうるさいの鳴ったから適当に叩《たた》いたら止まったぞ」

と彼女が示した枕元の目覚まし時計を見れば、その針は七時前を指している。寝たのが四時くらいだったから、三時間の睡眠――な、わけがない。示されている表示はＰＭ。つまり朝が来て日が落ちるまでの十数時間を完全に二人で寝きってしまったということだ。

「マジか。行くかどうかはともかく、学校が始まる前には一度起きようと思ってたんだが」

「悪いことした？」

「……いや。ま、どうでもいいか。もし連絡があったら体調不良で寝てたってことにしよう」

その言い訳に。あるいは学校という概念に、もはや意味があるのかどうかもわからないが。

シーナはベッドの上で伸びをしつつ（尖《とが》った耳もきゅーっと持ち上がっていたのがやけに微笑《ほほえ》ましく見えた）、

「体調不良もウソじゃねーじゃん？　こんだけ寝たのは身体《からだ》が眠りを欲しがってたからだろ。つまり今のあたしたちはまだ回復フェイズだ。ひとまずそれを最優先にしようぜ」

「異論はないよ。じゃあ、今日の予定は休みってことにして……まだ寝てたほうがいいかな。俺の肩も全然治ってないし」

「んー。寝るのは大事だけど、寝てばっかりってのもどうかなあ。あたしもこっちの世界の樹人《ツリーマン》のことは全部わかるってわけでもないしさ。練介《れんすけ》、今、身体《からだ》の欲求は何かある？」

「水が飲みたい。のと、さすがに腹も減ったかな」

それを聞いて、シーナはにやりと笑った。

「決まりだ。あたしも腹が減ったから、とりあえずまたメシにしようぜ。ホント、美味《うま》いもの食べて寝て起きたらまた美味《うま》いものが喰《く》えるって、こっちの世界はたまんねー。作っても外に出てもいいけど、なんか美味《うま》いやつがいいな！　特にまだ喰《く》ったことがないやつ！」

ばふんと毛布を跳《は》ね除《の》けて立ち上がる。練介《れんすけ》は慌てて視線を逸《そ》らす必要が生じた。その一瞬で網膜に焼き付いたのは、その付け根まで遮るものなく続く太股《ふともも》の褐色ライン。

やはり、そういうことだった。


また手料理を作ってもよかったが、昨日の暴食の流れからでは材料が少し心許《こころもと》ない。なのでひとまず外食することになった。何系がいいかと聞いたところ「強いて言えば肉」と力強く返されたので、日本の誇る外食文化――チェーン店の牛丼をセレクト。あまりに庶民的すぎやしないかと思いはしたものの、シーナ自身がやたら興味津々《きようみしんしん》だったので問題はないのだろう。

というわけで、練介《れんすけ》は牛丼屋のカウンターに座るダークエルフという希有《けう》なモノを間近に見ることになる。

注文。着丼。その提供速度にまずは驚き、それから一口。むぐむぐ咀嚼《そしゃく》。

途端、カッと練介《れんすけ》を睨《にら》んできて、

「おい、おかしいだろ。米の上に肉のっけただけでなんでこんな美味《うま》いんだよ。何かの魔術か？」

「これが人間の食文化ってやつだ。魔術じゃない」

「信じらんねー……お前が入れたその赤いのは何だ？」

「紅ショウガっていう薬味だ。これは上級者向けな気がするぞ」

「ンなこと言ってあたしに美味さを隠す気だな？　どれどれ――」

ガリッ、と嚙《か》んだ途端にしかめっ面《つら》になる。

「苦ぇ。これは薬草系の味だ」

「だから言ったのに」

やっぱりわかりやすい子供舌なのかな、と練介《れんすけ》は内心で苦笑する。その視線に気付いたか、紅ショウガのことは忘れて丼をかっこんでいたシーナが顔を上げ、ジト目。

「あ。今なんかお前、失礼なこと考えたろ。こいつダークエルフのくせにスライムみたいにバクバク食う奴《やつ》だなー、とか」

「それは思ってない、けど」

その単語で思い出した。僅かに声を潜めて、

「俺たち、外で呑気《のんき》にメシ食っててていいのか。スライムを警戒する必要とかは？」

「大丈夫だろ。向こうも無傷じゃない。まともな頭があれば体勢を立て直すのを優先させるっしょ。ま、しょせんはスライム頭だから想定外の馬鹿な動きをする可能性はあるけどさ」

シーナは自然体でいるように思えた。

「何かあったらそんときゃそんとき。つーかそもそも、スライム以外の別の魔術種《マギス》が襲ってこないって確証だってないんだ。気にしたってしゃーない。いざってときに全力で逃げるなり戦うなりできるように、あたしらはできる限り急いで体力を回復させるのが正解。他のことを考えんのは二の次ー」

「……了解だ」

そこで練介《れんすけ》が備え付けの瓶を牛丼に振ると、またシーナは耳をぴこりと動かした。

ちなみにもうこの微妙な耳の動きだけで意外と感情がわかるようになってきた。頻繁に動いているときは何か意欲的なとき、リラックスとかダウナー系のときは若干先端が垂れて下向きになり、逆に怒りや警戒のときは上を向く。あくまでも傾向なので、例外もあろうが。

勿論《もちろん》今のこれは興味があるという合図。黒胡椒《くろこしょう》だと教えてやると、やたら挙動不審になってシーナは周囲をそわそわ気にし始めた。

「おいおい。こんだけの胡椒《こしょう》が？　自由に？　無防備に？　絶対ヤバイだろ……これだけの量、盗んで売っ払えば一月は遊んで暮らせるんじゃね……？」

どうやらまだ胡椒《こしょう》に関しては前の世界の感覚が抜け切れていないらしかった。

ダークエルフにいくつかのカルチャーショックを与えた食事が終わって、店を出る。

「じゃあ、これからどうする？　回復最優先なら、やっぱり家に戻って――」

「そだな。とりあえず、こうだ」

息を呑《の》んだ。ぽふ、と身体《からだ》の前部に軽い重み。

練介《れんすけ》の首に腕を回すようにして、いきなりシーナが正面から抱きついてきたのだ。店を出たばかりの道端なので周囲の視線が痛い。

「な、なんだ、シーナ⁉」

気付いた。それはただ抱きついているのではない。昨日抉《えぐ》れた練介《れんすけ》の左肩の具合を、彼女は腕全体を使って服の上から探っていた。それほど痛くはないが、むず痒《がゆ》いような刺激がある。

「ある程度は盛り上がって再生してるけど、まだだな」

「水は……言われたとおり、飲んでるけど」

「それじゃ足りないってこったろ。となると……」

シーナの心地《ここち》好い重みがすっと離れる。正直、少し名残惜しかった。

「やれることは2パターンかな。どっちがいいか、あんたが決めな？　まず一つは、さっさと家に帰ってまた寝る。腹が減ったらまた起きてなんか食う。安定するだろーけど、大幅な再生のスピードアップはしないかもしれない」

「もう一つは？」

「別の場所に行って、あたしが思いついた秘策を使う。ひょっとしたら何の効果もないかもしんないけど、上手《うま》くはまったら一気にぎゅーんって治せるはず。デメリットは……んー、ちょっと金がかかるかもだな？」

考えるまでもなかった。

「じゃあ二番目ので行こう。金ならまだあるし、失敗してもそっから家に帰って寝れば最初の選択肢と同じだろ？」

その返答を聞いたシーナが——ニヤー、と素晴らしく邪悪に、そして面白そうに唇の端を持ち上げるのが見えて。

ひょっとして選択を間違えたかな、と練介《れんすけ》は思った。


——数十分後。

その場所に到着しても、結局のところ、選択が正解だったか否《いな》かの判断はできなかった。

これは実に、実に難しい問題だ。

初めての場所である。存在は以前から知っていた。用途も。しかし自分には無縁だった。正確に言えば、まだ行く必要がない場所だと考えていた。逆に言えば――いずれはその場所を必要とすることもあるのか、と思っていたのは否定できない。その『いずれ』が『今』なのか？

そこは基本、二人で入る場所だ。広く清潔な部屋。大画面のテレビやカラオケがあり、多種多様のサービスが充実。ここでは食事が可能だ。睡眠も可能だ。そして――

誰にも気兼ねせず、愛の営みを行うことが、可能だ。

そう。

俗に言う、ラブホテルであった。

（おおああああああ⁉）

その単語を改めて思い浮かべてしまうと、反射的に練介《れんすけ》の背筋がぶるりと震える。

昨夜の続きなのか？　続きなのか？　そういうことなのか？

さすがに意識の安定性が危うい。ガチガチの身体《からだ》でベッドの端に腰掛けている練介《れんすけ》は、固まった首筋を回して周囲を観察、この場所の理解を少しでも深めて落ち着きを取り戻そうとする。

非日常的な装飾が為《な》された天井や壁。自宅にあるものとは比べ物にならないサイズのベッド。大きく柔らかな革張りのソファ。その前にはテーブルがあり、ファイルがいくつか置かれている。部屋の使用法、リモコンの説明、それから、コスプレ衣装の貸し出しリスト……。

壁際《かべぎわ》、テレビ台兼用の棚には洒落《しゃれ》た給湯セットが見える。その下の蓋がされた棚の中にあるのは――先程シーナが興味深そうにぱかぽこ開けていたのでわかるのだが――冷蔵庫と、なんというか、コインを入れて開けるケースが並んだ自動販売機のようなもの。中身については記憶へのアクセスを拒否。トイレと風呂《ふろ》場のあるエリアからは、今はシーナの鼻歌と小さな水音が聞こえてきていた。どぼどぼと浴槽に湯を溜《た》める音だ。そこからも意識を飛ばす。

何度確かめても、紛れもないラブホテルである。

練介《れんすけ》は私服でもシーナは例のギャル制服だ。高校生は普通入れない場所だと思うのだが、なぜかこの部屋に来るまで誰にも見咎《みとが》められることはなかった。カウンターが顔を合わせるタイプではなかったから気付かなかったのか、気付いて見逃したザルな経営方針なのか、あるいはシーナが魔術か何かを使って受付を騙《だま》したとかいう可能性もなくはない。

（どうして……こうなった……？）

回復のためにここに入ることが必要なのだ、と言われてシーナに連れてこられてから、正直、ペースを失いっぱなしだ。一応ホテルの前で再考を要求したり事情の説明を求めたりした気はするが、「必要だから仕方ない」「選択したのはお前」「金も大丈夫だって言ったろ」と半ば強引にチェックインさせられた。

練介《れんすけ》は何度も深呼吸する。落ち着かない。

風呂《ふろ》場《ば》から聞こえていた水音がふと止まって、状況に変化の予感。動悸《どうき》の存在感が増した。

「さてさて。準備完了、っと」

きい、と戸を開けてシーナが戻ってくる。シャワーを浴びていたわけではないので、まだ制服姿のままだ。しかし腕まくりした手先とソックスを脱いだすらりとした足には水滴や湿り気が感じられ、なんというか生々しい。

練介《れんすけ》はごくりと唾を飲み込んで、

「あのさ。さっきも言ったかもしんないけど、ここがどういう場所かわかってる、んだよな」

「女がいない売春宿、みたいな場所だろ？　純粋にヤるための貸し部屋」

何で知ってんだよ。神の基本知識に入ってたのか？　やはり基準がまったくわからない。

神への呪いはひとまず後回しだ。

今は後回しできない物事に対峙《たいじ》しなくてはならない。見て見ぬふりで今後の予定を考えないようにできたのもここまでだ。準備が完了してしまったのなら、もう、何かが始まるのだろう。

練介《れんすけ》は気合いを込め、シーナの顔を真正面から見て聞いた。直球だ。直球しかない。

「その……する、のか？」

「――――」

シーナは数瞬、動きを止めて。

「ぷっ……あはははははは！」

思いっきり笑われた。意図せず彼女に与える、何度目かの大爆笑。

「いや、そう、そうだよな？　フツーそう思うよな？　悪かった、マジ悪かった。ええとな……簡単に言えば、あたしがここにお前を連れてきたのは、一緒に、風呂に、入ろう、ってことなんだ。樹人《ツリーマン》には水が必要で、それは多ければ多いほどいい。口から飲むだけじゃなくて身体《からだ》全体で吸収できればさらにいいし、そこに本体のあたしが直《じか》に力を加える状況にできればもっといい——ってこと。それがつまり風呂《ふろ》だ」

「ま、マジで？　それだけ？」

「それだけ。いや、昨日も言ったけどお前がしたいなら別にあたしは——」

「いやそれは、その、えーと、じゃあ、なんでわざわざここに来たんだ？　家でもいいだろ⁉」

「できるだけ広い風呂《ふろ》のほうがよくてさ。お前ん家《ち》の風呂《ふろ》はけっこう狭かったじゃん。で、最初の魔力を吸ったあいつらのこと思い出したんだ。ラブホテルは風呂《ふろ》が広いみたいな話してたろ？　だから——」

コンビニの奴《やつ》らか？　言っていただろうか。まったく覚えてない。というかただそれだけの情報でこんな大胆なムーブをかましたのか、このダークエルフは。

「それなら別にラブホでなくても、風呂場《ふろば》が広い普通のホテルを探したりできたのに……」

「そうなの？　まあいいじゃん、こうしてちゃんと用意できてるし」

待て。想定と違っていたことに安堵《あんど》してしまったが、まだまだ安堵《あんど》していい状況ではない。

「一緒に風呂《ふろ》に入るって……ひょっとして、裸で？」

「そりゃそうだろ。お前は皮膚全体で水分を吸収したほうが絶対いい。あたしもその湯に一緒に入って魔力を流すつもりだから、フツーは脱ぐだろ？　さすがに服濡《ぬ》らしたくないし」

裸で、一緒の風呂《ふろ》に、二人で？　それはいいのか。

嬉《うれ》しいが、嫌なわけではないが、いいのか。

ぐるぐるとまた思考が回る。いろいろなものが胸中で葛藤する。

「ほら、せっかく湯を溜《た》めたのにほっといたらまた冷めるぞ。行こうぜ」

シーナが何の躊躇《ちゅうちょ》もなく制服のボタンを一つ二つと外し始めたのを見て、その葛藤は緊急警報へと変わった。何か解決策はないのか何か、と視線を部屋中に飛ばして、そして――ギリギリでテーブルの上に見つける。

「ま、待った！　せめてこれを借りよう！」

コスプレのリストに心から感謝することがあるとは思わなかった。

トランクスは穿《は》いたままにした。帰りはノーパンになるだろうが仕方がない。

軽く身体《からだ》の汚れを落としてから、一足先に湯船に浸《つ》かる。足が伸ばせるほど広く、浴槽内にはスイッチで泡を噴射する仕掛けまであった。確かにマンションの風呂《ふろ》とは比べ物にならない。ほどよい温度の湯、そしてそこからの熱気で、全身に汗が浮いてきた。落ち着きが取り戻されているとはとても言えない。いろいろ手は尽くしたが、まだまだ状況は大変だ――

そこで風呂場《ふろば》の戸が開く音がして。

「むー。お前がどうしてもって言うから着るけどさ。あんま裸と変わんなくないか？」

そこには――コスプレ衣装としてレンタルした水着に身を包んだシーナがいた。

布面積が上下ともに少ない、白いビキニの水着だ。健康的な褐色肌にやたらと映えていて、ことによると全裸以上に刺激的かもしれない……いやそんなことはない、選択は正しい、と練《れん》介《すけ》は自分を納得させる。胸の隆起の先端部だけを辛《かろ》うじて覆う、紐《ひも》だけで繋《つな》がれた上半身の布たち。それらは既に彼女の肌にぴったりと張り付いており、その下の微妙な凹凸を勝手にこちらに想像させようとしてくる。制服から覗《のぞ》いていた胸元とは比較にならない全開放の谷間から視線を下げれば形のいい臍《へそ》、さらにその下にはまた小さく鋭角な三角布――食い込みが気になるのか、シーナが指で引っ張って位置をずらし、とても危ういことになった。

「いや、裸、よりは、マシなはずだ。多分。絶対。俺も落ち着く。そっちのほうがいい」

「そうか？　お前が集中できるんならそれでいっか。お前の状態が一番大事だからな」

シーナがぺとぺと歩いてくる。そのまま浴槽の縁を跨《また》いだ。褐色の綺麗《きれい》な足がとぷりと自分の入っている湯の中に差し込まれ、その波紋との接触にもなぜか気恥ずかしさを覚え――次の瞬間、背中いっぱいに広がった湯よりも温かい何かの感触に、心の準備の全てを覆《くつがえ》された。

「!?」

てっきり湯船の向かいに入るものだと思っていたのに。

シーナは練介《れんすけ》の肩を摑《つか》んで、その身体《からだ》と浴槽の間にずるんと自分の身体《からだ》を滑り込ませたのだ。同じ方向を向いて、密着している形。彼女の肉体がぴったりと練介《れんすけ》の背中に触れている。あの小さな布で先端部が覆われただけの褐色の膨らみが軽く背中で潰れてその弾力を知らしめている。練介《れんすけ》の腰の横からは彼女の滑らかな太股《ふともも》が突き出ており、当然その付け根は練介《れんすけ》には見えないから、視界的には全裸の足と何も変わらない。自分の尾てい骨あたりに触れているのはどこの感触なのか。

「ぷい～。気持ちいいじゃねーかよーう……」

頭の後ろから届くのは妙に間延びした声。練介《れんすけ》とは対照的にリラックスしているようだ。

「な、なあ、シーナ。あっちに行った、ほうが、広くない、か？」

「ん？　いや、前にも言ったろ？　できるだけ近くにいたほうが効果が高まるからさ。……ひょっとして、嫌か？」

「嫌じゃ、ない、けど」

「だったらいいじゃん。回復優先なんだから任せとけって。おー、服着てたらわかんなかったけど、まだ結構抉《えぐ》れてんな。こりゃ治し甲斐《がい》がある」

後ろから、つつ、とシーナの指が肩の破損をなぞったようだった。振り向けない練介《れんすけ》がびくんと身体《からだ》を跳ねさせると、苦笑の気配。

「そんな緊張すんなって。いいか、お前はリラックスしてろ。――森は、樹《き》は、水で育つ。お前はそれだ」

言葉は静かに続けられた。いつしかそれは呪文のように。

「あたしは今から魔力をうすーくこの湯の中に流す。これはあたしという栄養がある水になる。眷属《けんぞく》であるお前と最高に相性のいい水だ。だから心配はいらない。目を閉じて、深呼吸して、自分の全部で吸え。そう意識するだけでいい。そうしたら、お前の身体《からだ》はそれに応える——」

湯の温度。熱気。背中全体で感じる彼女の体温。それ以外にも何かが加わり始めたような気がした。彼女の身体《からだ》から発生し、湯に溶け込んで、そして練介《れんすけ》の身体《からだ》に浸透する何かの力。薄く穏やかな、ミルクの皮膜のような存在感の熱だ。

じんわりと、自分の内部を流れるものが歓喜を放つ。あくまでも穏やかに、足りなかったものが徐々に補填され、薄皮一枚ずつ満たされていくのを感じる。もっと、もっとだ。身体《からだ》が求めてくるままに、目を閉じて、生命の水が染《し》みこんでくる流れに逆らわないようにする——

なるほど、これは確かに回復力が上がっている気がする。どれくらいの時間が必要なのだろうか。休憩で入ったけど、泊まりに延長したりできるのだろうか——などと頭の端に残っていた最後の思考力で考えていたとき、その理性を飛ばす出来事が起こった。

シーナが不意に、後ろから両腕を回して抱きついてきたのだ。

さらに強まり加わる、生々しい肉体の温度。

「練介《れんすけ》」

吐息のような声が耳をなぞり、むず痒《がゆ》くどうしようもない気分になる。

「な、なんだ、シーナ。ちょっと、暑い、ぞ？」

「……もう一歩進もうかな、って思ってさ。今はあたしとお前の繋《つな》がりが大事だからな。身体《からだ》で繋《つな》がれば繋《つな》がるってんならそれでもいいけど、お前はそんな単純なもんじゃない気がする。だから聞いてみたいんだ」

一呼吸おいて……その言葉は、やはり、静かに。

「今日、どんな悪夢を見て目が覚めたんだ？」

「――――」

「どんな悪夢だろうが、他人に喋《しゃべ》って愚痴ったら楽になるってコトもあるじゃん。一応だよ。嫌なら別に答えなくてもいいし。こうやって抱きしめてるだけでもマイナスにはなんない」

飛び起きる前に見ていた記憶《ゆめ》を思い出した。意識的に忘れていたものを引きずり出したのだから、気分が悪くなっても不思議はなかったが、今はそうはならなかった。

悪夢の中身と反するものが、ちょうど自分を包んでいたからだ。

温度。

湯の温度、魔力の温度、そして――自分を包む、彼女という存在の温度。それは眠りを誘うほどに心地《ここち》好く、安心できるもので、浸っていたいもので。

あの無温《むおん》の牢獄《ろうごく》の記憶を打ち消してなお余りある、無敵の守護者だった。それに守られて包まれているからこそ、今まで誰にも言わなかったことを口に出してもいいかと思えた。

「……子供時代の、家族のことだよ。シーナにとってはつまんないことかもしんないけど……親父《おやじ》とかが厳しくてさ。自分の認めるもの以外は認めん、な感じで。いろいろあったんだ。だから俺は自分の趣味とかを騎士校に入るまでは完全に隠してた」

「趣味、か。お前、気にしてるよな」

「『みんなと違う』っていうのは、わりとマズいことなんだよ。こっちの世界ではさ。で……趣味に関してはただの入り口で、気付いたら全部そうなってた。素の俺が考えること、感情、目的、意志、立場……全部、押さえ込んでた。そうじゃなきゃ許されなかった」

「親に殴られたりしたのか？」

　苦笑する。

「いや。そういう直接的なものはなかったよ。そんな熱量すらなかった。なさすぎた。ただ……管理されて、数学の間違った答えにバツがつけられるみたいに、ただ延々と『あるべき形』になるまでやり直しをさせられただけ。親父《おやじ》はそういう奴《やつ》だった」

　だから嘘《うそ》をつくことを覚えるしかなかった。変わることができたら楽だったのだろうが、変われなかったから、外に見える形のほうを体面だけ取り繕うしかなかった。

「そうして出来上がったのが、ここにいる俺だよ。騎士校に入って一人暮らし始めて、少しはマシになったけど、テストとか学校の成績とか友達とか、全部嘘《うそ》ばっかりだ。俺はあの部屋の棚の中にしかいない。外のこととか昔のこととか忘れようとして、でも忘れられなくて、だから、ああして夢に見ることだって──」

希有《けう》な温度に包まれて、言葉は支離滅裂になっていく。

いいのかな? いいのか。別にいいや。昔のことだし。

そこで──ほんの少しだけ、シーナの腕に力が込められた気がした。

「そっか。お前、ずっと……我慢してたんだな。だから最初に見たとき、あんな苦しそうだったのか」

不意打ちだった。

練介《れんすけ》の喉に、胸中から溢《あふ》れた何かが蟠《わだかま》る。言葉にならない、言葉にすればその尊さが失われてしまう何か。彼女が与えてくれた、初めての何か。

耐えろ。耐えろ。耐えられないのは、さすがに情けない。

震えそうになる声を必死に制御して、なんとか明るく続ける。

「でも、いいんだ。今の俺は、そんなんどうでもいいって思える。シーナに会えたから。シーナが、そのままの俺を、俺だって普通に受け入れてくれたから……いいんだ。それだけで」

今は温度があるから。

気恥ずかしいけれど離れがたい、生まれて初めて手に入れた温度が、ここにあるから。

「だからもう、今は悪夢なんか気にしてない。何度見たって、シーナが俺の前にいれば特効薬になる。むしろあの家の教育の反動でダークエルフ好きが形成されて、それで結果としてシーナに出会えたんならざまーみろって気分だな」

本当に、そうなのだ。他人とのズレをずっと臓腑《ぞうふ》に突き立てられていた苦しみも、誰にも言えずに首を絞められていた閉塞感も、それがあったからこそ今のこの場所に辿《たど》り着《つ》けたというなら、無駄ではなかった。それは終わりのない羞恥の刑罰ではなく、何かの崇高な試練だった。

現金なものだ。

あんなに苦しかったのに。あんなに後ろめたかったのに。

シーナが理解してくれた《見てくれた》というだけで、その孤独な道が、ほんの少しでも――

誇らしく、思えてしまうなんて。

耳のすぐ後ろで、苦笑の気配。

「またそういう。ホント、ヘンな奴《やつ》。まあ、とにかく……お前が昔に家族といろいろあったんだなってのはわかった。それだけでも聞けてよかったよ」

「うん。俺も……話せてよかった、と思う」

これが、繋《つな》がった、ということなのだろうか。

背中で感じている以上に、彼女という存在の熱をより近くに感じるようになった。抱きしめられているのだから当然と言えば当然だが。いや、それに合わせて、彼女の肉感がさらに鮮烈に五感に刺激を与えてきたのは間違いではない。

触れている、という歓《よろこ》び。

温かい、という喜び。

ああ——悪夢の中にはなかった、それらが。

生まれて初めて、本当に愛おしいものであるような気がして、練介《れんすけ》はそっと、首に回されていた彼女の腕に自分の手を重ねてみた。

それを求めることすら許されなかった男の、渾身《こんしん》の勇気をもって。

混じり合って生まれる、新たな温度。

彼女は拒否も疑問も抱かず、ただそれが自然なことのように笑ってくれた。

「ホント、疑問なんだけどさ。こっちの世界の人間って、なんでこんな場所作ってまでこそこそしてんだ？　肉の触れ合いは悪いこっちゃないってのにさ。だって気持ちいーじゃん」

「そう……だ、な。いや、よくは、わからんけど」

シーナがさらに身体《からだ》を揺らす気配。それからぐいっと身体《からだ》を前に倒して、強引に練介《れんすけ》の顔を横から覗《のぞ》き込《こ》んできた。久方ぶりに見るような、ずっと見ていたような、彼女のにやにや顔。

「じゃあ、肩が治ったら、してみるか？　せっかくそーいう場所にいるんだし」

また様々な葛藤が瞬間的に頭を駆け巡って、しかし最終的には、

「い……一番好きなご馳走《ちそう》は最後に取っておく主義なんだ」

準備不足を露呈した。

数時間後――延長料金を支払ってホテルを出る。気付けば湯の中で本格的に寝落ちしていたので、休憩の設定時間を超えてしまったのだ。だがその甲斐《かい》あって、肩の傷はほとんど以前と変わらないくらいまで再生されていた。残る問題は強引に水着代わりにしたトランクスを廃棄したので下半身がズボンの中でスースーすることくらい。

「よし、ミッションコンプリートだな。風呂《ふろ》も気持ちよくてスッキリだ」

「俺は寝落ちしちゃったから、なんか中途半端《ちゅうとはんぱ》感が……よく覚えてないけど、話の途中で落ちたりしてなかったか？　そうだったら悪い」

「いや。正直、あたしもお返しになんか昔のこと話してやろうかとは思ってたんだけど、お前が気持ちよさそうにコックリし始めてたから止《や》めたんだ。楽しい話じゃねーしさ」

「別によかったのに。飛び起きて聞いたよ」

シーナは片目を眇《すが》めて、

「言ったろ？　あたしは楽しいのが好きで、そうじゃないのはキライなんだよ。だからまぁ、その話はそのうちにな」

彼女がそう言うのなら無理強いして聞くことでもない。これまでのやりとりから、向こうの世界での彼女の生活がシビアなものだったことは練介《れんすけ》にも想像がついていた。

「今は湯に浸《つ》かって身体《からだ》がぽやぽやしてっし、このまま帰って寝たいわ」

「それだったら、さっきんとこで延長じゃなくて宿泊コースに変更してもよかったな」

「ヤダよ、寝るのはお前ん家《ち》のほうがいい」

「なんで？　ベッドはホテルのほうが広かっただろ」

彼女は当たり前のように言った。

「昨日の寝心地がよかったからさ。あたし、あそこが気に入ったんだ」

あの家は、練介《れんすけ》がようやく辿《たど》り着《つ》いた逃げ場所で、趣味を隠し詰め込んだ秘密基地だ。

そこを彼女も気に入ってくれたことが、なんだか無性に嬉《うれ》しかった。

†

シーナ・グレイヴ・ヴァインメリ本人には窺《うかが》い知れぬことだが、それは昨夜の彼と同じ。

意識してしまったから、発生する。


痛みの夢。


過去はそのほとんどが痛みを伴っていた。

嘲笑と偏見。差別と悪意。敵意と侮蔑。

街でうっかりフードが脱げてしまい、その瞬間から住民の全員に石を投げられ始めたことがあった。その中には街の入り口で「旅人さん、どうぞ！」と何の気なしに摘んだ花を渡してくれた小さな子供も混じっていた。

森で北の白エルフどもと偶然出会ってしまった。狩りのように矢を射かけられた。奴《やつ》らの森ではなく、むしろ数日前から自分が先に腰を落ち着けていた森だったが、理由なく奪われた。奴《やつ》らはダークエルフを排斥するのに理由を必要としない。

闇社会の依頼を受ければ裏切られ、逆に口封じに命を狙われたので殺し返した。その仲間たちにも長く狙われることになった。最終的には、皆、殺した。

同族の女と裏酒場で仲良くなった。自分の部族の幸運の証《あかし》だと言われて貰《もら》った腕輪を嵌《は》めていたら、別の城でその腕輪を付けて悪事を働いていた彼女の身代わりにされていつのまにか騎士団に追われることになった。数ヶ月後にようやく彼女の行く手を知り落とし前をつけさせるべく再会したが、そのときにはもう彼女は四肢を切断されて箱の中に入れられて一晩いくらで貸し出される玩具となっていた。あーうーと呻《うめ》くだけで言葉も忘れていて、腕輪のお返しに渡すつもりだった冷たい刃がある意味では彼女を救ってしまったのかもしれない。

しばらくの間、年若いハーフオーガの少女と一緒に行動していたこともあった。最初で最後の同行者。戯《たわむ》れとなりゆきでそうなっただけで、勿論《もちろん》最終的には自分というモノの立ち位置を気付かされたので誰かと長く共にいたのはそれが最後になった。苦い失敗の記憶。

「貴様らは忌《い》まわしい、呪われた種族だ！」

——知ってる。でも、なぜ？　理由は誰も知らない。

「ダークエルフだぞ。賤《いや》しい犯罪者に決まってる」

——そうしないと生きられないようにしているのはお前らだ。

「目障《めざわ》りなんだよ。消えろ、消えろ！」

——なら、どれだけ肩を縮めて生きていればいい？　いつまで？　どこまで？

痛みに負けはしない。けっして負けはしない。

笑いながら強く在り続けた。強かったから笑い続けられた。

それでも痛みが痛みであることだけは変わらなくて、だから、痛みを伴っていない『何か』が好きだった。

高いゾーマン樹《じゅ》の上に登り、誰に気兼ねすることもなく見た天恵節の七色の夕日。

迷いの森を抜けた先の丘で感じた、地平線から直《じか》に駆けてきたゴドー大平原の渡り風。

コブリッツの鳴き声と共に昇る青い朝日、飛び石の間を縫って流れる六角葉の滑り川、冬の足下で光を撒《ま》き散《ち》らしながら砕ける水晶霜の一歩……

そこには一人の『外れたもの』と一つの『世界』があるだけだった。

多分、自分は誰よりも欲しがりだったのだろう。

そこで、対等だ、と思ってしまったから。一と一。

ならば欲しいと思ってもいいはずだ。

いたいし、在りたいし、触れたいと思っていいはずだ。

なのに、どうして赦《ゆる》されないのか。

……「ダークエルフ如《ごと》きが」「どのツラ下げて」「臭い」「見るだけで不吉だ」「怖い」「死ね」「消えろ」「死ね」「いなくなれ」「お願いですから二度と来ないでください」「死ね」「気持ち悪い」「吐き気がする」「死ね」「死ね」……

悪意に満ちた人々の声に背を向け、世界に向かって手を伸ばす。

赦《ゆる》されないはずがない。だって自分はここにいるのだ。世界《あっち》のほうが間違っている。

だから。だからもし、そうではない世界を――

『外れたもの』が当たり前に赦される《ていい》世界を、手に入れられる機会《チャンス》があったとしたら。

虐《しいた》げられた種族の代表としてなんかではなく。

まあ、別に、その意味が少しは入っていてもいいけれど。

気分的にはそんな大袈裟《おおげさ》なものではなくて。

ただ自分のために、何よりも自分の望みとして――

戦おう、と決めたのだった。

睫《まつげ》が綿毛のように震え、ややあって、その大元である瞼《まぶた》が静かに持ち上げられる。

馬小屋の藁《わら》や、誰かの体液がこびりついて悪臭を放つ安宿のベッドではない、柔らかなシーツが鼻先をくすぐっていた。それを名残惜しく感じながら緩慢に上半身を起こし、耳をぷるりと震わせながらまさしく猫のように伸びをする。窓から差し込んでくる朝日に目を細めた。

なかなかだ。この世界の朝も、なかなかだ。ダークエルフを悪魔の化身とみなす聖教結社が太陽の祝詞《のりと》と共にいきなり襲ってこないところが特にいい。

身体《からだ》のすぐ横には、まだ目を閉じている少年の顔。昨日と同じように並んで寝ているのにまだ慣れないのか、ホテルでの出来事が何かの影響を及ぼしているのか。悪夢は見ていないようだが、苦しそうではある。根が真面目なのだろう。眉間に皺《しわ》を寄せたような、苦悩の跡が見えるしかめっ面《つら》で寝息を立てていた。

彼女は音もなく苦笑する。

この世界はずいぶんと平和に思えるが、きっと『思える』だけだ。あちらのように生と死が身近ではないというだけで、ここにも別種の痛みが世界の棘《とげ》として屹立《きつりつ》している。

この少年はそれを知っている。昨夜聞いたのは、きっとそういうことだ。

耐えて、耐えて、耐え続けて。

彼は辿《たど》り着《つ》いたのがここだと思っているかもしれないが、はたしてそうだろうか？

きっと、まだまだ逃れられない。

自分と、自分と共にあるモノ。その果てに至るまでには、永遠に痛みが続くだろう。

夢の残滓《ざんし》、少しだけ歩みを共にした同行者のことを思い出した。あれ以来、こんなふうに誰かの近くで眠るなんてことはなかった。

この少年は、自分と共にいることの痛みに耐えられるだろうか？

耐えてほしいと思うのは、願いか、それとも——

不安か。


だから、ふっ、と吐息を漏らして。


「今後とも——頼むぜ、相棒」

その頬を触れるか触れないかの力加減でつつきながら、シーナは優しい顔で囁《ささや》いた。

残念ながら、それを練介《れんすけ》が見ることはなかった。

†

「で、今日の予定は？」

「あたしは適当に魔力持ちと魔術種《マギス》を探す。そう簡単には見つからないだろうけど。別に魔術《マギ》種《ス》を見つけてもいきなり仕掛けはしないから安心しな」

「俺はどうすんだよ。肩なら完全に治ってるぞ。これは回復フェイズが終わったって考えてもいいよな」

事実だった。起きたらいつのまにか肩の肉が内側から盛り上がったように形状を取り戻していて、今はもう普通の状態と見分けがつかなくなっている。痛みもほとんどない。

「お、それはナイス情報じゃん。でも昼間っからは動けないだろ」

「いや、俺は――」

シーナの人差し指が口元に伸びてきて、反論を塞ぐ。

「とりあえず、あんたはいつもどおりにしてなよ。あたしには戸籍とかないからいいけど、あんたはそうじゃないっしょ。これから一緒に行動するのに、あんたに目立ってもらっちゃ困るんだ。繋《つな》がってるあたしまで動きにくくなっちまう」

「俺が家出人とか行方不明者とか……犯罪者とかになって、警察に探されるようになったら面倒だ、って話か」

「そーそー」

あのヤクザ男の件もある。薬物取引をしていた極悪人だし、実際に手を下したのはスライムなので、あえて考えないようにしていたが……自分たちは紛れもなく重要参考人だ。足跡などから警察に捜されていても不思議はなかった。下手に目立つべきではないのは確かだ。

「だから昼間は別行動な。お互い派手な動きはしないようにするってカンジで一つ」

理屈はわかるが——正直、嫌だな、と練介《れんすけ》は思ってしまった。彼女と離れたくは、ない。

それが顔に出ていたのか、シーナは呆《あき》れるように苦笑した。

「大丈夫だって。なんかするときには迎えに行くし。どこにいてもあたしはあんたの位置がなんとなくわかるんだ、眷属《けんぞく》だからな」

そこに嘘《うそ》や誤魔化しは感じない。それを読み取れる程度には、練介《れんすけ》は出会ってからずっと彼女のことを見続けてきた。だからほんの少しだけ安心する。

「あんたとあたしはもう一蓮托生《いちれんたくしょう》の相棒なんだよ。もう別の奴《やつ》を眷属《けんぞく》にするとかできないから。まだまだ手伝ってもらうつもりだぞ」

「じゃあ……わかった」

「よろしい。話しとくことはもうだいたい終わったかな？　じゃあ出るとすっかね」

軽い足取りでシーナは身を回し、玄関で靴を履いた。

「じゃ、そーいうことで」

ふざけた敬礼のような仕草をしてから、彼女はドアを開けて出ていこうとする。

その背中に――

シーナ、と思わず声をかけてしまった。

「ん」

共用廊下に半歩を踏み出したところで、振り返ってくる。

朝日に照らされる褐色の綺麗《きれい》な肌。小悪魔じみて飄々《ひょうひょう》とした身のこなし、怖いものなど何もないかのように自信に満ちた眼差《まなざ》し。色素の薄い髪が、透明な朝の空気を受けて不可思議な色で輝き、外界の風を受けて揺れている。

木漏れ日の中にいるかのような、光の中の彼女。

その姿が脳髄に焼き付いて、練介《れんすけ》は、口にしようとしていた言葉を忘れた。

「……なんでもない」

シーナは軽く口を尖《とが》らせて、

「別《わか》れ際《ぎわ》にまーたなんかドキッとするよーなこと言われるのかと思っちゃったじゃん。ここでフェイントとは、さすが予想を外してくるな練介《れんすけ》……まあいいや、それじゃなー」

ドアが閉まる。

練介《れんすけ》は彼女の残り香が眼前から完全に失われてようやく、そっと息を吐いた。

何とはなしに手を持ち上げて、自分の掌《てのひら》を見つめる。

元通りに再生した肩肉の重みを意識する。

彼女が最後に口にした、別れという言葉の響きを思い出す。

実のところ——まだ、彼女に問うべきことはあったのだ。

これまでの説明ではまだ不充分な部分がある。

尋ねて当然のことだろう。ここにいるのが自分以外の誰かだとしたら、迷うことなく聞いていたはずだ。答えを聞くまで彼女を行かせることはなかったはずだ。

——樹人《ツリーマン》。眷属《けんぞく》。相棒。変貌した肉体。

自分の身体《からだ》はいつまでこのままなのか？　いずれ元に戻るのか？　と。

だが、さっきの瞬間に練介《れんすけ》が発しかけた問いは似て非なるものだ。

だから忘れた。

朝の光に消えゆく彼女の前では、その問いはあまりにも無粋で、無意味に思えたから。

あるいは……怖かったから。

自分は、どこまで——きみと一緒にいられるんだ？

第三章 —— 陽の中に答えはあるか

APOCALYPSE DARKELF STYLE

†

醜い怪物は、より一層、暴食に没頭した。

その必要があった。

膨らんだ身体《からだ》は歪《いびつ》の極致。怪物自身もその醜悪さは理解している。だが目的のためには食べ続けるしかない。

もぐもぐ、ごくり。

もぐもぐ、ごくり。

小さな生き物を。

大きな生き物を。

爪の生えた生き物を。

牙の生えた生き物を。

羽の生えた生き物を。

鱗《うろこ》の生えた生き物を。

その生命《いのち》と姿を自分のものとするために。

今夜からはそれだけでは済まされない。意識的に命なき無機物《モノ》も口に運ぶ。

丸いもの。硬いもの。鋭いもの。動くもの。——目に映る、役に立ちそうなもの。

味はしない。美味《うま》くはない。

それでも、その形質《かたち》を胃袋が知る。それはスライムという種族の擬態に役立つ。

だから喰《く》うのだ。喰《く》らうのだ。

生きているモノも生きていないモノも、区別なく喰《く》らい尽くさねばならない。

それが意地汚く醜く誰にも好かれることのない怪物の矜恃《きょうじ》。

そして——喰えば、胃が膨らむ。

どの魔術種《マギス》にも多かれ少なかれ存在しているという、転生《世界の違い》の副作用による魔術の制限。純粋なる嚥下《えんか》容量の低下に対処することができるようになる。

それは物理的な大きさではなく存在の熱量だ。だから影響があるのは生物に関してのみ。

つまり、今より胃が大きくなれば。

より大きな生き物を食べられるようになる。

より強く生きているものを。

より勢力を持って生きているものを。

より繁栄して生きているものを。

ああ、それこそが。

怪物が本当に食べたいもの。

なりたい、もの。

†

休み時間、クラスメイトの一人が唐突にこんなことを言った。

「練介《れんすけ》、今日は何かいいことあったのか？」

練介《れんすけ》としては小首を傾《かし》げて聞き返すしかない。

「え。なんで？」

「いや……なんつーか、微妙に嬉《うれ》しそうに見える……ような」

「あ、俺も思った。ニヤニヤしてるってわけじゃねーけど、なんかいつもと雰囲気違ってる、みたいな感じだよな」

「言われてみれば、うん。なんか違和感はあるな。昨日、休んでる間に何かあったとか？」

「おう。珍しく風邪でぶっ倒れてたっつーけどさ、ひょっとしたらそんときに……そうだ、女の子の看病イベントとかあったんじゃね⁉」

「いや、昨日のはズル休みだったたって可能性もありますよ皆さん！　ついにどっかの女子の告白を受け入れて、学校休んでマジデートだったとか！」

「うおおお！　そんな幸せ許せねえな！　どうなんだよ練介《れんすけ》！」

「いや、ないない。別にいつもと同じだって。昨日ずっと寝てたせいかな……なんか今日もまだ眠いから、欠伸《あくび》我慢してるのが変なふうに見えたとかじゃないか」

「んーまー、眠そうなのもなんとなくわかるけどよ」

「練介《れんすけ》の堅物っぷりも、もうだいたい知れ渡ってる頃合いだもんな。さすがに落ち着くよな……んでさすがにそろそろ俺たちにもそういうイベント来るよな……」

「駄目押ししといたほうがいいかもな。はい女子の皆様、成績優秀で顔もまあまあだけどコイツは理想が高いですよー。もっとお手軽な男子のほうがいいですよー。俺とか！」

「男子うっさい！　バーカ！」

休み時間の喧騒《けんそう》が、直前の話題を自然と希釈していく。その空気の中に自らの存在感を沈み込ませながら、練介《れんすけ》は人知れず教室を見回した。ひょっとしたら一日休んでいる間に何か教室の状況のほうが変わっていて、それが自分を浮かせているのかもしれないと思ったのだ。

教室の前部には巨大な電子黒板。教員のタブレットと連動して画面を映し出し、その上に専用のペンで書き込みもできる最新型である。前の授業の書き込みは既に消されており、前時代的な日直システムの提示もこの教室にはない。教卓は真新しくはあるがただのスチール製で、前時代今はダベる男子の腰掛けとなっている。この空間にある机と椅子は生徒と同数、5かける8で大量生産の隊列を組んでいるまま。教室後部には各人のロッカーがぎっちりと並び、その上のスペースは教師に目を付けられない程度に有効活用されている。出しっ放しの辞書、誰かのジャージ、ゴムボール、さらにその上の壁には同好会に勧誘する張り紙……

改めて見ても、いつも通りだ。教室のほうに変化はない。

ならばやはり、問題は純粋に自分のほうか？

練介《れんすけ》はそっと自分の頰を撫《な》でてみる。昨日までと何か自分に違いが出ているのだろうか。

彼女との出会いで、何か変化が起きているのだろうか。

自分の周囲には多くの不思議が生まれている。それが雰囲気という漠然としたものに何か影響を与えている？　よくわからないな——と内心では思いっきり首を傾《かし》げていたので、隣の席からの声には反応が一瞬遅れた。

「逆だと思うけど」

クラス委員長、枇杷谷唯夏《びわたにゆいか》だ。こちらを見もせずに、いつもの古くさいデバイスでのテトリスを続けながらだから、余計に気付かなかった。

「え？」

「昨日一日学校を休んでずっと寝てたのなら、逆に眠くなくなるでしょう。だとしたら、一周回って昨晩は夜更《よふ》かししてたと考えるのが論理的ね。何をしてたの？　いやらしいことでもしてたのかしら」

あくまでも視線は手元から外れない。だから冗談かどうかもよくわからなかった。練介《れんすけ》を目の敵《かたき》にしているきらいのある彼女には、たまにこんな言動を見せるところがあったが。

さて、なんと答えよう。いやらしいことでないのは当然として。

遊んでいた——それでも練介《れんすけ》のほうが成績が良《よ》いことへの嫌味と取るか。

勉強していた——お前は勉強していないから負けるんだよと言っているように取るか。

異世界から転生してきたダークエルフと一緒にラブホで云々《うんぬん》——論外。

結局、安全策を選んだ。

「委員長の想像に任せるよ」

「じゃあ、いやらしいことをしてたのね。いやらしい」

うっかり当然の部分を否定するのを忘れたら、そういうことにされた。今日は機嫌が悪いのかもしれない。

それきり彼女の言葉は止まり、集中力を高める神聖な儀式であるかのように（実際そういう意図の動作《ルーティン》のような気もする）、手元でブロックを消し続けるだけになった。

しかし練介《れんすけ》にとっては、それもただ隣の席にある日常でしかない。

今はそれよりも自分の変化について確かめることのほうが大事だった。何にせよ周囲に違和感を抱かせては駄目だ。目立たないようにというシーナの指示に背くことになる。

確認すべき事項を頭の中で考えながら、練介《れんすけ》は席から立ち上がった。喉が渇いてきたので、次の授業の前に水の補給をしておこうと思ったのだ。

すべきことに迷いはない。朝倉練介《あさくられんすけ》の今後の人生の目的は、シーナ・グレイヴ・ヴァインメリという異世界から来たダークエルフと共に在ること。既にそう定義されている。そうすべきだと感じて、そうすべきだと信じて、決めたのだ。

明白な胸中が、堂々と教室の真ん中を通っていくルートを選ばせる。

廊下に出るまでの間、背中に誰かの視線が向けられているような気もしたが——

残念なことに、樹人《ツリーマン》にはその相手を正しく察知できるほどの超感覚は具《そな》わっていないようだった。

†

次の授業はこの騎士校において、もっとも多くの時間が割り振られ、もっとも重要視されているカリキュラム。RV《リボルヴ》実技、駆動実習であった。

「————」

実習用のRV式駆動鉄騎《リボルヴ・アイアンクラッド》の中は当然ながら快適とは言い難《にく》い。胴体席《ボディスペース》特有の圧迫感に、練《れん》介《すけ》の額を汗が伝う。この身体《からだ》でも汗は普通に出るらしかった。

RVは胴体席《ボディスペース》と呼ばれる騎体中心部に人間が嵌《は》まり込む形で動かされるものだ。操作に必要な無数の装置が空間全体に配置されており、言うまでもなく窮屈である。下半身を支えている尻置きはRV駆操者が騎士と呼称されるのに合わせて鞍《くら》とか呼ばれる場合もあった。実際の馬具と共通しているのは、それが決して100%の快適さを生み出すものではないところだ。

前面にある有視界ウィンドウと騎内各所の光学補正モニタで、見える範囲自体は広いとも言えるが、それらの構造は物理的な圧迫感までも消し去りはしない。空調システムは申し訳程度にしか効かず、身に着けている搭乗衣《ギャンベゾン》の締め付けも汗を後押しする。怪我《けが》を防ぐための特殊な耐衝撃・耐擦過素材による搭乗衣《ギャンベゾン》は身体《からだ》にきつくフィットしたものであり、残念ながら着心地については考慮されていない。

現在地は学内の第三演習場。ドラム缶や鉄板で遮蔽物が作られていて、より実戦に即した状況訓練が行えるようになっている。

対戦相手の姿を最後に確認してから数十秒が経過していた。練介《れんすけ》は周囲を警戒しながら、主《しゅ》動作桿《どうさかん》とフットペダルを操ってRV《リボルヴ》を慎重に歩かせる。

――右後方を示す光学モニタに、影。

（速い。もうそこまで移動してたか！）

思考より先に身体《からだ》が動く。右足を引きながら腰部《ようぶ》を時計回りに回転、さらに膝を曲げて重心を下げ、一瞬後の衝撃に備えた。

硬度の高い装甲同士が激突する、強く短い鋼の音。

物陰から突進してきた敵騎の速度は目を瞠《みは》るものだった。だが練介《れんすけ》が咄嗟《とっさ》の拳打で迎え撃った結果、その速度は逆に練介《れんすけ》のカウンターにも力を与えることになる。僅かによろめく敵騎。その隙を見逃さず、練介《れんすけ》は一歩を踏み出して肉薄した。

演習の勝利条件は相手のRV《リボルヴ》の両肩を地面につけること。打撃と同程度には投げも有効だ。上半身を極《き》めてから足を払おうとしたが、相手もさるもの、練介《れんすけ》騎の手を逆に摑《つか》んでくる。

手四つの姿勢で力比べのような状態になった。有視界ウィンドウいっぱいに敵騎の姿が見えている。細身でスタイリッシュなフォルムを覆うのは、軽さと硬さを両立させた次世代合金鋼の装甲だ。そこに何本も細く走る光の筋はエネルギー流体動力型機械《EF》に特有のエネルギーライン。RVに関しては視認性を上げるために透過素材の色味が調整されていて、まるで古代の戦士が皮膚に刻んだ神聖な文様のようにも見える。

鋼の悲鳴を軋《きし》ませながら、古代どころか最新型の戦士が力を競い合う。同型の騎体なのだから最大出力は同等だ。差が出るのは他の部分。ベクトル制御、細かな出力調整による力の押し引き、体重移動による重心の変化、そして——補給のタイミング。

眼前の敵騎表面のエネルギーラインが、気付けば一瞬前より薄くなっているように思えた。同時、練介《れんすけ》の座席内の動力インジケータも『電力低下・補充を推奨』と示す。

間髪入れず動いた。主動作桿《しゅどうさかん》の近く、誤作動を防ぐための安全装置を見ることもなく指先の感覚だけで外す。席の真横、腰付近に普段は収納されている補給トリガーが飛び出してきた。

こちらも見もせず握り、親指でトリガーの外にある撃鉄を起こす。

RV《リボルヴ》の背中で、ゴキン、と金属が動く音がした。

同時、相対している敵騎の背中でも同じような動き。まるで回転弾倉のような背部機構の上部、杭《くい》じみた注入器《インジエクター》が持ち上がるのが見える。

補充OKを意味するサインがモニタに出るのを待たず、感覚でトリガーを引いた。早すぎるとエラーが出るが、見てから脳で判断するまでの数瞬すら惜しい。

注入器《インジエクター》がまさに杭《くい》を打つように鉄騎の背部機構に鋭く落ち、真下の薬室に詰められていたエネルギー流体《EF》を戦士の全身に押し流す。注射器じみた単純な仕組みによって、凄《すさ》まじいエネルギー密度を持つ流体が、葉脈のように全身に張り巡らされた経路《ライン》に一気に充填された。特徴的な輝きが、神の祝福のように鋼鉄の皮膚を再び真新しい鮮やかさで彩《いろど》る。

駆動に必要なあらゆる熱量はそのラインから直接、周囲の機構へと引き出されるのだ。それは言い換えれば装甲そのものがエネルギーを持っているに等しい。

最先端技術で形作られた鋼鉄の騎士の駆動には多量の電力《エネルギー》が必要だ。それを賄える現状唯一のリソース、エネルギー流体《EF》——その効率的な運用のために開発されたのがこれである。回転式拳銃《リボルヴアー》の弾倉じみた補充機構を背負い、トリガーで逐次注入するという一種アナログな手段を用いることで安定性を高めるという方式。

つまりはそれがRV《リボルヴ》式だ。

「エネルギーリロード実行。第一薬室《ファーストチエンバー》、注入動作完了《アイシー》。シリンダーロールを確認」

ほぼ同時に敵騎のエネルギーラインも新しい輝きを手に入れていた。だが、ほぼ、だ。一瞬だけ練介《れんすけ》のほうが補給を終えるのが早かった。

相手の意識が補給行為に引っかかっていた最後の一瞬に先んじて、全力で主動作桿《しゅどうさかん》を傾ける。素早くサブレバーも引き、RV《リボルヴ》に絶妙な重心移動を付与。レバーと主動作桿《しゅどうさかん》が軋《きし》んだような音がしたので、今後は握り潰さないように気をつけないとなと思った。しかし結局のところ、RV《リボルヴ》は中の人間の動作を増幅させる装置であるのだ。力は弱いよりも強いほうがいい。操作の力強さは回り回って鉄騎の駆動速度に反映され——

練介《れんすけ》のRV《リボルヴ》は、綺麗《きれい》な一本背負いで敵騎を投げ飛ばした。

加減したとはいえ、地面の土が跳ね上がるのは避けられない。有視界ウィンドウのガラスに多少の土がかかったが、ワイパーを起動する必要はなさそうだった。

『よーし、そこまで。勝負あり、朝倉《あさくら》の勝ちだ。二人ともひとまず降りてこい』

教官の号令が通信装置から届く。

練介《れんすけ》はまた力加減を確かめながら内部スイッチを操作し、降騎シークェンスを起動。機械音と共に騎体の前面が開くのを待ち、身体《からだ》の固定具を外してRVを降りる。

それにやや遅れて、地面に寝ていた敵騎の前面も開いた。そこから細い腕が伸びてくるのが見える。装甲を手で摑《つか》んで乗り越え、少し苦労した様子で中から出てきた。

華奢《きゃしゃ》な体躯《たいく》、汗が浮いた額。肩で息をしながら、それでも彼女──枇杷谷唯夏《びわたにゆいか》は気丈に立つ。

普段ならギロリと睨《にら》まれる場面だったが、今日は足下の地面を見つめているだけだった。

ジャージ姿の苺村破子《いちごむらはこ》教諭が、記録用バインダーで自分の肩を軽く叩《たた》きながら言った。

「んじゃあ軽く講評な。まず朝倉《あさくら》の動きについては──一つ気になったんだが、いいか？」

「はい」

「お前の強みは高いレベルでまとまった総合力と、あと教えたことをすぐにそのまま実行できちまう応用力と適応力だ。野球とサッカー合わせてどのポジションも守れるオールラウンダーみたいな。だが──今日のは何だ？」

詰問《きつもん》のように威圧感を無駄に高めておいてから、しかし教諭はにやりと笑う。

「やたら力強い動きしてたじゃねえか。今までの器用さそのままに、純粋にパワーのステータスだけが上がった感じだ。何だ、隠れて筋トレでもしてたのか」

それはただの体質的な変化だ。力が強くなりすぎて、重いレバーが爪楊枝《つまようじ》のように動かせたというだけ。だが本心はおくびにも出さず、いつもの作り微笑で、

「そんなところですかね」

「おーおー、頭が下がる向上心だな。優秀さが嫌味になってイジメられないようにしろよー、まぁ大丈夫だろうけど。とにかく総評は相変わらず文句なしだ。みんな手本にするように」

拍手混じりに、そうだぞ嫌味だぞー、と冗談めかした声が男子たちから飛んでくる。

「それから、次は枇杷谷《びわたに》」

「……はい」

「お前の持ち味である速度は見事だ。動きの速さはもとより、状況判断と決断も早い。朝倉《あさくら》も完全にお前の居場所を見失った瞬間があったはずだ」

練介《れんすけ》は小さく首肯し、同意を示しておく。

「だが、わかるな？　敗因はお前の長所と表裏一体。お前は速いが、軽い」

「……はい」

俯《うつむ》いたまま、小さく答える唯夏《ゆいか》。

「勿論《もちろん》、RV《リボルヴ》自体の質量は同型機なら同じだぞ。だが重心移動や出力変化のタイミングで力の伝わり方には差が生まれる。そういう重い軽いの話だ……っていうのは、まー、お前も成績優秀だ。言うまでもないと思うが一応な」

「………………」

そこで苺村《いちごむら》教諭はふっと頬を緩めて唯夏《ゆいか》の背後に回り、搭乗衣《ギャンベゾン》に包まれた彼女の小さな尻をバシーン！　と叩《たた》いた。お節介な商店街のおばちゃんのように笑いつつ、

「前から言ってるが、お前はやっぱり痩せすぎだな！　もう少し肉をつけたほうがいいぞ？　ちゃんと食ってるか？」

「……食べています」

唯夏《ゆいか》は教諭の言葉にのみ無表情に答えた。それ以外の行為については無視した。

「だったらいいが。もっと食え、んでもっと鍛えろ。補正システムがあっても、最後の一押しのパワーを絞り出すのは結局レバーを押し込む人間の筋力だったりする。あと、これは人生の先輩として教えといてやるが——男は意外に肉付きのいい女のほうが好きだ。マジだぞ」

昨今の教育的風潮からしてみれば非常に問題がある行動と発言のような気がするが、言っている当人が筋肉質で腹筋の割れている騎士上がりの女性であるのでそれを加味しなくてはならない。最後の言葉に説得力があるかどうかについては彼女の男性遍歴などについて論じる必要があったので、誰もが聞かなかったふりをしたようだ。

「ま、あとは集中力か？　微妙に集中できてないように見えたな。何か心配事があるならいくらでも相談しに来い。恋愛相談でもオッケーだぞ。ていうか聞かせろ」

唯夏《ゆいか》は申し訳程度に頭を揺らしただけだった。代わりに他の女子が、

「えー。だって先生、『片思いの相手をコブラツイストで射止めた話』とかタメにならない話しかしないじゃないですか」

「私こないだ、『スカートの下にスパッツを穿《は》いて三日間気になる男に回し蹴りを繰り出せ。四日目にスパッツを忘れた状態で繰り出せ。これで落ちない男はいない』って力説されたんだけど」

「た、タメになるかならないかはお前たちの創意工夫次第だ！　実際に私はそれで幸せを掴《つか》ん

「先生、今カレシいるんでしたっけ？」

「よし、今日の授業はここまで。当番の者はRV（リボルヴ）を仕舞っておけよ。解散！」

くるりと教師が踵（きびす）を返し、それにやや遅れて授業の終わりを告げるチャイムが鳴った。

弛緩（しかん）した空気が流れる中、練介（れんすけ）は唯夏（ゆいか）の様子がやはり気になっていた。

敵愾心剝（てきがいしん）き出しの眼差（まなざ）しもなく、ただ、皮肉もなく、地面を見続けている。

練介（れんすけ）は苺村（いちごむら）教諭が言っていたのとは違う感想を覚える。

集中していない。そうかもしれない。演習ではそうだった。だが今は違って、真逆で——

地面を見つめるのに集中し続けているように、思えたのだ。

他の何かから懸命に視線を逸（そ）らそうとしているかの如（ごと）く。

　　　　　　†

一日の授業が終わり、待望の放課後が訪れる。

一時はどうなることかと思ったが、なんとか今日一日、疑われずにやりきれたと思う。

いつもどおりに、みんなと同じ世界の中にいる人間の、完璧な演技を。

結局のところ、学校ですべきことは今までと何も変わってはいなかったのだ。樹人（フリーマン）なんて

できた！

いう奇妙な存在になってしまっても、中身が樹肉《じゅにく》になってしまっても、何も。

自嘲と諦観が表に出ることはない。教室の喧騒《けんそう》をBGMにしつつ、練介《れんすけ》は帰り支度をする。

騎士校の放課後も他の一般の高校とそれほど変わりないはずだ。帰宅するものは帰宅し、必要だと思う者は恵まれた学内設備で自習や自主鍛錬を行う。授業以外の分野で学べる能力を伸ばすために、あるいは日々のストレス解消のために、多種多様の部活動も存在している。

ただ、今日の放課後はいささか学内が騒がしすぎるような気がした。何か特別な行事やイベントでもあっただろうか。

――関係ない。自分はただ待つだけだ。

彼女との再会を。

頭には既に彼女の存在が刻み込まれている。目を閉じるまでもなく、瞬《まばた》きの瞼《まぶた》の裏に光景が焼きついている。つまりはいつも思い出し続けている。

出会いの光景。樹上の彼女、倒れた自分を見つめている彼女。

今朝の別れの光景。木漏れ日のような光の中、身を翻《ひるがえ》して笑う彼女。

視覚だけではない。温度もそうだ。背中いっぱいに、いや、湯と共に全身で感じていた昨夜の柔らかなぬくもりを忘れることはない。

正直に言えば、たかだか半日会わないだけで恋しくなっていた。

学校にいるから余計にそう思うのかもしれない。他人からどう見えているかはともかく、練《れん》介《すけ》的にはこの場所の空気は相変わらずだった。彼女との記憶で気を紛らわせることはできても、ここに蟠《わだかま》る息苦しさ自体は変わらなかった。

廊下と教室の喧騒《けんそう》がさらに高まったような気がする。うるさい。それは世界に馴染《なじ》めない嘘《うそ》つきの自分を声高に詰《なじ》っているようで、より一層の息苦しさと居心地の悪さを覚えた。

練介《れんすけ》は気道を確保するように顔を持ち上げ、もう一度息を吐く。

そこで——まず感じたのは、匂いだ。草のような、森のような。どこか素朴で懐《なつ》かしい、心の原初的な部分を落ち着かせる微《かす》かな香り。

次に、眼前の机の上で滑らかな曲線を見た。

下方向になだらかに膨らんだ弧。それは机の外に向かって長く伸びている。柔らかく潰れた机との接触面が示すのはほどよい重みだ。その接触で温《ぬく》もりを押しつけられた机の表面が歓喜しているであろうことも容易に想像できる。

そしてその色は健康的な土のような褐色をしていた。

「……は?」

間抜けな息が漏れる。

幻覚だと思った。妄想が脳を侵食し視界をジャックしたのだと思った。

しかし。

「へー。ここが学校ってとこなんだな」

その声も聞こえたのだ。はっきりと。

練介《れんすけ》は動悸《どうき》を感じつつ何度も瞬《まばた》きをしてから、眼前のものを逐一視線で辿《たど》って確かめることにした。明確な答えまで辿《たど》り着《つ》くことにした。

間近にあるのは机の上の褐色、すなわちスカートの直下から伸びている下半身のライン。その丸みと滑らかさを帯びた部位を正式には何と呼称すればいいのかわからない。スカートから覗《のぞ》いている尻なのかスカートに向かっている太股《ふともも》なのか。その褐色の奇跡はなだらかに横に向かって続いていて、二本の長い脚が軽く組まれて机の脇でぶらぶらしている。少し戻ってスカートから視線をさらに上、白いシャツに身を包んだ上半身へ。ちらりと覗《のぞ》くのは引き締まった腹部、そして蠱惑的《こわくてき》な臍《へそ》。意を決してそこから視線を向ければ、やはり――

練介《れんすけ》の机に座り、興味深そうに教室を見回しているシーナの顔があった。

「し……シーナ……？」

彼女は椅子に座ったままの練介《れんすけ》に視線を向け、しゅた、と軽く手を挙げて平然と言った。

「よ。迎えに来たぞ？」

嘘《うそ》だろ、と頭がくらりとする。

次の瞬間――教室の熱気が一点に集中した。既に手遅れながら、喧騒《けんそう》が徐々に強まっていったのは彼女がここに歩いてきていたからかと気付く。

「うおお！　何だ、練介《れんすけ》、その子誰なんだよ⁉」

「説明しろ、今すぐ説明しろ！　うちの学校の子じゃないよな、制服違うもんな？」

「椎名《しいな》さんっていうの？　ええと、朝倉《あさくら》くんとはどういう関係？　私は別に興味ないけど、友達が聞いてこいって！」

練介《れんすけ》は目眩《めまい》のような感覚の中、これまでとはまったく違う意味合いの嘘《うそ》をつく必要に迫られる。ひとまず彼らの誤解を利用するしかないと思った。

「お、おう……彼女は、椎名《シーナ》、だ。実は、別の学校の従姉妹《いとこ》で、さ」

「いつから知り合ったかって？　一昨日《おととい》からだけど」

飛んでくる多種多様の質問の中、素直に答えられるものにだけピンポイントで答えてしまうシーナ。ほう……従姉妹《いとこ》なんて言っているのに……一昨日会った……おかしいですなあ……？

という圧力の込められた疑いの視線の数々が練介《れんすけ》を襲う。

そして騒ぎを聞きつけた教師が教室に入ってきたことで、事態はさらなる悪化を見せた。

「うるさいぞ。いったい何の騒ぎ……誰だお前は、他校の生徒か？」

その数学教師は常にジャージで太った身体《からだ》で威圧的で口が悪く女子生徒に下卑た視線を向ける、という生徒に嫌われる教師のテンプレのような中年男であり、当然のように、シーナへの誰何《すいか》を無視されたことでカッとなった。不審者排除の大義名分を盾に、彼女の手首を摑《つか》もうとする――シーナがさっと腕を引いてその手をかわし、目を細めて言った。

「勝手に触んな。なんだお前、オークみたいに不細工な身体《からだ》しやがって」

「ぶ、ぶさっ……!?」

「マジでオークレベルで息が臭い、視線が臭い。目の動きでわかるんだよ、あたしの脚ばっかり見てんじゃねー。って言ってる傍《そば》から胸の谷間が気になるのか？　ホント繁殖のことしか興味がない豚《ブタ》そっくりだな」

「なっ、なっ……！」

遠慮のない言葉の乱撃に教師は顔を真っ赤にして口をぱくぱくさせ、周囲の生徒たち（主に女子）は「オークって何だっけ」「よくわかんないけどエロい目で見すぎってのは同感だよね」「よく言ってくれたわ」などとシーナに一定の共感を覚えているようだった。

練介《れんすけ》としては――限界だと思った。不自然でも行動を起こすべきだ。

「シーナ、行こう」

鞄《かばん》を抱えて席を立つと同時に、練介《れんすけ》は彼女の手を握って引っ張った。ととと、と机から降りた彼女をそのまま後ろ手に先導して進む。教師が我に返るより早く、ざわめくクラスメイトたちの間を縫って教室の出入り口に向かった。

この力業での離脱にはきっと様々なデメリットがあり、ベストな手段でも正しい選択でもなかっただろうが、練介《れんすけ》としては予想外の価値を感じていた。

まあいいか、これがあるからなんとかなるだろう、と思えるような価値だ。

ダークエルフの手は普通の女の子のように柔らかかった。


生徒たちの注目をかいくぐり、なんとか一階の階段裏にある掃除道具置きスペースに避難。

ただ目立たないスペースにロッカーやモップやワックスの缶、清掃ロボ用のEF充電ポッドが置かれているだけの場所だが、ひとまず他人の視線を切る程度の役には立つ。

しゃがみ込んで物珍しそうにそれらを眺めているシーナの横で、練介《れんすけ》は肩を落としながら、

「あのさ、俺には普通の生活をしろって言ったよな。目立ちたくないんじゃなかったのか？」

「ん？　そんなに目立ってた？」

「目立ってたよ、目立ちまくりだよ！」

さすがにストレートにツッコむしかなかった。

「自覚がなかったのか。正直、この学校創立以来の目立ちっぷりかもしれないくらいだぞ」

「マジで？　そっかー」

そこで初めて「ちょっとまずかったのかな？」ぐらいのテンションで小首を傾《かし》げるシーナ。

自覚がなかったとすればそれなりのすり合わせが必要だ。練介《れんすけ》は気を取り直し、

「一応、理由を聞いてもいいか？」

「そりゃもちろん。『ここに来た理由』は……迎えに行くって言ったのが一つと、ついでの用

事があったのが一つと、あと、練介《れんすけ》が通ってる学校ってモンに興味があったから、かな」

　指折り数える。少し考えて、もう片方の手を持ち上げて同じように折り始めた。

「で、『行っても大丈夫かなって思った理由』は、あたしのこれが制服だってのと、今のあたしは練介《れんすけ》と同年代に見えるはずってのと、あとほら、こないだ店の前であたしとあんたってセット扱いされたじゃん？　だから一緒にいても違和感ないのかなって」

「学校の制服は学校ごとに決まってるんだ」

「うっそ。聞いてないんだけど。ていうか学校には私服でも入っていい学校とかあるんじゃなかった？　だったら何着てても目立たないはずじゃん」

「そういう学校もある。大学とかもそうだ。でもここは制服の決まってる学校で、その中で違う学校の制服を着てるのは最大級の目立ちパターンになるんだよ」

「マジでー。またかよ神ィ、ホント勘弁してほしいんだけどー」

　口をへの字にして、届かない文句をぶつぶつ呟《つぶや》いている。

　ただそう聞くと練介《れんすけ》にも反省点はある。昨日のラブホ事件では、『いろいろ知ってるんだな』ではなく『何を知ってて何を知らないのかわかんねえ』という不安レベルを一段階引き上げておくべきだったのだ。シーナの『常識』というものを疑って、彼女がこの先も予想もつかない行動に出る可能性を考慮しておかなくてはならなかった……

「でさ。じゃあ、どのくらいマズった？　マジで取り返しのつかないことやっちゃった？」

「いや……うん。別に今はそんなに致命的ってわけでもない」

「ほんと？」

「クソ目立ってたのは確かでも、警察呼ばれるわけじゃないし、教師たちには何か連絡が行くかもしれないけど、直接シーナが捕まったりしなきゃ誤魔化せるだろ。俺の優等生の仮面をフル活用するよ。クラスメイトは……まあ、どうでもいいっつーか」

そこで先程のことを思い出して、

「ていうか、さっきは一応気を遣ってくれたのか？　コンビニのときみたいな、先生が速攻でぶん殴られる未来も見えてた。口だけでよく勘弁してくれたよ」

「んー、ま、どっちでもよかったんだけどな。あそこで物理的に暴れちゃったら、さっき言ってた『ついでの用事』が台無しになるかもって思ったから。ひとまず我慢してみたんだ」

さっきも言っていたが、その用事とは何なのだろう。練介《れんすけ》が首を傾《かし》げていると、

「そうそう、先生ってのは単にムカつくだけだったけど、他のやつらは騒がしかったなー」

不意に、シーナが何かを思い出したようにくすくすと喉を鳴らした。

「ホント、変なの。マジ変なの。本当にこの世界、ダークエルフいないんだな。あんなたくさんの人間にあんな目で見られるの、初めてだった。実はわりと驚いてたんだ、あたし」

「あんな目って？」

シーナは少しだけ考えて、

「んー……普通の目、かな？」

と言った。どこか静かに。

「あたしたちは嫌われるのが当然だったから。何か物を盗んだりするんじゃないかとか、早く出ていけとか、そんな目で見られるのが基本だった。そうじゃなくて、ただの興味とか疑問とか……そういう、あたしにしてみればフツーの目で見られるのは珍しかったってこと」

何を答えるべきか。どう答えるべきか。練介《れんすけ》が一瞬迷っている間に、シーナのほうが語調をあっけらかんとしたものに変えて話を進めた。

「いや、わかってるってば。あいつらはあたしのことをダークエルフとは思ってないんだろ。だから当然っちゃ当然なんだけどさ……あんま実感はなかったんだ。お前のせいだぞ？」

「え、なんで」

「たまたま出会った普通の人間に一目で見抜かれて、で、そっから始まったんじゃん。擬態してるイメージなんてなくて当たり前だろ」

練介《れんすけ》は息を呑《の》んだ。あの瞬間が、世界の色彩が変わったと感じた自分だけではなく——彼女にとっても、ここに在るうえでの下地となるような『意味』を持っていたのだと、そう彼女自身が感じてくれているのだとわかったから。

目元を緩めて、彼女の顔からはあえて視線を逸《そ》らして、優しい声で練介《れんすけ》は言った。

忘れてもらいたくないから。その特別を続けてほしいから。

祈るように。

「俺だけだよ。シーナを見抜けるのは、俺だけだよ」

無言。ややあって、意を決して彼女の顔を見ると、シーナはにやにやと唇を曲げて音もなく笑っていた。急に気恥ずかしくなる。

でも。だったら。

もう気にする必要なんてないのかもしれない。

「さっき言ってた、理由の一つ。学校に興味があったからってのは本当だよな」

「ん？　そりゃまぁ、あたしらは学校なんてモンとは縁遠い種族だから。物心ついたときから、ただ生きるのに必死になる。獲物の獲《と》り方《かた》と金の稼ぎ方を覚えなきゃ死ぬだけ。ただ勉強だけできる場所なんて、あたしらには贅沢《ぜいたく》な観光地と同じなんだ。だから、それってどーいうところなのかな、みたいな感じで見に来ただけで……ま、でもだいたいわかったよ」

そんなはずはない、と練介《れんすけ》は思った。だから答えが出た。

今の自分は全て擬態だ。本当の自分は彼女と共にある。

そして彼女に何かの望みがあるなら、それは彼女の望みと自分が共にあるということだ。

後のことがどうなるか知らない。そもそも明日の自分がどうなっているかも知らない。

だから、きっと、いいのだ。

「よし。それじゃあ、学校案内でもしようか」

シーナは一瞬きょとんとしたあと、

「へっ？　いいの？　クソ目立つって言ってたっしょ？」

「誤魔化せるとも言ったぞ。だから毒を喰《く》らわば皿まで、ってことさ。この格言伝わるか？」

「伝わる伝わる。『ドゥオーフに酒を奢《おご》るときには店を買え』みたいなもんか」

「そっちは逆にわからんが……とにかく、学校を一回りするくらいならな。でも誰かに話しかけられても下手に喋《しゃべ》ったりしないでくれよ。基本は俺が対応するから」

「おっけー！　テンション上がってきた！　へへー、練介《れんすけ》ありがとう！」

しゃがみ込んでいた姿勢から、ぴょん、と跳ねるように立ち上がるシーナ。

それはもちろん例の八重歯満足スマイルではあったが、いつも以上に素直な喜びが出ているように思えた。小悪魔感や皮肉げな感じのまったくない、本当に年相応の少女のような笑み。

だから練介《れんすけ》は逆に気恥ずかしくなって、ただ踵《きびす》を返《かえ》す。

この状況下では、とてもさっきのように手に触れることなどできなかった。

†

開き直って、彼女を連れて学内を巡る。どちらかと言えば練介《れんすけ》もこの学校では顔が知られているほうであり、そんな男子と別の学校の制服らしきものを着たいかにもギャル系な褐色女子が連れ立って歩いているのはもはや何かの催事のような注目度だったが、視線は全て無視した。堂々としていれば逆に不自然さも減るものだ。強い意志でそう思い込んだ。

教室の並ぶ廊下。邪魔しないように一応は注意しつつ、自習中の生徒たちを観察する。

「あれはどんな勉強してんだ？」

「いろいろだろ。数学とか英語とかRV駆操学《リボルヴ》とか」

「あはは、わっかんねー。あたしたちの世界っぽくたとえてよ」

「金勘定に役立つ計算方法と、他国の言語と、馬に乗って敵を倒すための技術」

「すげーためになる勉強ばっかしてんな。全部生きるために必要なやつじゃん」

シーナは真顔で言った。

生徒用の掲示板の前。様々なメッセージがあった。零細同好会のメンバー募集、新聞部の成果物、子猫の引き取り手募集。シーナは興味深そうにそれらを一枚一枚見ていた。

「気を悪くしないでほしいんだけど、字は読めるんだっけ」

「向こうでは、ある程度だけな。こっちだと……これだけは神に感謝してやってもいいか。頭の中にだいたい読み方と書き方が入ってる」

「じゃあ安心だな」

「ギルドの掲示板みたいな雰囲気だよな、これ。あたしが知ってるのは闇ギルドだけど。でも、仇《かたき》の情報とか暗殺の依頼とか一枚もなくて、全部どーでもいい内容って逆に凄《すご》くね？」

「学校の掲示板に暗殺依頼があったら大変だろ。ま、みんなにはどうでもよくない内容だってことだと思う。部活に命懸けてるやつもいるしな」

「なんか趣味の活動するグループのことだっけ。はー。命に余裕がなきゃ、そんなのはとてもとても。安全的に裕福だなー」

言葉に呆《あき》れや馬鹿にしたニュアンスは混じっていた。けれど目の奥には、何か――手の届かない夕日を眺めているような、そんな達観した光があるような気がした。

「おっ。でもこれはわりとギルドっぽい。『体育館の第一倉庫にある備品を一斉に第二倉庫に運びます』だって。やべーブツを運ぶ仕事はわりと実入りがよかったりするんだよな。これはどんくらいもらえんの？」

「体育館使う部活に入ってる奴《やつ》らが強制参加で、なおかつ何も貰《もら》えないボランティア。つまりタダ働きだ」

「クソ依頼じゃん」

シーナは嫌そうに顔をしかめて吐き捨てる。さらに依頼主が教師、つまり公権力であることを知ると、なんで誰も見せしめにそいつらを襲ったりしないいんだと物騒なことを言った。

他にも様々なところを回る。図書室では「貴族の屋敷《やしき》に忍び込んだときのことを思い出しちまうな」と舌なめずりをし、購買部と学食では「アレないのかアレ」とタピオカミルクティーを所望。勿論《もちろん》さすがに学校では売っていない。屋上では涼しい風に髪を靡《なび》かせてご満悦だった。

校舎を出て、敷地《しきち》内《ない》を案内。駐輪場、体育館、中庭……部活で行われているスポーツにシーナは興味を持った。大胆にも野球部の練習に飛び込み、打席で楽しそうにバットを振るって快音を響かせる。練介《れんすけ》は無の境地でそれを見守っていただけだったが、次なるサッカー部への乱入はさすがに止めさせた。バッティングの時点でかなりスカートが危険だったからだ。彼女が気にしなくても自分が気にする。

さすがに参加はしなかったものの、部活見学で彼女が最も興味を示したのはやはりＲＶ《リボルヴ》関係だった。練習場の一角で行われている、ＲＶを用いたハンドボールのような競技は『ナイツボール』と呼ばれる一種のモータースポーツだ。訓練の一環として考案されたものだが、たとえば県対抗の警察柔道大会のようにわかりやすく競い合えるため、最近はそれ自体の価値も高まりつつある。さすがにこれだけでプロシーンが生まれるようなものではないにしても。

安全確保のために遠くからしか見られなかったが、それでもシーナには充分なようだった。

「おー、テレビで見てた鉄騎士か。意外に早く動けるんだな」

「ＥＦ動力とか新素材装甲のおかげで軽量化が進んでるし、重心制御プログラムが補正を……っていう説明とかいる？」

「難しいコト言われてもわかんねーよ。ちなみにあたしが前話した黒熊騎士団は鎧《よろい》の鉄自体にザッハド王国秘伝の作りで魔力が練り込まれててさ、そのせいで見た目よりはやたら速く動いてたな。似たような理屈か？」

「そっちは俺がわかんねぇよ」

「つーかあの大きさでこんだけ動けるなら、単独戦力で言うと黒熊騎士団以上に厄介かもな。練度と武器次第だろーけど、森にいるマンティコアくらいならタイマンで倒せるかもだ。……あれ、そういやテレビで見たときにゃあんな球じゃなくて武器持ってなかった？」

「これはスポーツだからさ。本番の輝獣退治のときにゃいろいろ使うよ。斧《おの》とか槍《やり》とか」

「やっぱ騎士団と似たようなモンじゃん。あ、わかったぞ、あの球遊びは刃を潰した剣でやる見世物の試合みたいな感じじっしょ？」

「そう……かな。とにかくただ遊んでるわけじゃなくて、訓練の一環みたいな感じだ」

「でも頑張ったら褒美《ほうび》が貰《もら》えたりするんだろ？　わかってるわかってる。意外とこっちの世界でも変わんねーな、そういうのは」

総じて彼女は楽しそうだった。最初の自己紹介で聞いた『好きなものは楽しいこと』という言葉を思い出す。この短い付き合いでも、練介《れんすけ》にはそれが嘘《うそ》ではないことが充分にわかった。彼女は楽しさに近付くことを恐れない。興味のあるものは全力で楽しもうとする。そうしたときの彼女の表情の輝きは、思わず写真に残しておきたくなるほどのものだ。

だが——だからこそ。

結果として、より一層目立つことになる。

学内のあらゆるところに出没しすぎたのか、わざわざ他の場所からシーナを見に来る生徒たちまで出始めたので、さすがに動きにくくなった。新聞部の突撃インタビューが来たのを契機に、練介《れんすけ》たちはひとまず姿を隠すことに決める。

全力で走って追跡を撒《ま》き、辿《たど》り着《つ》いたのは人気《ひとけ》のない校舎裏だ。背の高い植え込みがフェンス代わりに立ち並んでおり、校舎との間にも何本かの木が植えられている。

その緑の匂いを吸い込みつつ、練介《れんすけ》は軽い深呼吸で息を整えた。樹人《ツリーマン》の体質か、体力の消耗自体はそれほど感じないものの、さすがにいきなりダッシュすれば息ぐらいは切れる。

シーナも手の甲で汗を拭いながらぱたぱたと胸元に風を送っていた。見ようとしたわけでもなく自然と褐色の膨らみが目に入ってしまい、視線を逸《そ》らそうとする——と、彼女の手の動きが止まった。一瞬どきりとしたが、続く言葉は練介《れんすけ》の視線を糾弾するものではない。

「あー、まだ誰か来るな。ちっとめんどいわ」

軽く視線を頭上に経由させてから、シーナは練介《れんすけ》に言う。

「あたしさ、しばらく上に隠れてるから。練介《れんすけ》一人なら誰が相手でもなんとか誤魔化せるよな？　テキトーにあしらっといてよ」

上？　と思った瞬間には、シーナは猫のようにしなやかな動きで、近くにあった木に手をかけてするすると登っていってしまった。もちろん下着やら何やらが丸見えだったが、先程の胸元と同じく彼女は気にしない。後は任せたとばかりに軽く練介《れんすけ》に手を振ってから、上部の葉が生い茂ったあたりにシーナはがさりと身を潜ませた。

そのあたりで練介《れんすけ》も小さな足音が近付いてくるのに気付く。こんな場所に目的もなく来る奴《やつ》がいるとは思えない。野次馬に追われたダークエルフとその手下か、それを追うパパラッチかの二択でしかありえないだろう――と思いきや。

「あれ。委員長……？」

「……」

姿を現したのは枇杷谷唯夏《びわたにゆいか》だった。最後に教室で見たときと同じ、痩せぎすの制服姿。

彼女とは今日初めて視線を合わせたような気がする。普段彼女と目が合うときには、そこにはいつも睨《にら》むような気迫があった。だが今はない。退屈な数学の問題を眺めるような無表情で、ただ、こちらを見ている。

努めて頭上を意識しないようにしながら、練介《れんすけ》は作り笑いで応対した。

「えと、何か用かな？」

返答は、まずは溜《た》め息《いき》。

「あんな騒ぎを起こしておいて、ずいぶん呑気《のんき》ね。しかも教室だけじゃなくて学校中にまで騒動を広げるなんて。朝倉《あさくら》くんがそんなに馬鹿だとは思わなかった」

表情は変わらない。声音は静かで冷たいものだった。

「色々事情はあるんだけどな、返す言葉もないよ。で、委員長はここまで俺に文句を言いに来た……って感じなのかな」

「そうね、クラスをまとめる委員長として文句は言いたいわ。あの人のことだけじゃなくて、今日は最初からあなた自身のせいで教室の空気がおかしかった」

「穂刈《ほかり》たちにも言われたな。何か普段と雰囲気違うってさ。自分じゃ全然そんなこと思わないんだけど、なんでかな」

一呼吸あって。

無感情な平静さを保ったまま。

練介《れんすけ》をじっと見据えたまま――

唯夏《ゆいか》は言った。

「嘘が下手になったからでしょう」

「…………！」

あるかどうかもわからない心臓が、跳ねた。

「気付いていないと思ってた？　少なくとも私は気付いてたわ。ずっとね」

語調は、態度は、眼差《まなざ》しは、変わらない。けれど練介《れんすけ》の中では確かな変化が起こっていた。

炙《あぶ》り出《だ》しのように。白黒のフィルムに彩色が為《な》されるように。

世界に配置されていた無味無臭の書き割り、色のない背景でしかなかったものが、一個の存在の意味を持っていく。『そこにいる誰か』ではなく、枇杷谷唯夏《びわたにゆいか》という輪郭を獲得していく。

それは、練介《れんすけ》にとっては、あるいは恐怖を覚えることだった。

「そう。ずっと、滑稽で腹立たしかった。あなたは自分一人だけがズレているという顔をしてる。愛想笑《あいそわら》いで世界を見限って、選民のような身勝手さで見下している。気付いていないだけで、他のみんなも必死に嘘《うそ》をついているのかもしれないのに。私だって――」

そこで彼女は不自然に口を噤《つぐ》む。

練介《れんすけ》の頭は働かない、働かせたくない。だから口が勝手に動いて、場つなぎのようにその意味を確認する言葉を発していた。

「……委員長も？」

ややあって、初めて彼女の表情が変わった。

自分を放り捨てるように、その価値を嘲るように。

力なく笑う。

「――当然でしょう。他の人のことなんか知らないけど、少なくとも私自身のことはわかるわ。私だってあなたと同じ。今まで、生きるという行為の代替品のように嘘《うそ》をつき続けて、それしか生き方がわからなくなって。だから全部が終わったあとも、当然みたいにそれしかできなくなっている。本当に情けなくて、みっともない……」

次の言葉はひどく自然に放たれた。

「だから私は、あなたが嫌い」

その悪意は純粋で透明だった。

彼女の虚無を孕《はら》んだ笑みの中に、その純度を薄めるものは何もなかった。

練介《れんすけ》は戸惑う。上手《うま》くやっていたとは思わないが、ずっとクラスメイトとして一緒の空間にいた彼女だ。そんな彼女から初めて直接的に示される、悪意。意味がわからなかった。

どうして今、ここで、そんな顔で、彼女はそれを表に出したのだろうか。

仮面の下に困惑と混乱を隠し、ただ彼女の視線を受け止めるだけの時間。

その停滞した時間は、練介《れんすけ》が忘れていた一つの大事なものでいとも容易《たやす》く崩される。

「よっ、と」

シーナだ。シーナがあっさりと木から飛び降りてきて、唯夏《ゆいか》の前に身を晒《さら》したのだ。

突然現れた褐色の少女に、唯夏《ゆいか》はびくりと肩を揺らした。どうやらシーナが樹上に身を潜めているとは気付いていなかったらしい。

「いやー、盗み聞きする気はなかったんだけどな。真下にいればそりゃ聞こえちまうさ。面と向かって誰かに嫌いって言うとか、なかなか恐れ知らずじゃん。あたしはいろんなところで言われまくったから慣れてるけど、練介《れんすけ》みたいな人畜無害な男は泣いちゃうかもよ？」

「いや泣きはしないけど」

どうして降りてきた？　会話を聞いていたなら、唯夏《ゆいか》がシーナ関係の文句を言いに来たこともわかっていると思うが。本人が姿を見せたところで事態がややこしくなる予感しかしない。

練介《れんすけ》の言いたいことに視線で気付いたか、シーナは軽く片目を瞑《つぶ》って、

「ちょっと確かめたいことがあったから。丁度良《い》いかなって思って」

「確かめたいこと……？」

「そもそもの、この学校に来た理由の話な。あんたの迎えに来ただけじゃなくて、ちょっと用事もあったって言ったじゃん。その用事のさ」

言って、シーナは唯夏《ゆいか》をじっと見た。何かを面白がるような表情で、上から下までじろじろと眺め回す。唯夏《ゆいか》は自らを守るように身を縮めていた。視線は地面に逸《そ》らしていて、しかし微妙にシーナのほうを見返しているようでもある。

そこから感じるものは、気後れ——いや——

「うん、やっぱり。なあ、ちょっと聞いていいか？　一個だけ、簡単なことだからさ」

「……なんですか」

軽く頷《うなず》いて言葉をかけるシーナに、唯夏《ゆいか》は小さな声で応じる。

シーナはにっこりと笑って言った。

「どうしてあたしのことをそんなに怯えた目で見てんだ？」

「っ――！」

唯夏《ゆいか》の目が見開かれ。

シーナの犬歯が剥《む》き出《だ》しにされる。

練介《れんすけ》は次の瞬間、褐色の影が奔《はし》るのを見た。

そして、音が響く。この校舎裏で響くはずのない音。


「見ればわかるってのは教室でも言ったぜ。教師がエロい目で見てくるのがわかるように、ビクビク怯《おび》えて見てくる目もわかる。あと――少しだけぎょっとしたな、って目もな。ああ、これは今日の話じゃなくて」

続けられた言葉こそが、彼女の動きの理由。

「一昨日、あの工事現場で空から降りてきたときの話だぞ？」

手加減なく拳を振り切った姿勢で、シーナは野獣のような目を爛々《らんらん》と光らせている。

「なんでぎょっとしたんだって考えたら、そりゃ知ってる奴《やつ》の姿を見ちまったからだろ。勿論《もちろん》それは異世界から来たあたしじゃない。あの場にいたこっちの世界の人間、練介《れんすけ》のほうだ。じゃあ学校の知り合いじゃねって思って、学校にあたしが行けばそいつはどういう反応するだろうって考えて――つまり、それがあたしの『ついでの用事』ってわけ」

唯夏《ゆいか》は歯を噛《か》み締《し》め、もはや視線を逸《そ》らすことなく、複雑な感情を湛《たた》えた目でシーナを睨《にら》んでいた。人外であるダークエルフが全力で拳を繰り出したにもかかわらず、矮軀《わいく》を少し揺らしただけで依然としてそこに立ち続けている。

持ち上げられた細腕に生まれているのは、盾のように、その身を護った巨大な黒い貝殻。

シーナの渾身《こんしん》の打撃とその天然の盾との激突が、先程響いた異音の正体だ。

それはもはや答えそのもの。

目当ての景品を引き当てたような顔で、シーナは結論を告げる。

「見つけたぞ。お前がスライムの《眷属《けんぞく》》だな？」

委員長が。枇杷谷唯夏《びわたにゆいか》が。あの工事現場で見た、アグヤヌバを助けた、小さな影――？

体格は合っている。フードで顔は見えなかった。そして、あのスライムと同じような、ありえない現象を起こしている肉体。否定材料はない。だが。本当に。

「……釣り出された、ってわけかしら。意外に小狡《こずる》い手を使うのね」

憎々しげな彼女の返答が、何よりの肯定。

「知らなかったのか？　ダークエルフってのはそういうモンだぞ」

シーナが一歩を踏み出すと、唯夏《ゆいか》は腕の貝殻を肉に戻して素早く後じさった。

「おいおい。やらないのかよ」

「当然でしょう。魔術種《マギス》本人と戦えるとは思っていないわ」

「ふーん。ってことは、あのスライムクソ野郎は近くにはいないのか。いいことを聞いた」

唯夏《ゆいか》は無言で目を細め、さらに一歩後退。シーナはこれ見よがしに片手をわきわきさせた。

「どうもお前はスライム本人と同じような性質を持った眷属《けんぞく》みたいだな。まあ種族ごとに眷属《けんぞく》がどんなモンかってのは千差万別、そういうこともある。だから――あのときみたいに羽を生やして、飛んで逃げるか？」

「もう少し下がるだけで充分よ。この校舎裏から出れば誰かに見られる。女子が大声で助けを求めて、注目を浴びずにいられるかしら」

「そこの角を曲がる前にお前の動きを止めて、一瞬で口を押さえれば大丈夫かもしれないぞ。特に状況は一対二だ。お前の想定通りにいくかな」

忘れていたわけではないだろうが。シーナのその言葉で、改めて唯夏《ゆいか》はこの場にいるもう一人を意識したようだった。敵意を湛《たた》えた目が練介《れんすけ》を向く。

練介《れんすけ》の視界にも、無論、彼女は入っていた。これまでとは違う存在感を持って。

今の練介《れんすけ》にとっての『現実』側に、枇杷谷唯夏《びわたにゆいか》というクラスメイトが入りこんできた――と感じる。白黒の書き割りだった世界に、同じく色を持った存在としてシーナに相対している。

その光景はひどく印象的に浮き上がって見えた。

「練介《れんすけ》、シャキっとしろよ。そいつがなんでここに来たと思ってるんだ？　あたしがいない間にお前を排除するために決まってんだろ」

唯夏《ゆいか》は小さく鼻を鳴らす。

「ずいぶん短絡的な考えね」

「違うのか？」

「答える義理があるかしら」

練介《れんすけ》は唾を飲み込んで喉を湿らせてから、口を開いた。

「委員長。なんでだ。なんで、そんなことになった……？」

「逆に聞くわ。あなたはどうして？」

視線は冷たい。あるいは侮蔑すら混じっている。今更そんなことを聞いてどうするのか、と。

練介《れんすけ》は息を呑《の》むしかなかった。どうしてこうなったか？　自分について考えると、それは。

それは——言葉にできる理由なんて、あるのだろうか。

ほらね、と言わんばかりに唯夏《ゆいか》は微《かす》かに唇を持ち上げた。

「多分、一緒だと思う。ただ、そうなる流れだったのよ、私たち」

笑っているのではない。勝ち誇っているのではない。

そこにはただ、自嘲に満ちた諦念がある。

彼女に自分の立場を変えるつもりはないのだということが、練介《れんすけ》にはわかった。それでも。

「委員長の目的は、何なんだ」

「それもあなたと一緒でしょう。朝倉《あさくら》くんが具体的に何をどうしたいのかは知らないけれど、方向性だけは。あなたは眷属《けんぞく》としてダークエルフという魔術種《マギス》の手伝いをする。私はスライムの眷属《けんぞく》として手伝いをする。それだけじゃないの」

それは否定などしない。事実だ。

既に決意しているし、それ以外の道はない。

「そうだな。そこは同じだ。俺も、ここからの人生は、シーナのために動くことにした」

「人生？　おかしな言葉を使うのね。……いえ、ひょっとして知らないの？」

唯夏《ゆいか》が小さく眉を寄せ、瞳を細めた。

「……？」

「知らないみたいね。思ったより悪辣だわ、ダークエルフ」

彼女はシーナに憎々しい視線を向ける。

シーナは――厳しい目で、耳をぴくりと動かしただけ。弓を生み出すタイミング、足を動かすタイミングを計っているようだ。

「練介《れんすけ》。お喋《しゃべ》りはそこまでだ。逃げようとしてるぞ、押さえろ」

確かに限界だった。会話しながらも自然に後退していた唯夏《ゆいか》は、もう一跳びで校舎裏から離脱できる位置にある。その動きを押《お》し止《とど》めようとするなら、今、動かねばならない。

むしろ彼女とまだ言葉を交わしたかった。そのためにも逃がしたくはない。練介《れんすけ》は決意した。

足に力を込めて、前に出ようとした瞬間――

「知らないなら教えてあげる、朝倉《あさくら》くん」

それが彼女の攻撃だったのか。無知という隙をつくための策だったのか。

善意だったのか、悪意だったのか。

練介《れんすけ》にはわからない。

「私たちはもう死んでるわ」

——い、い、い、いか

————————え？

「死人だけが眷属《けんぞく》になれるの。そうじゃなきゃ、こんな簡単に肉体構造が変わったりしない」

その声は、憐《あわ》れむように、慰めるように。

優しかった。

そしてそれが別れの言葉になる。

練介《れんすけ》が言葉の意味を脳髄で理解し、足を止めた一瞬の機に、彼女は素早く踵《きびす》を返《かえ》してこの校舎裏を飛び出していった。

反射的に生み出したのだろう、シーナは弓矢を構えた状態だった。しかし日の当たる場所に飛び出していった唯夏《ゆいか》にその矢を届かせることはできない。舌打ちしながら弓を消す。

「シーナ。今、委員長が、言ったことは……」

あーあ、というように彼女は肩を竦《すく》めていた。それが唯夏《ゆいか》を取り逃したことに起因するのか、それとも練介《れんすけ》の問いのせいなのかは判断できなかった。

数秒。

そこから首を動かし、自然に満ちた世界を懐《なつ》かしむように頭上の葉を見上げる。

それは何かを考え、決意し——諦めるために必要とした時間。

「練介《れんすけ》」

シーナが目を向けてくる。嘘《うそ》も誤魔化しもなく、まっすぐに。

視線はひどく優しく、けれど眉は少しだけ寄っている。

しょうがないなあ、とでも言うかのような微苦笑。

そして彼女が発した言葉は、答えではなく、問いだった。

「最初に公園で会ったときさ……なんで死んでたの？」

†

驚きはなく。

ああ、やっぱりそうだったのか、と思った。

日付的にはつい一昨日のことなのに、遥《はる》かな過去のように感じられる。

昼間は何の変哲もない学校での一日だった。だがそれが終わりの合図だった。

ダムから水が溢《あふ》れるように。

特に理由なく、ただ『そこ』が限界点だったという、ただそれだけの単純な理屈で。

世界との乖離《かいり》が、嘘《うそ》をつき続ける気力が、決壊した。

クラスメイトたちからのカラオケの誘いを断って、家に帰った。

好きな漫画と映画を誰に気兼ねすることなく見終えても、その内容に心から満足しても、意識の中心点にわだかまる頭痛は収まらなかった。／

気晴らしをしても何をしても、一旦超えてしまった限界は戻らなかったから。

この唯一の気晴らしをしてもまだ痛いのならば、仕方がない。別のものに頼ろう。

　苦しくて苦しくて、もはやそれから逃れるための選択肢は一つしか思いつかなくて。

そこに保管してあった薬を必要な量、水で飲んだ。

　薬を必要な量、水で飲んだ。

あとは眠気が来れば寝ればいい。

　そして二度と目覚めることはない。

しかしなんとなく、この部屋にいるのは息苦しいような気がした。

　どうせ終わるなら、こんな檻《おり》のような部屋ではなく、どこか空気の良《よ》い場所で。

「なんでもない、一日だったんだ」

「うん」

　シーナはただ、練介《れんすけ》の言葉を聞いて、頷《うなず》いていた。

「本当に、なんでもなくて、日常で、普段どおりで。でも、だからこそ……『これが永遠に続く』っていうのが、わかっちゃって」

魂で、理解してしまって。

だから——耐えられなかった。

絶望した。

練介《れんすけ》は片手で顔を覆う。なぜか下半身から力が抜け、その場にへたり込んだ。

「……はは。そっか、そうだよな。ぎりぎりで届かなかったのかと思ってたけど、違ったんだ。やっぱり俺は——終わってたんだ。自分で、終わらせてたんだ」

「まぁ正直、飛びかかって地面にブッ倒した直後に『あれ？　死んでる』って思ったから、実はトドメを刺したのはあたし、って可能性もあるけどな」

「関係ないよ。俺は、俺の意志で、終わろうとした。その結果がこれなんだ」

練介《れんすけ》は彼女を見上げて、信仰のように息を吐いた。

見える世界を一変させた存在。白黒の世界にもたらされた色彩。

奇跡のようだと感じた出会いも、彼女と共に在りたいという願いも。

それは確かにそこにある。眼前にある。けれど。

思わず涙が零《こぼ》れてきた。理由は練介《れんすけ》自身にもよくわからなかった。

情けなさか、歓喜か、安堵《あんど》か、哀《かな》しみか。

「……終わってから初めて、欲しかったものが、手に入るとか。なんて皮肉だよ——」

不意に、柔らかな何かが顔に押し当てられた。微《かす》かな土と木の匂い。

地面に膝をついた練介《れんすけ》の頭を、シーナがぎゅっと抱え込んだのだ。

「何泣いてんだ、全然意味がわかんねえ。でも――あたしの眷属《けんぞく》がメソメソしてんのは相棒として見過ごせないからな。慰めてやるよ」

頭を包まれているから、シーナの顔は見えない。声だけが聞こえる。

「ていうかお前、意外に馬鹿だったんだな。死なないために今まで生きてきたんだろうに。キツかったらせめて走って逃げろよ。あたしなんて新しい土地に行くたび逃げ続けてたぜ」

一つ吐息が挟まり、

「逃げられない奴《やつ》から勝手に死んでいくんだ。知り合いや仲間はみんなそうなった。だから焦《あせ》ることたない。死ぬときゃ死ぬんだから、自分で選ぶ必要なんてなかった」

その台詞《せりふ》は突き放しているようにも、優しい真理を語っているようにも聞こえた。

「……何回か逃げようとはしてみた気がするんだけどな。俺も逃げられなくて死んだ側かもしれない」

「そっか。じゃあしょうがないな」

あっさりと首肯する気配。そのドライさが彼女らしかった。

ああ、確かに自分は馬鹿なのかもしれない。今もなお、自分の行いを後悔しているのかどうかすらわからないのだから。

それでいて、これまで意識的に考えないようにしていたその部分、自らの行為の結末を知らされただけで、こんなにも動揺している。その動揺を女の子に慰められている。

「あと、も一つ馬鹿だな。よくわかんねーけど、欲しかったモンが今手に入ってんならそれでいいじゃやねーか。楽しいときには全力で楽しがれ。それ以外のこと考えるのは損だろ」

欲しかった《いたかった》ものである本人がそんなことを言った。

その言葉も、額と頬から直《じか》に伝わってくる昨夜と同じ体温も、とても単純で。

練介《れんすけ》は動揺していた自分の中身を、それを基準に組み立て直そうとする。

そうだ。自分が孤独な戦いに耐え抜いたのではなく、無様に負けていたのだとわかっても。

そこに彼女が与えてくれた意味だけは捨てたくない。申し訳なくても、意地汚くても、それが彼女と出会うために必要な道のりであったことだけは手放したくない。

「そうかもな。俺が求めてたものはもう目の前にある。その状況になってるってことが一番大事だった。だから――何よりもまず、ありがとう、って言わなくちゃいけなかったのかもしれない。俺がこうして今もここにいられるのは、シーナが助けてくれたからだ……」

「あ、助けたかどうかは微妙だぞ？　あたしはただ、いきなり動かなくなったお前を見て、なんか面白そうなこと言ってたし丁度いいと思ってノリで眷属《けんぞく》にしてみただけだ」

軽い台詞《せりふ》だったが、彼女が正直に言っていることだけはわかった。

「――でも、保証はしてやるさ」

「保証？」

手の力が緩み、そこでようやく、練介《れんすけ》は胸の谷間から顔を持ち上げることを許される。

挑戦的に片目を細めたシーナの顔が、至近距離から見下ろしていた。

「あんたは、あたしの眷属《けんぞく》である限りは今のままだ。中身は樹人《ツリーマン》だけど、人間と変わらないように生きられる。安心しなよ」

「ずっとか？」

「ずっとだ。練介《れんすけ》がそれを望む限り」

それは今朝、彼女との別《わか》れ際《ぎわ》に欲《ほっ》したものだった。具体性は何もない。けれどはっきりと、目を見て断言してくれたことが、練介《れんすけ》の胸にひとまずの安堵《あんど》をもたらした。

ひとまずの、だ。自分でもわかっている。きっとこれは自分が既に死人であるという現実をまだ実感しきれていないだけなのだろう。頭の隅に押しやっただけなのだろう。過去の積み重なった重みを没却する罪業《ざいごう》で、未来に待ち受ける不安を正視しない愚行だ。

それでもよかった。

彼女は悪かもしれない。誰かの害となる存在かもしれない。こちらの世界の常識など持っていないかもしれない。

だが——こうした場合に、嘘《うそ》はつかない。

今は、それだけを、拠《よ》り所《どころ》に。

安堵《あんど》と落ち着きを取り戻すと、急に今の状況が恥ずかしくなってきた。できるだけ自然にシーナから身を離そうとする。

「それで……これから、どうするんだ？」

しかし、何気なく発したその問いこそが練介《れんすけ》に気付かせることになる。

問題は何も解決していなかった。たった今、新しい問題が始まったばかりだったのだ。


「そりゃまあ、とりあえずさっきの女を殺さなきゃだろ」


シーナは平然と言っていた。

そうだ――知っている。同じだ。

嘘《うそ》は、つかない。

「あ、………」

練介《れんすけ》の喉から漏れたのは呼気だけだった。どんな言葉を発したいのか、発するべきなのか。

それは練介《れんすけ》自身も知らなかった。

「敵の魔術種《マギス》の眷属《けんぞく》だ。自由にさせたら厄介だし、殺せば確実に戦力を削れる。一人の魔術種《マギス》が作れる眷属《けんぞく》は一体だけっぽいしな」

シーナはじっと練介《れんすけ》を見つめて続ける。

「あたしには目的がある。スライムだろうがなんだろうが、自分以外の魔術種《マギス》は全員ブッ潰す。そして欲しいものを手に入れる。そのためにここにいる。だから他の選択肢はない」

まだ、彼女の手は練介《れんすけ》の肩に乗っていた。それが最後の接点。

「逆に聞こうか。練介《れんすけ》。あんたは——どうする？」

からからになった喉で、辛《かろ》うじて声を絞り出す。

「どう、って」

「あたしとあんたは同じ場所に立ってる。それはもうわかってるはずだよな。じゃあ、次はその先だ。最初の一歩について。あたしと行くのか、行かないのか。本当に踏み出す気があるのかどうか——ここで確かめておかなきゃならない」

シーナは微《かす》かに目を細めた。最後通牒《つうちょう》のように。

「嘘《うそ》は駄目だぞ。あたしが買ってるのは練介《れんすけ》の正直さなんだ。だから本音を言えよ」

彼女の瞳に射貫《いぬ》かれながら、練介《れんすけ》は唯夏《ゆいか》の姿を思い出していた。それは先程この校舎裏で見た、無色透明ではなくなった彼女の姿であったし、ずっと教室で見てきた彼女の姿でもあった。けっして特別な存在なんかではない。よく口を利《き》いていたわけでもない。友達なんかではない。笑い合ったことなんて一度もない。同じ立場と考えれば既に生きた存在ではない。

それでも。

「——」

初めて、見つめ合うシーナとの間に異物を感じた。見えない何かがある。二人の空気を決定的に隔てている何かがある。それは、不可視の壁か。透明の膜か。

あるいは……人間と、ダークエルフ。

その定義の差か。


そして、気付けば。

†

最終確認のつもりだった。

けれど、こちらを見上げる彼の目、そして無言。

その〝間〟こそが。

(――ああ)

思い出す。最初で最後の同行者。小さなハーフオーガの少女。それは普段は忘れている、彼の悪夢と同じ過去の記憶でしかない。だが、確かに在る。今の自分というモノを形作る痛み。

そしてその痛みを一度思い出してしまえば、再生されるのはその少女だけに留まらなかった。

痛み。痛み。自分がダークエルフであるがゆえに受け取ってきた、数多《あまた》の痛み。

(楽しくないのは……嫌なんだよ)

自分自身の中身に囁《ささや》いても、湧き上がってくる冷めた感覚は変わらない。彼の迷いに満ちた瞳は変わらない。

結末は、やはり、そうなるのか。

ダークエルフと、そうでないものは、やはり――

†

……気付けば、肩から彼女の手が離れている。

致命的なミスを犯したという感覚が練介《れんすけ》の背筋に走った。

「そっか。やっぱり、お前にとっても……あたしは違うモノなんだな」

どんな表情で彼女がその言葉を発したのか、窺《うかが》い知ることはできない。

そのときにはもう彼女は踵《きびす》を返《かえ》して歩き始めていたから。

「シーナ……っ」

慌てて立ち上がって、彼女の名前を呼んでも返事はない。

地面を軽く蹴っての跳躍で、残っていた背中すらも見えなくなった。

ついさっきまで後頭部を撫《な》でていた手の感触は幻想のように練介《れんすけ》の中から消《き》え失《う》せ、もはや彼女の温度はどこにもない。

あるいは、二度と。


足から再び力が抜ける。平衡感覚が失われ、地面はまるで泥の沼のよう。

練介《れんすけ》は悪寒《おかん》と恐怖に身を震わせていた。

選択ができないことを示すという、取り返しのつかない選択をしてしまった悪寒《おかん》。

今の自分の全てだったものが、手から零《こぼ》れ落《お》ちてしまったのではないかという恐怖。

どうして。

愚問だった。理由は明白だ。それを彼女も悟り、だから立ち去った。


自分の中にあると思っていた覚悟が、所詮はその程度のものだったというだけ。


絶望と、怯《おび》えと——自らの誤魔化せない弱さが。

練介《れんすけ》の足を、ずっと、その場に縫い止めていた。

第四章――そして森は息吹き始める

†

一生を平穏に過ごしたい。

それが枇杷谷唯夏《びわたにゆいか》の願いだった。


目立ちたくはなかった。目立てば排斥される。

劣りたくはなかった。劣れば排斥される。

人と違いたくはなかった。違えば排斥される。

結局のところ、唯夏《ゆいか》の人生は『皆と同じにあること』にその大部分が費やされていたのだ。

精神的にも。肉体的にも。

横目で皆の生き方を覗《のぞ》き見《み》、できるだけ同じように真似《まね》をし続ける。そうすれば排斥されない。夢もなりたいものもなかったが、『皆』が安定で安心の職だと言って目指していたから、騎士になるための学校に入った。もちろん排斥されない皆と一緒であることは幸福だった。

だがそんな生の中、ふと、『身体《からだ》が違う』ことが不安になった。

自分はあの子と違って、背が低いのでは？　またあの子と違って、痩せているのでは？

だから――食べた。あらゆるものを手当たり次第に、胃に詰め込んだ。暴食した。

ひとしきり食べたら、また不安になった。

これは食べすぎなのでは？　太って『皆と違う』ことになってしまうのでは？

恐怖して、必要に駆られて、自ら喉に指を入れて吐いた。

——当然のように。

それはその後、永遠に繰り返されることになった。


人と一緒になりたくて、食べた。

人と一緒になりたくて、食べなかった。

一人暮らしだったから、誰にも気付かれることはなかった。外では細心の注意を払っていた。

ダイエット中だと言って友達との食事をエネルギーバーで済ませたあとにトイレでものを食べたこともあったし、帰りにみんなで買い食いしたあとに路地裏で嘔吐《おうと》したこともある。

人間には隠しきれていた。しかし——ただ一度、波長の合う存在を探していた異世界の怪物と路地裏で胃液を零《こぼ》しているときに出会ってしまって、ただそれだけで。

彼女の人生は終わった。


ずぎゅるぞりざりじゅちゃうばお。

慎みを知らない怪物の咀嚼《そしゃく》音は下品で不快だ。

「ぎちゃっ……つまり。ダーク、エルフの、眷属《けんぞく》の……正体。理解を、喰《く》らった、のか？」

唯夏《ゆいか》のアパート、そのテーブルの上には出来合いの食料品が山盛りに並べられている。脂っこい揚げ物に焼き物。およそヘルシーという言葉とは真逆なものばかりだ。体積あたりのカロリーが高いほうが効率的だと考えているのだろう、チョコレートなどの菓子も多い。

それらを手当たり次第に口に運んでいるアグヤヌバに対し、唯夏《ゆいか》は無表情に頷《うなず》いた。

「はい」

「それは、結構な、味だ。屈辱を、喰《く》らわせてくれた、あの小妖精は、けっして許さぬ。そして我らがスライム種族の、悲願のためにも……他の魔術種《マギス》を見逃すという、選択肢は、ない」

怪物は視線を鋭くした。ぶじゅり、と彼が握っていた肉の塊が潰れる。

「かつて……我らは、暗き澱《よど》みに、追いやられていた。ただ喰《く》らい生きる、罪なき我らが、だ。どの種だろうと、喰《く》らわぬ者など、いないというのに。我らだけが、醜悪だと、卑賤《ひせん》だと、嘲《あざ》笑《わら》われた。その不当な仕打ちに、喰《く》らい哀《かな》しみ、喰《く》らい嘆く、喰《く》らい怒るのみであった我々に――復権を。我らは、我らが支配する世界を、得なければならぬ」

力強く語られる、その内容自体は心の底からどうでもよかったが。

悲願。願い。

それは唯夏《ゆいか》にもあった。唯夏《ゆいか》の中にも、まだ、あった。

眼前にいる暴食の怪物に命を奪われたことには絶望し、その後の状況にも困惑したが。

ずっと目の前にあった願いは、死んだ後もなお、消え去ってくれなくて。

むしろ近く、大きく見えるようになった。

そこへの道のりが近付いたのだと言ってもよかった。皮肉なことに。

「で、あるならば……すべき、ことも、わかっているな」

「はい。こちらの正体も知られてしまいましたが、問題はありません」

アグヤヌバの言うとおりにしていれば。

その過程において、唯夏《ゆいか》の願いも叶《かな》う。

本当の意味で、皆と一緒になれるようになる。

だから唯夏《ゆいか》は迷わない。全てを失った彼女には、もうそれしかない。

その願いだけを全力で追い求める。

誰に、何をしてでも。

「ダークエルフの眷属《けんぞく》は、私が殺します」

「ブハハハァ！　我が、出なくてよいのであれば、それは、無駄に腹を減らす必要も、なくなるということ。認めよう。だが……本当に、できるのだな？」

涎《よだれ》と食《た》べ滓《かす》を飛ばしながらスライムは嗤《わら》う。

対照的に、唯夏《ゆいか》は冷えた心でより一層表情を固めて言った。

「はい。私はダークエルフの眷属《けんぞく》をよく知っています。あの男は――」

「自分を賢いと思っているだけの、馬鹿ですから」

ストレートな罵倒に、またアグヤヌバは愉快そうに肩を震わせた。これまで唯々諾々《いいだくだく》と従ってきただけの唯夏《ゆいか》がそうまで言うのだから、よほど自信があるのだと感じたのだろう。

「よし。では、お前も、喰《く》らえ。喰《く》らい喜び、喰《く》らい楽しめ。忘れるな、食い続けろ……それが、我らだ。そして、お前は既に、我らの胃袋だ」

「はい――いただきます」

ご丁寧に、芋虫のような指でアグヤヌバはソーセージを摘み、それを唯夏《ゆいか》の口元に押しつけてきた。拒否はできない。そのそぶりも見せられない。大人しく肉棒が口に捻じ込まれるに任せ、舌で味わい、噛《か》み千切り、咀嚼《そしゃく》する。

――全てのカロリーをそのまま吸収し、それを材料に肉体を構成できるこの身体《からだ》になってから、嘔吐《おうと》で胃の中身を調整する必要はなくなったが。

吐き気を感じることがなくなったわけではなかった。

†

ぐるぐると回る。ぐるぐると回る。

いやだ。失敗した。間違えた。


——見限られた。


違う。違うんだ、と練介《れんすけ》は声なき声で叫び続ける。どこにも届かないとわかっていても。

しかし違ってはいない。心の底では理解していた。

あの問いかけの意味。

あれは彼女の最後のテストだったのだ。

本当にこの世界からズレる覚悟があるのか、と。

今までの朝倉練介《あさくられんすけ》という存在はそのズレに怯《おび》え、恐怖し、死人のように生きてきた。そして最後には耐えきれずに死んだ。

そんな偽りの生き方ではなく。

本当に、彼女《シーナ》と一緒に。

本物の悪として生きる覚悟はあるのかと問われて――

あのときの朝倉練介《あさくられんすけ》は、何も答えられなかった。

自分は何をしてしまった？　未来には何が待っている？

深く考えると焦燥が胸を焼き滅ぼす。これこそが死にたくなるような苦しみだ。だがもう一度自殺をするわけにはいかない。死んだら確実に彼女と会えないことだけはわかる。

唯一縋《すが》ることができたのは、都合のいい解釈のみ。

これは昨日、学校に行ったときの別れと同じだ（そうか？）。だから迎えを待つんだ（来るのか？）。普段どおりの暮らしをしていればいいのだ（本当に？）。

だから翌日も練介《れんすけ》は学校に行った。

その日の時間割は、午前中全てを費やしての校外RV《リボルヴ》実習が主だった。

学内の練習場だけでは限度がある様々な場所的・状況的問題に対処する方法を、シミュレーションのような課題形式で学んでいく授業だ。普段学んでいるものをより現実に即した場で発揮できるか否《いな》かという実践テストの意味合いも持つ。

RV《リボルヴ》実習が行われる際には、授業前に整備や必要な装備の準備をする当番が決まっていた。

勿論《もちろん》飛行などの行為が可能なRV《リボルヴ》には専門の整備士がいて、この学校にも規模は小さいながら整備科コースが存在する。その教師兼任のプロ整備士や整備科の生徒が実習前には綿密なチェックをしてくれるが、駆操者自身もやはりある程度は自分の命を預けるRV《リボルヴ》に関しては整備的知識を持っておくことが推奨されるのである。

練介《れんすけ》はその当番であった。だから早めに登校し、搭乗衣《ギャンベゾン》に着替えてRV《リボルヴ》の保管庫へ向かう。本来は教官室で鍵を借りる手筈《てはず》だが、既に別の当番が先行して開けているようだった。

そして——そのもう一人の当番と顔を合わせるなり、言われた。

「馬鹿なの？」

それは枇杷谷唯夏《びわたにゆいか》だった。立ち並ぶRV《リボルヴ》の横で顔を合わせるなり、小さく肩を揺らしながらの台詞《せりふ》。溜《た》め息《いき》をついたのかもしれない。

確かにこの登校は敵対勢力の存在を考えれば愚行なのだろう。そこは理解している。

しかし最重要事項は普通の生活をしてシーナの迎えを待つことであるから、それ以外はどうでもいい。さらに言えば——これが愚行なら、唯夏《ゆいか》にとってだって愚行のはずだ。

「委員長だって学校に来てるだろ」

「それは事実ね。でも、私にとってとあなたにとっては違うと思う」

「意味がわからない」

そしてわりとどうでもいい。

唯夏《ゆいか》は目を細めて、今度はあからさまに嘆息した。

「その態度が馬鹿なのよ。……でも、どうでもいいわ」

彼女も練介《れんすけ》の内心と同じことを言った。それから視線を逸《そ》らして歩き出す。

「委員長？」

「少なくとも、他の生徒の前であなたと殴り合ったりする気はないわ。それだけは確か」

遅れて、練介《れんすけ》は別の当番生徒が保管庫に入ってきていたのに気付いた。つまり——彼女も、学校生活は守りたいと思っているということだろうか。

「ありがとう」

立ち去りかけていた唯夏《ゆいか》が本当に一瞬だけ動きを止め、勿論《もちろん》振り返りもしないまま、届くか届かないかの言葉を最後に残していった。

「……言うまでもないけれど。その返事こそ、一番の馬鹿の証《あかし》ね」

†

集合、点呼、最終点検を終えて、午前九時三十分——第一演習場、RV《リボルヴ》発着場。

校外実習においては一クラス総勢四十名がいくつかの訓練小隊に分かれ、各グループで少しずつ時間をずらしながら学校を飛び立つルールになっている。いつものように隊長の任を与えられた練介《れんすけ》は、自分に割り当てられた隊長騎RV《リボルヴ》の中で通信装置のスイッチを入れた。

「こちら第二訓練小隊長・朝倉《あさくら》騎。小隊騎五名の航空発騎《エア・チャージ》許可を願う」

『こちら指導教官苺村《いちごむら》。全騎航空発騎《エア・チャージ》を許可する。発騎後、指示あるまで上空で留まるべし』

「了解」

手早く視線を計器に走らせて最終確認。問題はない。

「朝倉《あさくら》騎、発騎《チャージ》準備完了」

呼応し、他の隊員の各人が準備完了の通信を入れてくる。朝は昨日のシーナの説明などを求めてきてまだ騒がしかったが、全身全霊で誤魔化せばどんな疑問も保留はさせられるものだし、さすがに大事な実習のときまでその空気を引きずってくる者はいなかった。

そして最後に、

「……枇杷谷《びわたに》騎、発騎《チャージ》準備完了」

無感情な声が届いた。練介《れんすけ》は心を動かさない。ある意味で言えば彼女のことを信じている。

「良し。全騎、EFジェット稼働《かどう》開始」

チャージとは原義では騎士の決闘における突進を意味する。転じてRV《リボルヴ》に関しては『動力をフルに使っての全力推進行為』を示す言葉となった。一般的な攻撃行動などの際には突騎と表《あら》わされるが、特に待機状態からの初動を発騎という。

レバーを引くと、エネルギーラインを流れるエネルギー流体《ＥＦ》の濃度がわずかに変化。腰に据えつけられている飛行機構を重点対象に、エネルギーの血液として蓄えられた熱量を注《つ》ぎ込《こ》んでいく。機構が歓喜の唸《うな》り声で回転を始め、そしてそれが容赦ない昂《たか》ぶりを示していった。

音のうねりはほどなく頂点へ至り、インジケータが緑に点灯。瞬間、練介《れんすけ》は規定の操作手順を行い、最後に主動作《しゅどうさ》桿《かん》を勢いよく引き起こした。

「――航空発騎《エア・チャージ》、実行！」

飛行機構のＥＦジェットが圧縮空気を噴射、足元の石ころを激しく吹き飛ばし、しかし飛ぶのはそれよりもはるかに目方の重い鉄の騎士もだ。爆音と共に空へ突進《チャージ》。

「っ……！」

瞬間的な荷重に耐える数秒を経て、保持されるは独特の浮遊感。ＥＦの特性を活用した最新飛行機構が遺憾なくその能力を発揮し、練介《れんすけ》のＲＶ《リボルヴ》を空の高みへと運んでいた。それに数秒ずつ遅れ、決められた順番で小隊員たちも同じ高みに駆け上ってくる。

ある程度の距離を開け、空中でホバリング待機するＲＶ《リボルヴ》の数は六騎。それが今回の訓練小隊の人員だ。真面目に訓練に集中している者もいるし、軽口を叩《たた》いているものもいるし――

「……」

無言の枇《び》杷《わ》谷唯夏《たにゆいか》もいる。

彼女とはある意味で共犯関係だと言えた。ただの人間ではなくなってしまっていることを隠して、授業など受けている場合ではないことを隠して、ここにいる。敵として対立している立場は学校では忘れ、干渉しない。そういうスタンスは同じだと思える。契約書を交わしたわけではないが、ひとまずその共犯関係に頼るしか学校生活を続ける方法は存在しなかった。

無論、学校の外に出ればまた話は別だろう。しかし今はそれを考える余裕はない。

今の練介《れんすけ》は、目の前にあるものを見続けることで――

見たくない何かから目を逸《そ》らしているだけだ。

その現実の視界は、今は鳥瞰《ちょうかん》の風景。高度計は約二百メートルを示している。訓練では何度も体験している高さではあるが、やはり微《かす》かな緊張と興奮は生まれていた。

『今回の想定は《山間部に輝獣反応を感知の一報。それを受けての緊急対処出動》だ。……よし、今変わり映えしないとか言った奴《やつ》は減点対象な。隊長は覚えといてあとで報告するように』

実際に二名が冗談めかして文句を言っていた。教官の読みは鋭い。

『座標は3827・1456付近。速やかに通常速度で移動を開始せよ』

了解と言葉を返し、練介《れんすけ》は小隊を率いて動き始めた。街の北部にある山間部を目指す。

この街に駐在する本家の駆動騎士団の出動もその8割が都市外だと言われている。輝獣の発生メカニズムはまだ不明な点が多いのだが、少なくとも人口密集地に突然現れる可能性は低いというのが一般的な認識だ。自然、校外での訓練も山間部で行われることが多かった。

移動中でもすべきことは多々ある。簡易レーダーによる輝獣索敵、作戦区域に一般人がいないかの確認、その他情報収集――モニタリングしている教官の怒声が容赦なく飛ぶ。

『山田、索敵に集中しすぎて速度が一人だけ遅れ始めたぞ！　そのまま敵前逃亡する気じゃねえだろうな腰抜け！　石木戸《いしきど》は索敵ゾーンをフラフラさせんな！　朝倉《あさくら》と枇杷谷《びわたに》に文句はないが――朝倉《あさくら》は微妙に騎体がヨレてる気がしないでもねぇな。どうした？』

「風のせいかもしれません。気をつけます」

本当に微妙なものだが、騎体の手応えが普段とは違うような気がした。直前の点検で異常はなかったから、やはり外的環境が原因か。注意して対処すべく、練介《れんすけ》は主動作桿《しゅどうさかん》を握り直す。

そして数分後。

「座標到達。各隊員と手分けして上空探査を試みる」

手早く各自の受け持ち範囲を決め、練介《れんすけ》はその座標をそれぞれに伝達した。これでどこかしらに教官たちの仕掛けたダミーターゲットの反応が見つかる、というのが普段の流れだ。しかしいつもやることが同じでは実地訓練の意味がない。何かしら突発的なアクシデント設定が起こり、それに対する臨機応変な対処を求められる可能性は十二分にあった。

さて、何が起こるのか。ダミー反応が見つからず、エリアを拡大しての追加探査を求められるか。一度に二体見つかることだってあるかもしれない。はたまた民間人が作戦区域にいたりして、その救助や避難を優先させられるかも――

練介《れんすけ》は心から任務《訓練》に集中する。

そうしていれば楽だった。自身の論理の綻びに目を向けることなく、ただの願望にすぎない可能性について考えてしまうこともなく、ただ彼女の迎えを待っていられた。

いや、事実、そうなのだ。きっと。つまり自分は。いつも通りの学校生活をすべきで。だから何も考えずに、不安にも思わずに、ただやるべきことを――

警報音が鳴ったのはそのときだった。故障を示す耳障《みみざわ》りなものではない。目標を見つけたという反応だ。探していたのだからそれ自体に不思議はないが……いや、やはり、おかしい。

流し込まれてきたデータに練介《れんすけ》は目を細める。訓練に使うものにしては手が込みすぎていた。

『くそっ。お前らは喜べ。私らは関係各所への調整と監督出動で面倒臭くなった。つまり――ホンモノの輝獣をジャストタイミングで発見だ。我々はこれより輝獣対策法第三条に基づき、準資格者による臨時対応を開始する』

『やったぜー！　話には聞いてたけど、本当にこういうことあるんスね先生！』

『年に数回はな。言っとくが、お前らが実際に処理することは基本的にないから興奮しすぎると損だぞ。やることは情報収集と間接的な援護、それから――見て盗め、ってやつだ』

『えー、相手できないんっスか。絶対？』

『サイズと脅威を判定してから、まあ本部と話し合って了解が得られれば……場合により、騎士団と私らの監督のもとお前らが何かできる可能性もあるかもしれない』

　ヒュー！　という小隊員の口笛に、通信機の向こうの教官は語調をきつくして言った。

『とにかく！　私らが行くまではお前らは待機だ、絶対に何もするなよ。本番は新仁陽市《しんじんようし》の駆動騎士団が到着してからだ！』

　予想外の展開だが、むしろこれは思いがけない幸運、という類に属するものだろう。小型の輝獣一匹であればRV《リボルヴ》の一小隊で充分に対処できるレベルだし、騎士を目指す学生として実戦の空気を体験することは何よりの経験値となる。

　ひとまずはこのまま待機し、大人たちの準備が整ってから指示に従えばいい。問題はない。

　練介《れんすけ》は小さく息を吐き、主動作桿《しゆどうさかん》を握る手の力を緩めた。

　――その瞬間。

　先刻とは比較にならない甲高い警報音が胴体席《ボディスペース》を支配する。

　同時、がくん、と全身が重力の軛《くびき》に囚《とら》われる感覚。正面の有視界ウィンドウもサブの光学モニタも、全てが急激な色の変化を示した。青から緑へ。つまりは、空から森の色へ。

『どうした⁉　朝倉《あさくら》騎、なぜ高度を下げている⁉』

「っ……赤色警報《レッドアラート》、赤色警報《レッドアラート》！　EFジェットの出力低下、高度を維持できない！　エラーコードはNE37281。繰り返す、エラーコードはNE37281！」

　早口で言葉を返す。これは本当の異常事態だ。飛行のコントロールが効かない。

『――《内部機構の物理的損壊による致命的性能不順》だとぉ⁉　ありえねぇ、私らも整備班も最終チェックはした！　今回のたかだか数分で部品が経年劣化してバラバラになった、ぐらいの話じゃないとそのエラーコードは出ないはずだぞ！』

「俺も信じられないですけど出てるんです！　見間違いじゃありません！」

『許可する、緊急用パラシュートを使え！』

「了解っ──」

厳重なセーフティを外し、生涯使うことはないだろうと思っていたボタンを押下《おうか》。だが、

「っ、駄目です、開きません！」

『ふざけんな整備班ー！　クソッ、何をやってもいい、とにかく踏ん張れ！』

落下感と浮遊感の狭間《はざま》で、主動作桿《しゅどうさかん》を渾身《こんしん》の力を込めて操作する。それを引っこ抜けそうな力を持っていたとしても、その先に繋《つな》がっている機械が壊れているのならば意味はない。ソフトウェア的な対処も試みたが成果は得られなかった。

ジェットはみるみるうちにその能力を失っていく。それに反比例するように原始的な重力の魔手が強まっていく。鉄の騎士を抱擁する落下の重み、みるみる近付いてくる眼下の山。

『諦めるな！　せめて不時着しろ、お前ならできる！　この際、下のことは気にするな！』

二次被害を可能な限り避けねばならないという運用原則を、教師としてはあるまじきことに、彼女はその発言において無視した。そしてプロフェッショナルなはずの彼女が時ここに至って伝えてきたのは、諦めるなだのお前ならできるだのという精神論だった。

つまり。
最低限の成果として求めるものが、その漠然とした祈りの行く先だけで充分なほど。
打つ手は、もはや――
（くっそおおおおお！）
毛穴が開いて嫌な汗が噴き出す。
――『警告　飛行ユニットが稼働《かどう》していません』
――『警告　セーフティによる飛行ユニット自動起動に失敗　手動での復帰を推奨』
――『警告　高度低下率が安全基準を逸脱しています』
――『警告　当騎は法律に違反する危険軌道を行っているおそれがあります』
――『警告』『警告』『警告』『警告』――
耳障《みみざわ》りなアラート音は増加の一方。さらなる多重奏となって練介《れんすけ》の耳朶《じだ》に反響する。そこに混じる小隊員たちの呼びかけに気を回す余裕などない。
ああ、今、一番聞きたいのは別の声だ。いや――今でなくとも、いずれ聞く。絶対に聞くのだ。彼らではない彼女の声を。欲《ほっ》するのは心地好《よ》いくすくす笑い。へへーという満足のドヤ顔。こんなところでは終われない、終わらない。もう一度。生きているのか死んでいるのかもわからない自分の望みは、とにかく、もう一度。
目を見開いて必死に何かを探した。何でもいい。先に繋《つな》がる何かを。

――高度150メートル。

――高度120メートル。

記憶していた緊急マニュアルを頭の片隅から引き出す。『やむを得ず不時着する場合は海、湖、河川等を優先とし、二次被害を避けるべく留意――』そんなものが都合よくあるなら苦労はしない。次の候補は？　広場のような開けた場所か？

腹を括《くく》った。RV《リボルヴ》の体勢を無理矢理に制御し、落下角度をできるだけ浅く維持。狙うのは、あえて木々が密集して生えている場所だ。それをせめてもの緩衝材《クッション》にする。

だが騎体が言うことを聞かない。無理矢理な制御すら効かないほどどうにかなってしまったのか。頼む。鉄鎧《てつがい》の騎士よ。もう一人の自分よ。もう少しでいい、動いてくれ。生物であるかのように呼びかける。生者ではない自分が呼びかける。人間を模した命なき人形。木製と鉄製の違いはあれど、似たようなものだろう。逸脱する思考は支離滅裂な祈り。同類のよしみで言うことを聞いてくれ。頼む、少しでいい、頼む――

――高度100メートル。

――高度70メートル。

絶望的な状況の中、ほんの僅かな手応えが生まれた気がした。妄想じみた祈りの先に摑《つか》んだそれは、事実、妄想なのかもしれない。鉄の鎧《よろい》と自分が溶け合うような刹那の感覚。手元を見る余裕などないが、そのせいで主動作桿《しゅどうさかん》とそれを握る手が一体化しているかのような奇妙な手応えを得る。その不思議な一体感のままに騎体《自分》のバランスを調整し、望む場所に落下のベクトルを──向け──頼む──向いた!

──高度50メートル。

──高度30メートル──

ゲームの画面を拡大するかのような強引さで、冗談のように視界の中の木々が大きくなっていく。ミニチュアサイズだったそれが一気に眼前に。極限状態の意識は脳のクロックを高め、すなわち世界は遅くなる。

揺れる枝の一本一本、なびく葉の一枚一枚が手に取るように見え。その葉の一枚が風にもがれ落ちるのも、そこに一匹のテントウ虫がくっついていたのもわかって。

次の瞬間。

世界そのものが捻転したかのような、胴体席《ボディスペース》を穿《うが》ち貫く多層的な轟音《ごうおん》と衝撃が──

いとも容易《たやす》く、練介《れんすけ》の意識を刈り取った。

†

瞼《まぶた》を開けるなり、練介《れんすけ》は失笑を漏らした。生きている、という感想を思い浮かべてしまったことが馬鹿らしかったからだ。

胴体席《ボディスペース》は暗い。全てのコンソールとモニターの明かりが消えており、衝撃で部品が外れたり飛び出してしまっている部分すらある。練介《れんすけ》の身体自体はハーネスによって辛《かろ》うじて保持されていたが、手足には震動と衝撃で暴れ回った形跡が残っていた。計器と接触したのだろう、手袋は割けて拳が抉《えぐ》れ、膝から下があらぬ方向に捻《ねじ》れている。ただし痛みはなく血も飛び散っていない——飛び散っているのは肉の木片だけだ。練介《れんすけ》が練介《れんすけ》でなければ、つまり樹人《ツリーマン》などという異常の存在でなければ、おそらく被害はもっと甚大《じんだい》なものになっていただろう。今頃この座席には血と肉片が飛び散り、手足は千切れ飛び、衝撃で背骨は折れ内臓は破裂し……既に死んでいる人間でなければ、死んでいただろう。

顔の前に持ち上げた手を見やる。想定内の損壊があるばかりで、先程の極限状態で感じていた奇妙な感覚を裏付けるような異常は見られなかった。あれは単なる火事場の馬鹿力というものだったのだろうか。……どうあれ結果として爆発四散していないなら何でもいい。

騎体は仰向けに倒れているらしい。この状態なら緊急開閉装置を作動できるはずだ。

ボタンを押すと、ボルトが強制的に弾《はじ》け飛び、騎体の前面部がパージされて強引に開く。練《れん》介《すけ》はハーネスを外して身を起こし、そこから外の様子を観察した。

墜落前の情景からしてみれば、予想通りの山中である。たまたまか無意識のうちに落下地点として狙ったのか、傾斜もそれほどきつくない場所だ。

自分が飛来してきたと思《おぼ》しき方向は隕石《いんせき》が落ちたような有り様になっていた。地面は大きく長く抉《えぐ》れ、その経路にあった木々は無残にも薙《な》ぎ倒《たお》されている。

焦げたような臭いは漂っていたものの、軽く見た限りでは自分のRV《リボルヴ》から出火や爆発の気配はなかった。そもそもEFはそれ自体の安全性と安定性を買われて普及しつつあるエネルギー素材だ。これと比較すればガソリンで動く車など走る爆弾でしかない。

「アナログ起動、できるかもな……」

騎体の様子を見て練介《れんすけ》はそう判断する。もう一度胴体席《ボディスペース》に座り直した。

RV《リボルヴ》はそもそもが輝獣との激しい戦闘を想定したものだ。生半可な耐久力で設計されてはいない。人体が耐えきれないような衝撃でも、中身がまだ繋《つな》がっている可能性はあった。

メインコンソールは明らかに死んでいるが、その奥の回路を直接弄《いじ》っての復帰を試みる。車で言うところのエンジン直結のようなものだ。ソフトウェア的サポートがまったくない状態でも、身体《からだ》の各部を繋《つな》げ、また動力として支持しているEFの制御システムさえ生きてくれていれば——なんとかRV《リボルヴ》を立ち上がらせることくらいはできるかもしれない。

その作業に勤《いそ》しんでいたとき、音が聞こえた。

ズシンズシンという重低音。RV《リボルヴ》の特徴的な歩行音だ。

誰かが救助に来てくれたのだろうかと思いきや、違った。

「——悪運が強いのね」

外部スピーカーから小さく届く、冷えた声。

顔を上げてそちらを見ると、そこには唯夏《ゆいか》が操るRV《リボルヴ》の姿があった。

「委員長……」

「気付いていないかもしれないから言うけど。これは私の仕業だから。わかる？　私、あなたを事故に見せかけて殺すつもりだったのよ」

「なっ――」

一瞬、絶句した。

「なんで、だ。学校では、何もしないって……」

「本当に馬鹿ね。誰かが見ている前では、という意味よ。訓練中の事故死がその枠の中に入ると思っていたのなら早計としか言えないわ」

甘かった。甘すぎた。まさかそこまでするとは。

学校での唯夏《ゆいか》とは立場が同じ？　愚かな判断だった。

逃避のように保留していた練介《れんすけ》とは違い、彼女はあくまでも、練介《れんすけ》の敵で。

それ以外の何者でも、なかったのだ――

「俺の騎体が自然に墜《お》ちるような細工を、してたのか」

「そうね。都合よく整備係だったから」

「俺だってそうだ。ちゃんと調べた。授業前にはプロの整備員だって見たはずだ」

「そのときには正常だったでしょうね。別にどこかを故障させていたとかではないもの。私はただ、『正しい部品』と『複製した正しい部品』とを入れ替えただけ」

「っ、暴食魔術《イートマジック》で作ったもの、か……！」

練介《れんすけ》は工事現場での出来事を思い出していた。ヤクザの死体を貫いていた鉄骨がどろりと溶けて消えていた光景。あれが暴食魔術《イートマジック》で複製した物体の性質だとすれば。

複製した部品を機械に嵌《は》める。その段階では正常に動いている。しかし時間経過によって、あるいは作った者の意志によってあんなふうに溶けるのなら、それはのちのちに機械から重要な部品が失われ、重篤な不具合を引き起こす完全犯罪のトラップとなりうる——

「山は広いし、落下の瞬間にジャミングをかけたから、この墜落現場を正式に把握している人間はいない。飛行ユニットの停止だけじゃなく、騎体の位置情報も同時に失われる細工がしてある。だから今は小隊で手分けしてあなたの行方を捜索中。しばらくここには誰も来ない」

RV《リボルヴ》の歩行音が、さらに一回。二回。

「教員か、さっき出た輝獣対策に新仁陽市《しんじんようし》の駆動騎士団が来るまでがタイムリミットね」

何のリミットか、とは聞くまでもない。

近付いてきた唯夏《ゆいか》のRV《リボルヴ》は、騎体前部を解放した胴体席《ボディスペース》にいる無防備な練介《れんすけ》に向かって、何の逡巡《しゅんじゅん》もなくその鋼鉄の腕を伸ばし——

練介《れんすけ》は祈るような心持ちで主動作桿《しゅどうさかん》を握り込んだ。

刹那、全身のエネルギーラインに薄く走る、ＥＦの輝き。落下の衝撃で半ば地面に埋まっていた腕がミシミシと軋《きし》みながら持ち上がり、唯夏《ゆいか》のRV《リボルヴ》の腕をなんとか弾いた。続けて脚部にも活を入れ、なんとか起き上がる。

「っ、よし……！」

「あら。アナログ操作でやる気？」

冷めた視線が届いている気がする。無論、これはあらゆる機能性をかなぐり捨てて『ただ動いている』だけだ。今の二騎には旧式の耕耘機《こううんき》と最新のスポーツカーぐらいの差がある。

「……今は誰にも見られてなくても、RV《リボルヴ》同士の戦闘の痕跡とかが残ってたらまずいことになるんじゃないのか。RV《リボルヴ》に握り潰された俺の死体とかもな」

呆《あき》れたような嘆息がスピーカー越しに届く。

「そんなこと気にすると思う？　私たちは――もう全部、終わってるっていうのに」

唯夏《ゆいか》は腰部《ようぶ》にあるボックスに手を伸ばし、そこから取り出したものをRV《リボルヴ》に握らせた。それは伸縮式の棒状武器。先端部が膨らんでおり、直撃した瞬間にそこから振動が加わるようになっている。その振動機構と重心補正技術には当然ながらEFが用いられている。すなわちそれは対輝獣《EFM》メイス――銃器に強い輝獣の核を砕くために用いられる、RV《リボルヴ》の装備の一つである。

「くそっ、マジか！」

「そう、終わってる、終わってるのよ。だから私たちはこうするしかない。こうするしかないの！　あなただってわかっているはずなのに、今更そんなふりしないで！」

乳白色の彩《いろど》りを持つ鉄棍《メイス》が語調のままに強く振るわれ、練介《れんすけ》は慌てて後退した。騎体のすぐ前を掠《かす》める鉄塊。練介《れんすけ》は背筋に冷たいものを覚えた。

彼女は本気だ。本気で——こちらを殺す気だ！

唯夏《ゆいか》は決意しているのか。練介《れんすけ》が答えられなかったあの問いに、彼女はスライムに対して答えたのか。

しかしどうあれ、殺されるわけにはいかない。シーナにもう一度会うまでは。

練介《れんすけ》は続けて振るわれる対輝獣《EFM》メイスに対し、さらに距離を取る。一縷《いちる》の望みをかけて自分の騎体のボックスを探るが、墜落の衝撃で完全に破損していた。こちらに武器は存在しない。覚束《おぼつか》ない挙動でただ後ろに下がり、回避を続ける以外に手はなかった。

「自棄《やけ》になってるのか、委員長!?」

「自棄《やけ》？　——そんなに簡単に言い表せるものだったら、まだよかったわ」

木を盾にするようにその後ろに回り込む。だが超振動を放つメイスは太い木の幹も容易《たやす》く抉《えぐ》り、練介《れんすけ》にさらなる後退を余儀なくさせる。

「終わって、終わって、どうしようもなくて！　それでも見えてるのよ。こ、この先に、あ、あるのが、——私にとっての、か、救いだって！　だったらやるしかないじゃない！」

「ッ……？」

その台詞《せりふ》に引っかかるものを覚えたが、今は生存が優先だ。

折れて倒れた幹を脇で抱え込み、即席の武器として唯夏《ゆいか》の騎体に向けて振るった。リーチは長いが、当然のように対輝獣《EFM》メイスで中途から粉砕される。強度不足。

苦し紛れに岩を拾い上げて投げつけたが、回避され、あるいはそれも打ち砕かれた。これまでの授業でわかっていたことではある。唯夏《ゆいか》の操る騎体の敏捷性《びんしょうせい》は練介《れんすけ》を凌《しの》ぐ。

汗が止まらない。喉がひたすらに渇く。墜落の衝撃で少なからず漏れているため、騎体内のEF残量は残り少ないだろう。インジケーターが壊れているため推測にすぎないが、それでも体感でわかる。いつまでもこうしてはいられない。

事態の打開を図るためにどうするか。あの対輝獣《EFM》メイスに対抗するためにどうするか？

人気のない森。最新の兵器。ほんの少しでも可能性があるものは。

迷っている時間は——ない！

瞬時に決意し、練介《れんすけ》は自分の騎体に最後のダッシュを命じた。前方ではなく、真横へ。

「逃がすわけがないでしょう！」

突っ込んでくる。予想通りで不可欠だった。目的地に向かうには彼女の背後に回る必要がある。円を描いて移動することも考えたが、今の燃料状況ではリスクが大きすぎた。

横に向かっていたベクトルを、彼女の一撃に合わせて一気に前方に転じさせる。メイスが騎体のすぐ横を掠《かす》めていった。さらに足を踏み入れ前進——彼女の背中側に回った形になるものの、こんな状況では振り向きざまの一撃で終わりだ。そのまま足を止めずに進む。

ければいい――

「何処《どこ》へッ……！」

RV《リボルヴ》の足音が追ってくる。ほどなくして追いつかれるだろう。しかしあそ、、こまで先に辿《たど》り着《つ》

鉄の騎士同士の追いかけっこ。

ほどなくして練介《れんすけ》の騎体が急に膝を折ってうずくまる。その騎体に武器が搭載されていないのは今までの様子から疑うまでもない。唯夏《ゆいか》はそこに背後からの一撃を加えるべく、さらに大きく踏み込み、動かない練介《れんすけ》騎の頭部にメイスを振りかぶった。

そこで練介《れんすけ》騎が振り返り、そして盾のように何かを翳《かざ》す。

鈍い音を立ててメイスを受け止めたそれは――

先程、視界確保のために彼が自ら剝離させた、R、V、の、前、面、装、甲、だった。

輝獣との戦いのために設計されているRV《リボルヴ》の装甲強度は、無論のこと危険度の高い前面ほど高い。だからこその賭けだった。

（でも……くそっ――！）

腕に伝わる激しい衝撃。メイスのEF機構が発現させる打撃振動からは圧倒的な威圧感が届いてくる。練介《れんすけ》は察知した。これでもまだ耐えきれない。

ならば、だ。少しでも勢いが落ちた今なら！

現在の状況で、近くにある最も強度の高いもの。メイスに対抗できるもの。

それはＲＶ《リボルヴ》しかない。だからパージした前面装甲を盾にした。それで足りなければ、次だ。騎体そのもの。

どうせぼろぼろで、いつ動作が止まってもおかしくはないのだ。惜しくはない。

練介《れんすけ》は盾にした前面装甲が砕けるのに合わせてさらに踏み込み、騎体の左腕を伸ばして、メイスの先端部を直接摑《つか》むようにして受け止めた。

耳障《みみざわ》りな音を立ててその左手の部品が弾《はじ》け飛んでいく。複雑な機構を砕き潰すぞんざいな蹂躙《じゅうりん》。人間とて肉が割れれば静脈の色とは違うものが溢《あふ》れ出る——本来の色を取り戻したＥＦの乳白色が血液のように飛び散った。被害は甚大《じんだい》、だがこの胴体席《ボディスペース》に到達しなければそれでいい！

左手を犠牲に肉薄し、空いた右腕で強引に唯夏《ゆいか》のＲＶ《リボルヴ》を引き寄せつつ、体当たりするように飛びかかる。メイスを防ぎ、零距離にして。その後どうするか？

咄嗟《とっさ》の閃《ひらめ》きだった。

唯夏《ゆいか》騎のボディにはまだ前面装甲があって、自分にはない。

だから練介《れんすけ》はその状態で、胴体席から飛び出す。


「…………え？」

唯夏《ゆいか》のそんな声が鉄板越しに聞こえた気がした。

相撲の立ち合いのように肉薄している二騎のRV《リボルヴ》の狭間《はざま》で、練介《れんすけ》は相手の前面装甲に樹人《ツリーマン》としての握力《パワー》でしがみつく。

RV《リボルヴ》には駆操者が内部で意識を失ってしまったときのための強制排出システムも設計されている。普通は器具を用い、パズルのような手順に則《のっと》って外部から実行されるものだ。

その手順は頭に入っているし、今の練介《れんすけ》の指の力はレンチでありペンチでありジャッキだ。それらの道具が揃《そろ》っているのだから容易《たやす》い。

唯夏《ゆいか》騎のメイスが慣性で練介《れんすけ》騎の胴体席《ボディスペース》を破壊している間に、練介《れんすけ》は唯夏《ゆいか》騎の前部ハッチを強制開放させていた。

弾《はじ》け飛ぶボルト。重力に引かれ剝がれ落ちていく装甲。その向こうに、

「————ッ⁉」

驚愕《きょうがく》の表情を見せている、生身の唯夏《ゆいか》の姿を見た。

練介《れんすけ》は剝がれ落ちた前面装甲に巻き込まれないよう、敵騎の脇腹部分を摑《つか》んでしがみついている。その状態から身体《からだ》を振って相手の胴体席《ボディスペース》に上半身を突っ込み、手を伸ばしてハーネスを引き千切った。さらに唯夏《ゆいか》の搭乗衣《ギャンベゾン》を摑《つか》んで力任せに引きずり出す——

二つの身体《からだ》が、どう、と地面に叩《たた》きつけられた。勢いのままに転がって距離を取り、馬乗りになって押さえつける。

彼女の搭乗衣《ギャンベゾン》は今の動作で引き千切られ、顔と共に土で汚れている。濡《ぬ》れた額に張りつく髪。生々しい汗の臭い。すぐ下にあるものだからこそ、その肉の少なさ、痩せぎすの身体《からだ》の頼りなさを充分に感じられる。

——生身の枇杷谷唯夏《びわたにゆいか》という女子に、初めて触れているような気がした。

お互いに息を荒らげて、視線を合わせる。

女子と男子。枇杷谷唯夏《びわたにゆいか》と朝倉練介《あさくられんすけ》。スライムの眷属《けんぞく》とダークエルフの眷属《けんぞく》。

殺す覚悟を持っていた者と、持っているかどうかもわからない者。

「これで……状況は、五分、だ。どうする。素手で、殴り合うか？」

遅れて、駆操者を失った二騎のRV《リボルヴ》が重なり合うように崩れ落ちる音。

視線は外れない。

「——馬鹿ね」

冷たさと嘲りと憐《あわ》れみを持って、どこか力なく、彼女は言った。

「墜落死しなくて、私をこうやって引きずり出せて。もしかして運がいいと思ってる？　違うの。運が悪いのよ、あなた」

「なに？」

「まったく。作戦を仕掛ける側のこちらが一人で動いているわけないでしょう」

唯夏《ゆいか》は暴れる様子も拘束から逃れる様子も見せない。

その必要はないのだとでも言うかのように。

「……怪物に食い殺されるわ」

「こうまでの、窮地で、出てこんということは——ブハハハァ。奴《やつ》めは、腹を空かせて、おらんようだな？　それは、あまりにも、愚行というもの。皿に載った、馳走《ちそう》を前に。我らが……遠慮など、するはずも、なかろうに！」

森の奥から現れたのは、レインコートをかぶった巨体。

魔術種《マギス》たるスライム、アグヤヌバ当人であった。

†

考えれば当然だった。スライム側の事情はこちらとは違う。唯夏《ゆいか》が確たる意志を持ってこの校外実習を利用しようとしていたのならば、そこにアグヤヌバ当人がいないはずがない。

窮地？　そうなのだろう。

けれど、この状況だからこそ、ようやく一つの解が出せた。

答えが出せずに惑うだけだった自分に、唯一見出《みいだ》せた道筋。

『誰に憚《はばか》ることもない一つの正解』がここにはある。

ふっと練介《れんすけ》は口元を緩めた。身体《からだ》の下にいる唯夏《ゆいか》が怪訝《けげん》そうに眉を寄せたのが見える。

ひょっとしたら、これがヒントだったのかもしれない。

全てを解決できる答えが見つからないなら、せめてわかる正解から出していけばよかったのだ。たとえ不充分でも、不正確でも——真摯に、精一杯に。

練介《れんすけ》は一つ、肩で大きく息をして。

次の瞬間、膝から下に一気に力を込め、身体《からだ》を捻《ひね》るようにして瞬発力を爆発させた。踏み抜いた地面の土が放射状に弾《はじ》け飛ぶ。

「おお？」

スライムの巨体が見る見るうちに眼前に迫り、練介《れんすけ》は疾走の勢いのままに全力の拳をその顔面に叩《たた》き込《こ》んだ。おそらくは岩をも砕くであろう一撃。

手応えは金属の重みだった。とても人体を殴った感触ではない。

「好戦的、ではないか、ダークエルフの眷属《けんぞく》。だが、それも、よい味だ」

スライムの頬の辺りから円形に生えているのは、『一時停止』の道路標識だ。それが盾のように練介《れんすけ》の拳を受け止めてひしゃげている。

怯《ひる》んではいられない。身体《からだ》を捻《ひね》りつつ逆の手でフックを腹部に放つ。今度は肉厚で柔らかな感覚。奴《やつ》の脂肪ではない。ずるりとレインコートの下から落ちてきたのは——古タイヤだ。

二撃を見過ごすほど相手も優しくはない。猫の鉤爪《かぎづめ》を生やした腕が逆に下から伸び上がってきた。身を反らすが胸を抉《えぐ》られ、搭乗衣《ギャンベゾン》の切れ端と共に練介《れんすけ》の肉体損傷を示す木片が舞う。

予想外の――工事現場で肩が抉《えぐ》られたときには感じなかった、鮮烈な痛み。逆に身体《からだ》が慣れてしまったが故か。ただの肉体ではない、魂そのものを抉《えぐ》られたかのような痛みだ。

「ぐうううっ⁉」

「ブハハハハハァ！」

後退する練介《れんすけ》。アグヤヌバは悠然と哄笑《こうしょう》を響かせた。

「我が暴食魔術《イートマジック》の極み、貴様に見せてやろう。貴様らの、愚かさの結果と、言い替えてもよい。貴様らは、我に時間を与えた。それこそが愚行だ。我らは、喰《く》らえば喰《く》らうほど、強くなる存在。我らは、以前とは比較にならぬほど、多くの物を喰《く》らい、喰《く》らい、胃を膨らませてきた！」

レインコートを脱ぎ捨てる。ぼってりとした肉の上半身と、特徴のない禿頭《とくとう》が顕わに。

「《我は錆びた鉄器を、鋼の円盤を、重き槌を、食した《イミテート・ミミック・スライム》》！」

身体《からだ》の左半分の輪郭が、ぐにゃりと歪《ゆが》んだように見えたかと思うと――分かれた。

何本もの、不定形の触手のようなものに。

さらにその触手の先端には別の無機物の形が繋《つな》がっている。錆《さび》の浮いたスコップ、芝刈り機の先端部分、工事用のハンマー……脈絡のない凶器が生命体の部位として生えているのだ。その自然さこそが不自然極まりない。

「まだまだ、あるが。ひとまず、武器は、こんなところか。この世界に、剣や槍《やり》はなくとも、似たようなものは、落ちている、ものだ。そして」

アグヤヌバは肉を蠢《うごめ》かせ、右腕の猫手を一旦普通の形に戻した。それはどうやら指で腰の袋をまさぐるためだったらしい。最初のときのハンバーガーと同じような調子で取り出されたのは、うねうねと不気味に蠢《うごめ》く――生きたムカデだ。丸呑《まるの》みする。

「《我は地を這う長き者を食した《グロース・センチピードスライム》》」

右の脇腹あたりから巨大なムカデの身が生える。先端部に鋭い牙を持った、生きた鞭《むち》だ。

次にデザートのようにカマキリを取り出して食べた。

「《我は鎌を手とする者を食した《グロース・シックルスライム》》」

残っていた右腕がぐにゃりと揺らめき、くの字に曲がったギザギザのカマの形態に変じる。

「こちらの世界でも、街でなく山であれば、それなりに生物も、いるものだ。貴様たち、ヒトは、ヒト以外を排した街を、作りすぎている」

「文明社会への警鐘、ありがたく受け取っておくよ。ていうかその袋《ふくろ》がひょっとしてお前の基本装備なのか？　何でも新鮮に保管できる弁当箱みたいなもんかな」

練介《れんすけ》は脂汗を流しながら、もはや完全なる異形と化したアグヤヌバと相対していた。

スライムにとっての食は、遺伝子、３Ｄプリンタの構造データを取り込むようなもの。その形状を自らの肉体という万能粘土を使って思うままに作り出せる――それが暴食魔術《イートマジック》だ。

だが、今眼前にあるものは、何だ。

人間を害するために有用な形をした人工物、それを先端部に模した触腕。

捕食者としての性質を色濃く残す昆虫《イキモノ》の形質を発現させた醜悪部位。

それらを強引に同居させたその姿。今や人型の名残を示しているのは下半身だけで、上半身は異形のごった煮といった様相だ。何かの形質を模してはいない肩や腹の土台部分も、もはや人型であることを放棄したかのように、輪郭のはっきりしないゲル状の粘体に変じ、好きに波打って蠢《うごめ》いていた。頭部だけはまだ辛《かろ》うじて頭部だが、それも輪郭は怪しく、必要があればいつでも他の何かの形に変じるであろうことは明らかだ。すなわち上半身は既に上半身たらず、頭を持った異形の集合体とでも呼ぶしかない存在になっている。

醜悪で、異質で、生理的嫌悪感《けんおかん》を覚える、『生命の形状』というものに全身全霊で唾を吐いているかのような――

純粋なる、怪物。

それが眼前にいるモノだった。

練介《れんすけ》は身震いする身体《からだ》に活を入れるべく、意識的に軽口を叩《たた》く。

「これは珍しいびっくりショーだな、ありがとう。でもあまり楽しくはない。何でも食うみたいなこと言ってたわりには生き物が少ないんじゃないか？　犬猫に昆虫とか、少しスケールが小さくてどうもな。せめてゾウくらい食べといてくれ」

「ふん。小動物程度しか、喰《く》らえぬのは……そして、それを『死んだ形質』としてしか、利用できぬのは、確かに、業腹《ごうはら》な、味よ。今はな」

吐き捨てるようなアグヤヌバの言葉。

しないのではなく、できない、のか？

「いつかは——もっと生き物も自由に複製できるようになるってわけか？」

「より、大きな、生物を。そして、死んだ形質、ではなく、生きた形質を、喰《く》らうには、胃を膨らませなくては、ならん。生物を喰《く》らうときに、肝要なのは、魂の大きさだ。すなわち、魔力だ。魔力に満ちたものを喰《く》らっていけば、次第に、胃は膨らむ」

「……」

「この世界に転生させられた際の、枷《かせ》、だ。だが徐々に、我が胃は、膨らんでいる。このまま、生物を、喰《く》い続け。そして、貴様の、ダークエルフの根源魔力を、喰《く》らえば——ブハハァ！」

何か素敵な想像でもしたのか、異形を愉快げに揺らすスライム。

「喰《く》らえるように、なるとも。我らの、最大の、好物を。そして、我が出来の悪い眷属《けんぞく》が、求めている、ものを——」

「アグヤヌバ、様……私は……どうすれば……」

どこか恐る恐ると言った調子で、唯夏《ゆいか》が横手から彼に近付いていくのが見えた。

「そう……お前だ。ここでの、お前の、役目は」

爆発音のような音が一度だけ響いた。

アグヤヌバが工事用ハンマーで唯夏《ゆいか》の身体《からだ》を手加減なく殴りつけた音だった。

「あうっ……!?」

「そこで、見ている、ことだ。結局……我が動いて、腹を、減らすことになった。愚図め」

彼女の小さな身体《からだ》は真横に数十メートルも吹き飛び、そこにあった木の幹に背中を打ち付けることでようやく止まる。ずるりと地面に崩れ落ち、涎《よだれ》を零《こぼ》しながら苦しそうに喘《あえ》いでいた。

「そうだ。我が、直接、喰《く》らってやる。喰《く》らい喜び、喰《く》らい至ってやる。おお……楽しみ、だ。貴様の、味。そして、唯一の眷属《けんぞく》を失った、ダークエルフの、絶望の味が、な！」

異形の姿だけでなく、その所業からも示される。

やはり眼前にいるのは純粋なる怪物で、立ち向かうべき敵でしかなかった。

ならば、唯夏《ゆいか》のことはどうあれ、この怪物を殺すのに覚悟はいらない。

彼女《シーナ》と共に在るために、それが最低限の条件であることは確かなのだろうから。

だからそれだけを見て、それだけを優先させる。

できるかできないかではない。そうするのだ。

子供じみた見て見ぬふりで、恥ずかしいほどの開き直りで。

練介《れんすけ》は、自分一人でアグヤヌバを倒せばシーナとの未来が得られると信じた。

故に、どれだけ醜悪な姿に進化しようとも、関係はない。

練介《れんすけ》は拳を握って、再び異形の怪物に向かって飛びかかっていった。

†

……………

………………………

………………………………

——あ

身体《からだ》のどこかがまた吹っ飛んだ。

切り貼りされたフィルムのように、現実が細切れに分割されている。

痛み／自分の皮膚という皮膚が裏返されて際限なく電流が流されているかのような。

視界／半分は黒く塗り潰され先刻片目が抉《えぐ》り出《だ》されたことを数秒ぶりに思い出した。

木片《我が身》／飛び散るそれは壊れたゼンマイ人形のように不安定な自分の前進が生むもの。

それでも続く偽物《にせもの》の鼓動に安堵《あんど》する。


衝撃／砕かれて切り裂かれて貫かれて避けてまた砕かれて新しい木片が景気よく舞う。

哄笑《こうしょう》／もはやそこが怪物にとっての口かどうかもわからない大穴から聞こえてくる音。

欠損《なくしもの》／少なくとも左の肘から先はどこかに落としてきてしまって探す気にもならない。


それでも動く身体《からだ》の出鱈目《でたらめ》さに感謝する。


戦いを始めてから、何秒、何分、何十分経《た》ったのか。

時間の感覚はとうの昔に失われている。そもそも連続すらしていない。

雄叫《おたけ》びを上げながら前進したのだと思う。

もう何度目かもわからない無謀な攻撃を行い怪物の反撃を受けたのだと思う。

そして前に進んでいた視界全体が、　　　　　　　だるま落としのような唐突さで落下して。


「――――」

気付けば空を見上げていた。

そのまま眼球を下に動かして、ようやく、上半身と下半身が分断されていることを知る。

他に何もできなかったので、ああ、と冷静にその状態を見やることができた。アドレナリンの噴出が一時停止。自分の身体《からだ》の現状がわかってくる。

左腕は半ばから千切れている。では逆側はというと右肩も大きく抉《えぐ》れていて、辛《かろ》うじて腕部が関節の先にくっついている状態。もう少しぶらぶらさせればこちらも簡単に落とし物の仲間入りをするはずだ。脇腹には右に左に半月状や楔形《くさびがた》の切れ目が入っており、さらに腹の中心には大穴が空いて下の地面が見えている。もし自分が普通の人間なら新鮮な臓物が取り出し放題だ。そこらには切り離された下半身も転がっているので、身体《からだ》の中身が樹人《ツリーマン》としての樹肉《じゆにく》になっていなければ相当に猟奇的な光景が見えていただろう。

「ブハハ、ブハハァ！　その様！　滑稽を喰《く》らった！　終焉《しゆうえん》だ！」

木々の隙間に見える爽やかな空が、怪物の醜悪な姿で遮られる。最悪の気分になった。

「ダーク、エルフは、群れんと、聞く。この世界で作った、眷属《けんぞく》でも、そうだった、とはな。愚かな、味だ！　喰《く》らい笑う！」

もはや人型と見ることすら難しくなった怪物の身体《からだ》が震え、頭部かどうかもわからない部位の穴から言葉と笑声を発する。

億劫《おつくう》だったので、練介《れんすけ》は何も言葉を返さなかった。

「では、眷属《けんぞく》を、喰《く》らってみよう。愚かな、味なのは……変わらんで、あろうが。腹は、膨れる、はずだ。安心、しろ。すぐ、同じ胃の中に、ダークエルフも、飲み込んでやろう――」

練介《れんすけ》は溜《た》め息《いき》をついた。それしかできることはなかった。

彼女と一緒になれるならどこでもいいんだけど。天国でも地獄でもいいんだけど。

こいつの胃の中だけはイヤだな、と思った。

†

シーナ・グレイヴ・ヴァインメリは好きな場所にいた。

高い木の上。風通しが良く、遠くまで見渡せる場所。楽な姿勢で足を伸ばして、猫のように枝に体重を預けている。ちょうど、彼と最初に出会ったときと同じように。

しかし気分はあのときと正反対で、

「あーあ……」

意識せず、溜め息が出る。

右も左もわからぬ異世界に転生させられ、けれど木の上の風はそれなりに気持ちよくて、さあこれからどんな好き勝手な冒険をしてやろうか、とあのときはあれこれ想像し、ある意味ではわくわくしていた。だから練介《れんすけ》を見たときも面白そうだと思った。

でも、今は、元の世界のことを多く考えてしまう。考えたくはないのに。

基本的に、旅をしていた。

基本的に、一人旅だった。

何かの流れで誰かと同行したときがあっても、長くは続かなかった。フードを被《かぶ》り続け、正体を隠してそうしたのならなおさら。正体がバレた、あるいは疑われた瞬間に、逃亡生活。騎士団に密告はまだいいほうで、その旅の仲間に本気で懸賞金目当てに追われることもよくあった。そして思い浮かぶのは最大の失敗の記憶。

――そうだ。仲間は、いなかった。

ダークエルフとはそういう種族なのだろう。ある意味ではスライムと同系統の鼻つまみ者だ。理由なく忌《い》み嫌《きら》われ、嘲笑され、排斥される。

何故《なぜ》だと思ったときもあった。その理不尽に心から怒ったこともあった。

けれどいつしか慣れた。排斥されることに。

一人《孤独》であることに。

「…………」

シーナは何気なく、自分の体重を支えている枝の表面を掌《てのひら》でなぞった。木々としてのぬくもりはあれど――彼の部屋のベッドに感じたような、添い寝で移った体温の残滓《ざんし》はない。

あんなふうに誰かと一緒に安心して寝たことなど、いつぶりだっただろうか。

この数日は、珍しく一人ではなかったのだと思う。

協力関係でも契約関係でも雇用関係でもない相手と共に行動することはとても新鮮だった。

本当に……何の裏表もなく、ただ一緒にいるだけで好意の目を向けてくるような人間がいようとは。いや、好意だけではない。憧れ、尊敬、その他彼自身も気付いていないであろう、複雑な感情。悪感情でないことだけは確かだ。

そんな目で見られるのは初めてで。

極力平静を装《よそお》ってはいたが、いつもこそばゆく、不思議な気分だった。

彼がダークエルフというものの真実を知らないためだと言ってしまえばそれまでだろう。彼が見ているのはダークエルフという名前の幻想で、向こうの世界で泥を啜《すす》って生きた、実際の生き物としてのダークエルフを知っているわけではない。

彼の視線こそが、自分にとっての幻想だ。

でも。

それがずっとそこにあったことだけは、確かで――

「…………ふぅ」

だから、溜《た》め息《いき》が出てしまう。今はその視線がここにないから。

仕方のないことだと頭でわかっていても、落ち着かない気分になり、ムカムカした気分になり、損した気分になっている。

髪を揺らしていた心地《ここち》好い風が、大気の気まぐれで止まったのを契機に。

——ふと、そんな自分の胸中に疑問を抱いた。

なぜ？　なぜ自分はこんなにも苛々《いらいら》しているのだ？　仕方のないことだとわかっているなら切り替えるべきではないのか。元々なかったものだと納得して次に進むべきではないのか。

ぼんやりと頭上を見上げた。綺麗《きれい》な空には鳥の影と、鳥ではない影がある。

空の青さの中に、単純な答えを見つけた。

「そっか。……まあ、当たり前だよな。練介《れんすけ》にも言ったことだ」

楽しいことが好きだ。好ましいものが好きだ。

それが自分だ。

ダークエルフだから穴蔵に潜っていろよと石を投げられても、木の上が好きなのだ。好ましいことは好ましいと言って、胸を張って石を投げられたいのだ。

ここにいるのは、そんなダークエルフ。向こうの世界でそうやって好き勝手に周囲を滅茶苦《めちゃく》茶《ちゃ》にして生き延びてきた悪、シーナ・グレイヴ・ヴァインメリだ。

シンプルに認めてしまえば、現状の苛々《いらいら》に対する結論は簡単に出てしまった。

自分は朝倉練介《あさくられんすけ》という男の視線について、どう感じていたのか。

そしてそれが、どの程度のレベルのものだったのか——

「あー、ちくしょー！」

シーナは勢いをつけて一気に立ち上がった。その声と動作で、同じ木で休んでいた小鳥たちが慌てたようにばたばたと飛び立つ。

結局のところ、もう溜《た》め息《いき》をつくのには飽きたのだ。

「あたしは……したいようにする。それだけだ」

誰に言うともなく独りごちて。

高い木の一番上の枝から、シーナは眼下に視線を向けた。


そこにあるのは、お気に入りになっていた高台公園から見る無機質な街の光景ではない。

周囲は自然に満ちた一面の森。

そして、その木々の隙間に辛《かろ》うじて見える――

†

スライムの頭部に僅かに残っていた、人間的な顔立ちの部分。それまでもが消えた。目も鼻も口も失われ、肉とゼリーの中間のような塊がのっぺりと広がるだけに。ただし口のような穴だけは開いている。深海にいる原始的な捕食生物のように、それは口を中心とした動きで鎌首をもたげるように持ち上がり、そして――朝倉練介《あさくられんすけ》という名前の、身動きの取れない壊れかけの木製人形に涎《よだれ》を垂らしてかぶりつく。

それで終わりだった。

終わりの、はずだった。

そこで練介《れんすけ》は、暗い視界の中、雨を見る。

直上から垂直に降ってきた雨だ。機銃の掃射のようなそれらに気付き、スライムははっと飛び退《すさ》ろうとする。全ては避けきれない。硬質な部分で弾《はじ》かれるもの、怪物の分厚い肉を抉《えぐ》って呻《うめ》き声を出させるもの。きゅどどどどど！　と多くは地面に瀑布《ばくふ》のように突き刺さり、そこでようやく、練介《れんすけ》はそれが無数の矢であることを認識した。

矢。

数瞬遅れて、たっ、と誰かが目の前に降り立った。

ああ、と練介《れんすけ》の口元が緩む。

ふわりとなびく明るい色の髪。典型的な女子高生のような白シャツと短いスカート。健康的な自然の匂いに満ちた褐色の肌。見ているだけで、消えかけていた動悸《どうき》が激しくなり、胸に熱が籠もり、脳に幸福物質が発生するかのような。

彼女の姿だ。

背中を向けて降り立っていた彼女は、くるりと練介《れんすけ》のほうを振り向いて、

「お・ま・え・は、馬鹿かーッ！」

いきなり滅茶苦茶《めちゃくちゃ》に怒ってきた。

「ホント何なの？　マジ信じらんねぇ。一人で魔術種《マギス》と戦おうとするかフツー？　あたしがいないんだから、逃げたり助け呼んだりしろよ！　なんで、こんな」

そこだけは、目を細めて、瞳を揺らして、吊《つ》り上《あ》げていた耳をしゅんと垂らして。

「こんなに、なるまで……」

「はは……ははは。やっぱり、な。迎えに、来てくれた。やっぱり、だ……」

そんな場合ではないとわかってはいたが、安堵《あんど》の笑いが漏れるのを止められなかった。

シーナは再びギロリと視線を鋭くし、また犬歯を剝《む》き出《だ》して怒ろうとして。

不意に身を翻《ひるがえ》し、手にしていた弓を大きく振った。スライムが身体《からだ》の一部を転じさせていた大百足《むかで》が鞭《むち》のように襲いかかっていたのだ。なんとかシーナは弓で弾いたが、その先端の凶悪な顎は――彼女の身体《からだ》に届いたのかどうか。

「ちっ……！」

「シーナっ！」

笑っている場合ではなかった。まだ戦いは終わっていない。

ああ、でも。もはや四肢のない自分に何ができる？　見えないだけで頭の半分も吹っ飛んでしまっているかもしれない。知るか。動け。動いて彼女を助けろ。動け、動け！

懸命に身をばたつかせていると、彼女が今度は呆《あき》れの視線を向けていた。

「ホントに練介《れんすけ》、会ったときからどんどん馬鹿度が増していってないか？　その状態で頑張って何しようっていうんだよ……」

そんなこと知るものか。ただ動かずにはいられないだけだ。

「ブハハハァ！　来たか、ダークエルフ！　だが、遅かったな、貴様の、眷属《けんぞく》は、既に、その有り様！　戦力差は、歴然の、味よ！」

怪物《スライム》が愉快そうに言う。シーナは慌てることもなくアグヤヌバを睨《にら》み、

「そうだな。だから、待ってるんだ」

「待っている？」

「この状態じゃあ戦力差がありすぎる。だったら——逃げて、体勢を立て直す時間を稼ぐしかないだろ。仕込みは既に済ませてある」

シーナが軽く上を見た。

刹那、先程と似たような矢の雨が再びアグヤヌバとの間に降り注ぐ。間合いを詰めようとしていたスライムがそれに気勢を削《そ》がれ、一瞬足を止めた。

その隙にシーナは体積が半分になった練介《れんすけ》の身体《からだ》を抱え上げ、一目散に駆け出している。

「今の、は？」

「時間差で落ちてくるように、あらかじめ真上に矢を撃っといただけだ！　滅茶苦茶《めちゃくちゃ》矢を使うからあんまりやりたくなかったんだけどな！」

藪《やぶ》を跳び越え、倒れた木の下を潜《くぐ》り抜《ぬ》け、そのまま森を走り続けること数分。

追っ手の気配がないのを確認して、シーナはようやく足を止める。

「ひとまず撒《ま》けたか。どれだけあっちの鼻が効くかもわからんし、本気で探し続けるだろうし、いつまで持つかはともかく……とりあえずの時間はできたな」

彼女は練介《れんすけ》の身体《からだ》をそっと地面に横たえた。

それから目を閉じて——すううう、はあああ、と一つ大きな深呼吸。

たっぷりと間を取ってから、カッと目を開いた。

「よし。時間があるうちに話し合いをするぞ。でもあたしは難しくて面倒臭いのはキライだ。だから先に言っとく、あたしはここからは素直になる。お前も素直になれ！」

ビシリと指を突きつけてそんなことを言ってくる。

よくわからないがそれはとてもシーナっぽく思えて、練介《れんすけ》は苦笑いで頷《うなず》くしかなかった。

「話し合いってのは……何の話し合い、かな」

「今までのことと、これからのこと。他にないだろ」

ああ、それは大事なことだ。話し合っておく必要はある。彼女がまっすぐ向き合ってくれるというなら、迎えに来てくれたと逃避と思い込みで笑っている場合ではない。

こちらも、向き合わないと。

「はっきり言うけどな。あたしはめっちゃムカついてたんだ。だって、あんなにあたしの言うこと聞いてたお前が。あの女に関してだけは、何も言わないで。無視して、黙って、答えを出さないで……だからムカついたんだ。よし、まずはそれについてのお前の意見を聞こう！」

「ごめん、って言うしかない」

素直に謝った。時間はそれほど残されていない。

「わかってる。お前からしてみれば、俺のことは一人しかいない眷属《けんぞく》で、仲間って思ってくれてたんだろうから――二つ返事でオッケーしてほしかったよな」

「お、おう」

あまりの素直さにか、少し毒気を抜かれた感じでシーナは頷《うなず》く。

「でも俺は、お前についていくって決めてたつもりだったのに、迷ってしまった。覚悟ができてなくて、中途半端《ちゆうとはんぱ》で……お前をがっかりさせたんだと思う。ああ、想像できるよ。ひとりぼっちでこっちの世界に来て、眷属《けんぞく》、たった一人の仲間を作ったのに……結局そいつも違ったんだ、ってなっちゃったんだよな」

認めるのには勇気が要る。けれど事実だから、目を背けられなかった。

本当に最後かもしれないから。

「そうだ――俺とお前は違う。人間とダークエルフだ、同じわけがない」

シーナの瞳が愕然《がくぜん》と震えたように見えた。しゅん、と耳が垂れ、視線が足下に落ちる。

ああ、まだだ。待ってくれ、シーナ。

それでも、なんだよ。

「でも……そんなの当たり前だろ。違うからと言って一緒にいられないわけじゃないし、一緒にいたいって願っちゃいけないわけでもない。俺たちはさ……違うものであることを認めたうえで、話し合えばよかったんだ。口を噤《つぐ》まなきゃよかったんだ。逃げなきゃよかったんだ」

「えっと、つまり。なにが言いたいんだ……？」

シーナをまっすぐに見つめる。地面に寝たままで首を起こすこともできなくて、そもそも一つしかない眼球も不調で視界がひどく窮屈だったが、それでも彼女だけを目の中に入れた。

何かの誓いのように。

「俺の望みは変わらない。シーナとずっと一緒にいたい。そのために必要なことはする。だからスライムは殺す。でも――俺は人間だから、委員長は殺したくない。それらを全部ひっくるめて、それが俺の本当だ。嘘《うそ》は何もない」

シーナは目をぱちくりさせていた。

練介《れんすけ》は苦労して口元に力を入れ、唇を曲げさせた。

「……素直に、なってるよ」

それで彼女もふっと微笑《ほほえ》んでくれる。

「何それ。我儘《わがまま》すぎない？　じゃあたとえば、どっかの家でアグヤヌバが寝てて、その玄関をあの女が守ってたらどうする？」

「委員長を縄で縛って無力化してからスライムを殺すか、家の裏手に回ってからこっそり中に入ってスライムを殺す、かな。外から火をかけてもいいぞ。……俺があいつを殺したいと思ってることの本気度くらいは伝わってるだろ」

「そりゃあ、今のそんな様を見せられちゃあな。でもさ」

呆《あき》れたように肩を竦《すく》めたシーナの言葉と眼差《まなざ》しに、真剣味が宿る。

「眷属《けんぞく》はあたしら魔術種《マギス》の魔力で生まれた存在だ。主の魔術種《マギス》が近くにいればいるほど力が出せるし、あたしがここまでお前を追いかけてこれたように、位置だってなんとなくわかる。つまり眷属《けんぞく》はあたしらと魂の奥底で繋《つな》がってるんだ。だから——魔術種《マギス》が死ねば、眷属《けんぞく》はおそらく二度と活動できなくなる。直接手を下さなくても同じことだ、って言ったら？」

「だと思ってたよ。わかってる、それこそ我儘《わがまま》だ。俺が言ってるのは、直接手を下したくはないんだっていう綺麗事《きれいごと》。ただそれだけ。最悪だろ」

「ああ、最悪だな」

シーナはあっさりと認めて頷《うなず》いた。だが、次に練介《れんすけ》に向けられた表情は、心底楽しそうな——これまでに見てきたのと同じ、太陽の匂いがするような彼女の笑みだった。

「でも、素直に言ってくれたからいいや。我儘《わがまま》の一つくらい叶《かな》えてやるよ、あたしの相棒」

ああ、と練介《れんすけ》の背筋が震える。

これが見たかったものだ。求めていたものだ。

無駄な遠回りをしてしまった。

彼女と自分の『違い』を勝手に量って、どこにも行けなくなって、押し黙って。あやうく全てを失いかけた。そんなに単純に量ってしまえると思ったこと自体が、この世界しか知らない狭量《きょうりょう》な人間の限界だったのかもしれない。自分が想像するよりも、もっともっと——彼女というダークエルフは、細かいことにこだわらない。楽しいことだけを見ている。そんな存在だった。その『違い』を、もっと信じていればよかっただけの話だった。

けれど。


「……なんで」

練介《れんすけ》の口が勝手に動いていた。

あまりにも視界が暗いから。

これで最後かもしれないと、本能が悟ってしまったから。

いいかいい、いいいい
欲が出た、のだろう。

「なんで、シーナは……そんなに、俺に、よくしてくれるんだ。ここに、助けに来てくれたのだって、そうだろ。やり直しをさせてくれたのは、なんで——」

「あー。それ聞く？　いやさ、あたしもちょっとそこはフクザツなんだよな」

シーナはふいと視線を逸《そ》らし、照れたようにぽりぽりと自分の頬を掻《か》いた。

「まあ、でも、しょーがねーか。素直になるって言っちまったし。えとな……あたしも迷って、とりあえず高い木の上で風浴びしてたわけよ。どーしよーかなーっつって。でもお前のこと考えるたびに苛々《いらいら》して、はっきりさせないままなのがムカムカして」

一つ息を吐いて、

「うん、だからな、それなんだよ。その状況。あたしが好きな場所で好きなリラックス方法やってんだぞ？　なのにその状況でも、お前と一緒にいないことが気になってたまんないっていうなら――いつのまにか、お前と一緒にいることが木の上の風浴びよりも大事で大好きなものになっちまってたってことじゃん」

「…………？」

衝撃的な内容。でも終わりかけの脳は理解力がポンコツで、だから見つめるしかなくて。

その視線が、シーナにはさらに何かを追及しているように映ったらしい。

彼女は挙動不審にわたわたしつつ、

「その理由も知りたいのかよ。し、しょーがねーだろ。いやホント、マジでしょーがないって。だってさ、あたし――」

照れくさそうに、目を逸《そ》らしながら。

頬を赤くして言った。

「誰かに好きって言われたの、お前が、初めてなんだぞ……」


鼓動が跳ねる。

彼女はきっと、悪なのに。邪悪な種族なのに。

そんな、ただの女の子のようなことを、ただの女の子のような顔で言われてしまった。

駄目だ。もう駄目だ。完全敗北だ。

練介《れんすけ》は潔《いさぎよ》く負けを認めて、爽快な心持ちで、笑った。

もうよかった。

自分のくだらない人生にあったものとしては、もう、この幸福だけでよかった。

たとえここで自分が終わったとしても、自分は最後まで彼女と共に在ったと言える。

——わかっていた。自分はもうすぐ終わる。身体《からだ》の半身が砕かれ大事な部分が弾《はじ》け飛んでいるのだから当然に、そんな予感がある。

でも、願わくば……彼女が、彼女も、辿《たど》り着《つ》きたい場所へ進んでいけますように。

彼女と最後まで一緒にいられたのは紛れもない幸福だが、それはそれとして、力になれないのは悔しかった。恥ずかしく、申し訳なかった。心残りがあるとすればそれだけだ。

ああ。ごめん。ごめんなさい。

無味乾燥だった自分の世界を、一滴で全て塗り替えてしまうほどの彩《いろど》りを君に貰《もら》ったのに。自分は君に何も返してあげられない。


そこで草の葉が擦れる音がした。そして不快な声も。

「手間を、喰《く》らい尽くした。溜《た》め息《いき》の味だ。逃がす、つもりは、ない。ブハハァ!」

笑いながら悠然と現れたスライムだ。幸せな気分が不純物で濁ってしまう。

視界はさっきからずっと暗く、停止しかけの頭は見たいものしか見ようとしない。練介《れんすけ》は苦労して、アグヤヌバの異形とその後ろにいる無表情の唯夏《ゆいか》の姿を捉えた。

「いや、これだけ美味《うま》く、かぐわしい、血を、落としてくれていた、のだ。見失うほうが、難しい。むしろ、我らを、導いていたのか? 期待できる、前菜の、味だった!」

な、に?

見たいものしか見ようとしない——それはどうやらシーナに対しても同じだったらしい。自分の頭の機能低下に目眩《めまい》がする。

手で押さえて隠していたが、よく見ればシーナの脇腹からは結構な量の血が流れ出ていた。シャツを染め、零《こぼ》れた地面に潤いを与える赤色。アグヤヌバの攻撃を喰《く》らっていたのか。

「もう、理解を、喰《く》らっているぞ。ダークエルフ、貴様の、肉体強度は、我らなどとは、比べるべくもない。たとえ魔力治癒を使おうとも、回復には、時間が、かかろう。そして、その傷では、もはや、逃れられぬ。つまり……ブハ！　貴様は、ここで、終わりということ、だ！」

「そうだな。もう逃げるのはしんどいな。さっきの矢の雨の大盤振る舞いで、矢のストックも完全に切れちまってるし……やれやれだ」

自分が終わりなのはいい。仕方がない。でも彼女まで負けてしまうのは駄目だ。

彼女は、格好良くて美しいダークエルフは——たとえ自分がいなくても、強く飄々《ひょうひょう》と前に進んでいかなくては駄目なのだ。そういう存在だから、好きなのだ。

できることはないのか、何か。この死にかけの自分にもできることは、何か！

そんなとき、練介《れんすけ》はシーナがふっと優しい目を向けてきたのに気付いた。

「慌てなくていいぞ。手はまだあるんだ」

声も静か。焦《あせ》りも動揺もなく、ただ真実を語りかけてくるよう。

「そう……戦う方法は、ある。でもそれにはお前の協力が必要だ。お前がいいって言ってくれたら絶対に勝つし、嫌なら……ま、諦めるさ。それだけの話。だから慌てる必要はないんだ」

「やるよ。やらないなんて、言うわけ、ないだろ」

即答すると、シーナは小さく肩を震わせた。

「せめてもーちょっと詳しく話を聞いてから答えろよな。一回やっちゃったらもう戻れないぞ。今の状況以上に、本当に契約することになる」

契約？

シーナは悠然と前方に向き直り、視線でアグヤヌバを牽制《けんせい》していた。

「あたしは世界から致命的にズレてる。この世界の住人じゃないから当たり前だ。でも、それはお前も同じだったんだろ。『世界と関われない』とか『どうなってもいい』とか、そういうヤケクソな生き方をしてたから——結果として、今あたしたちはこうなっている。同じようなものだから自然と集まって、運命みたいに相棒になったんだ」

「……」

「でも、これからはそれだけじゃ駄目だ。意志がいる。覚悟がいる。そうじゃなきゃお前はいつか運命を呪うだろう」

だから。

「お前は本当に——あたしと一緒に生き続ける覚悟はあるか？」

練介《れんすけ》は、最後になるかもしれない呼吸をゆっくりと行った。

彼女がこれから何をするつもりなのかはわからない。自分がどうなるかはわからない。

故にこそ、嘘《うそ》はつけない。真実だけを返す。

「自分で死んだのは……馬鹿だったよ。でも、あのまま我慢し続けても、他のやり方で世界から逃げても、きっとシーナには会えなかった。俺の選択は間違いだったかもしれないけど、その間違いこそが運命っていうものなら」

彼女をまっすぐ見続けよう。

異端者としての誠意を持って。

敗北者としての矜持《きょうじ》を持って。

「俺は、運命を呪ったりはしない。これからも絶対に呪ったりはしない。胸を張って、俺は、俺の間違いを受け止めて——自分の意志で、君についていく」

先に彼女がその言葉を使ってくれたことが、今ばかりは、嬉《うれ》しかった。


「君と一緒に、生きたい」


それを聞いて、シーナ・グレイヴ・ヴァインメリは微笑《ほほえ》む。

「わかったよ、練介《れんすけ》」

彼女はスライムの存在を忘れたように、身体《からだ》ごと練介《れんすけ》のほうに向き直って膝をついた。そっと手を伸ばし、地面に倒れている彼の胸に触れる。

「何を、するんだ……？」

「やられっぱなしは癪《しゃく》だろ。だからやり返すんだよ」

にやりと唇を曲げて、彼女は続けた。

「魔術種《マギス》には転生の影響でいろんな枷《かせ》がかかっている。スライムは胃の容量。あたしたちは——手順だ。あたしが魔術を使うには、練介《れんすけ》、お前の手伝いが必要なのさ」

「見せてやるよ。ダークエルフの《暗霊魔術《スピリットマジック》》を」

†

彼女の指先が、練介《れんすけ》の胸の上をなぞる。

文様を描くように。あるいは愛撫《あいぶ》するように。

「練介《れんすけ》。お前はあたしの眷属《けんぞく》だ。あたしの手足となる人《ヒト》で、あたしの手足となる樹《き》で……」

くすぐったいような、心地《ここち》好いような、そんな気分。

子守歌のように練介《れんすけ》は彼女の声を聞く。

「だから、つまり、あんたはあたしの森だ。あたしの家で、帰る場所で、故郷から遠く離れたこの世界に作る、第二の故郷。あたしがこっちの世界に作る新しい故郷の森、その最初の一本が、お前だ――」

彼女の顔が近付いているのか、言葉は囁《ささや》き声《ごえ》となって優しく練介《れんすけ》の耳朶《じだ》を打つ。

胸の上を這《は》っていた指先が、とん、と跳躍するように最後に突かれて。

「――根付け。我が眷属」

その指先から最後に送り込まれたひどく温かい何かが全身を駆け巡り、溢《あふ》れた。

腰の断面から。左腕の付け根から、耳から、眼窩《がんか》から。いや、それは最も敏感だったからそう感じたというだけで、身体《からだ》の全てが脈動している。全身の細胞の一つ一つ、不可思議な樹肉《じゅにく》と化していた構成要素の一本一本が予感に打ち震えて戦慄《わなな》いている。

ぎゅるっ、と、身体《からだ》のどこかが生長した。

それは失った部位を再生しているという単純な話ではない。人体の構成とは関係なく、樹肉が今までなかった部分に伸び、生え、増していく。腰の切断面からケーブル状の形状で発生した樹肉は、練介《れんすけ》が倒れていたその場の地面を抉《えぐ》って潜り込んだ。太い根のように、
どくん。

そこからより一層のエネルギーが体内に送り込まれてくるのを感じる。ああ、これは——渇いていた喉が満たされていく感覚だ。その大地からの力を得て、さらに練介《れんすけ》という肉体は樹肉を生長させていった。一本の太い幹を土台とし、上へ、上へ。エネルギーが足りないと見れば根を増やして地面の中へ。

樹《き》だ。

練介《れんすけ》の身体《からだ》は、一本の大樹となりつつあった。この森の生態系には明らかにそぐわない、他の世界のどこにもあるとは思えない、見たこともない形状の樹《き》。

異世界の樹木。

練介《れんすけ》の元の肉体は、既にその樹《き》に飲み込まれて外からは見えない。だが練介《れんすけ》の意識は確かにそこにあり、目も鼻もないのに確かにその樹《自分》の周囲のことが『視《み》えて』いた。

どんどんと生育を続けた結果、森から突き出した頭頂部の樹冠が特等席の風を受けてそよぐ。小鳥がこの新参者の樹《き》に止まろうかどうか逡巡《しゅんじゅん》するように周囲を一巡り。深く根ざした地面からは水分と栄養が尽きることなく送り込まれて全身に活力を漲《みなぎ》らせる。

間違いなく、樹《き》そのものが練介《れんすけ》で、樹《き》の五感が練介《れんすけ》の五感だった。

だが見えるのは好ましいものばかりではない。

優しい表情で練介《樹》を見上げているシーナ。その押さえた脇腹から零《こぼ》れる血の鮮やかさ。生々しく噎《む》せ返《かえ》るような生命の臭い。

そして——彼女の背後から、スライムが異形の肉体を蠢《うごめ》かせて突進してくる様。

いけない。守らないと。

そう意識しただけで、身体《からだ》のどこかの部分から樹肉が太い枝として現れ、シーナの背後、アグヤヌバの進路上に割り込んだ。一本ではない。二本、三本。もっと。

「ムウッ⁉」

暴食魔術《イートマジック》の発露、複製された武器としての無機物と、形質を模倣された生命部位が薙《な》ぎ払《はら》おうとしてくるが、肉厚な樹腕《じゅわん》は怪物の膂力《りょりょく》にも負けなかった。さらに枝の密度を増やし、壁のようにひとまずアグヤヌバの前進を押《お》し止《とど》める。

意識したいのはそちらではなかった。

シーナが歩み寄ってきて、抱きつくように、その身を練介《れんすけ》の幹に預ける。

確かな重み、豊満なその肉体の柔らかさ。感じる。人間の身体《からだ》のときよりも、あのラブホテルの風呂《ふろ》で感じたものよりもあるいは鮮烈に、自分の全てが剝《む》き出《だ》しの感覚器になってしまったような直接性で彼女が伝わってきた。

――欲しい。

「ふふ……わかるさ。欲しいんだろ？　遠慮することない。覚悟を決めたんなら、もう、あたしとお前は一緒のモノだ。だから――いいんだ」

シーナはさらに深く体重を預けてきて。

練介《れんすけ》の幹《耳》に優しく口を寄せ、ひどく蠱惑《こわく》的な囁《ささや》き声《ごえ》で言った。

「ひとつになろうぜ」

――――！

もはや我慢などできなかった。

そこかしこから樹枝《自分》を伸ばす。ありとあらゆる腕を伸ばす。恐る恐る、一度、彼女の手首に触れた。一度その肌に触れてしまえば箍《たが》が外れた。練介《れんすけ》の樹腕《じゅわん》は彼女の身体《からだ》を無制限に抱擁する。太陽の香りがする褐色の腕と結びつく。柔らかで肉厚な太股《ふともも》に絡《から》みつく。シャツに包まれた上半身、スカートの下半身、子供のような滑らかさの頬、全てが練介《れんすけ》のものとなった。

「んっ……ふ、う……」

彼女の吐息がさらに練介《れんすけ》を昂《たかぶ》らせる。腕はより多く、より大胆に。誘《いざな》うように彼女の手が添えられたから、それに従って枝を滑らせる。衣服も肉体ももはや関係はなく、ただ、練介《れんすけ》は全身で彼女に触れていた。どれだけ力が入っているのか自分でもわからなくなる。彼女にとっては拘束されているに等しいのかもしれない。縄で縛られたような苦しさもあるだろう。

けれどシーナは微笑で、恍惚《こうこつ》と、練介《れんすけ》の全てを受け止めるのみだ。

それに甘えて練介《れんすけ》の衝動はさらに増していく。その腕の数を増やし、彼女の身体《からだ》にさらに絡《から》ませ、包み、触れ、愛撫する《くるしめる》。

彼女との間に衣服はあるのか。遮るものはあるのか。わからない。練介《れんすけ》の体内を循環する全ての力がその枝《腕》を通じて彼女を包み、同一化を促す。溶け合うように彼女と自分という存在が一つになっていくのを感じる。区別は消え去り、意味差は失われる。

生まれるのは、一つの「あるべきかたち」だった。

すなわち——彼女は、より彼女らしい姿へ。

元々尖《とが》り気味だった耳がさらに尖《とが》る。衣服もいつのまにか女子高生風のシャツとチェックのスカートではなくなり、見たこともない、異国的で呪術的《シャーマニック》な、それでいてどこか扇情的な印象を受ける衣装に変貌。

もはや練介《れんすけ》の手中にいるのは、転生し女子高生の姿を模されたダークエルフではない。

ただのダークエルフだった。

ああ、と練介《れんすけ》は歓喜の吐息を漏らした。

興奮が限界を突破し、樹《き》となった肉体が抑えようのない衝動を叫ぶ。

屹立《きつりつ》せよ。屹立《きつりつ》せよ。

抗《あらが》うことはできない。そうするのが自分というモノにとって自然なことだとわかっている。

故に。練介《れんすけ》の一部が――そそり立つ。

それは当然のように、数多《あまた》の枝を身体《からだ》に絡《から》ませ這《は》わせているシーナの前に突き上がった。他の枝とは明らかに違う異質さ、太さ、特別さ。

シーナは微笑《ほほえ》みと共に指を伸ばし、その屹立《きつりつ》する練介《れんすけ》の一部分にそっと触れた。刺激が魂の奥底を駆け巡る。白い閃光《せんこう》と黒い断絶が交互に意識を弄ぶ。根であり枝でありそれ以外の根幹である樹肉《じゆにく》がよりいっそうの歓喜に震える。

「素敵だよ、練介《れんすけ》」

彼女は囁《ささや》き、言葉と指先でその練介《れんすけ》の形をなぞる。

「これがお前だ。だから――お前の全てを、これに集めろ。怖いかな？　大丈夫、怖くない、怖くない。詠《うた》ってやるから。怖くない……」

そして彼女の口から静かに紡《つむ》がれ始めたのは、言葉通りの歌だった。

あるいは呪文で、祝詞《のりと》で、詠唱であった。


——根付き《ルート》、息吹け《ブリーズ》、我が森《マイディア》よ。

——闇者へ《ウェイスト》、忌者へ《アンフォーギヴン》、福音たれ《エンダーク》。

——葉繁り《グロウス》、肥立ち《ブロウズ》、季は巡る《リンカーネイト》。

——果てに《エンド》、種木は《ナーサリー》、より靭く《エンリヴン》。

——芽吹き《バッド》、息吹け《ブリーズ》、新しき森《マイディア》——！


シーナがその突き出た枝の一部分を握った。

そして引き抜く。役目を終えた花弁が散るように、熟れた果実が地面に落ちるように、それが自然な流れであれば阻害されることはない。かつて練介《れんすけ》だった元の巨木との接合が自然と千切れ、独立した一本の樹枝《じゅし》として彼女の手中に収められる——

いや、正確に言うなら。

それは、杖だった。

ほどよく捩《ねじ》れた自然の造形美を持った、シーナの身の丈ほどもある杖《つえ》だ。まるで最初から彼

女の愛用品であったかのように、変じた衣服とも調和してそこに在る。

真実の、杖《つえ》持つダークエルフの姿だ。

そして杖《つえ》は練介《れんすけ》という巨木であったものの根幹であった。懸命に生き、生長し、枯れ、一代の生命力全てを費やして生み出された種子のように、その杖《つえ》には練介《れんすけ》の全てが詰まっていた。

故に練介《れんすけ》は先程の巨木時と同じく、意識と五感を有している。それどころか、

「これ、は……？」

不可思議に声も出る。口があるわけでもないのに。魔術的なものだろうか。

「へへー。これが魔術を使うとき用の、パーフェクトなあたしの姿だよ。あんたは樹人《ツリーマン》だけど、あたしの根源魔力と直結して励起させることで、あたしの森の根幹たる『精霊樹《せいれいじゅ》』になった。そしてその精霊樹《せいれいじゅ》から『精霊杖《せいれいじょう》』を作り出した……これがあたしの魔術に必要な道具だ」

耳は伸びているが、顔の基本的な造作はほとんど変わりない。その八重歯を覗《のぞ》かせたドヤ顔も、いつもどおりに、いや、いつも以上にシーナっぽかった。より好きになってしまう。

姿以上に明確な変化を見せている部分もあった。雰囲気だ。彼女は、今までとは比較にならない——今の練介《れんすけ》にはわかる——凝縮された、色濃い多量の魔力を身に纏《まと》っていた。

眼差《まなざ》しには圧倒的な自信がある。顔つきには世界に対する圧倒的な不遜がある。

それが今のシーナだ。

軽く後ろに意識を向けると、元々の練介《れんすけ》の身体《からだ》、巨木のほうは徐々に縮み、枯れていってい

るようだった。この精霊杖《せいれいじょう》を作り出すために全ての力を使い切ったということだろう。

だがそれは、樹肉《じゅにく》の防壁で押《お》し止《とど》めていた敵に自由を与えてしまったということでもある。

ダークエルフが何かの儀式をしている樹《き》を全力で排除しようとしていたのだろう、さらに輪郭の歪《ゆが》んだ異形のフォルムとなっているアグヤヌバ。その後方からは、唯夏《ゆいか》が眉根を寄せた困惑の表情をこちらに向けていた。

「どうする？」

「もちろん、スライムを殺すんだよ。滅茶苦茶《めちゃくちゃ》魔力を使ってこうしたんだからな、あとがないぞ。ここで倒さなきゃ収支はマイナスになる。破産だ」

「やり方を教えてくれ。俺は何をすればいい」

「ダークエルフの魔術は《暗霊魔術《スピリットマジック》》——水とか火とかの基本精霊《エレメンタル》じゃない、忌《い》むべきものとされている何かに宿る精霊、すなわち暗霊《スピリット》を行使する魔術だ。死体、墓、暗闇、負の感情……とかいろいろな。で、精霊杖《あんた》には暗霊を従わせる力がある」

シーナは機嫌よく、手首をくるりと返して杖《練介》を舞踏のように回転させた。

「精霊はどこにでもいる。それに比べれば暗霊は見つけるのが難しい。隠されて、排除されて、なかったことにされるのが当たり前の負の要素だからな。ただ、それでも世界から消え去りはしないのがそういうものさ。探せば意外にあっさりと……うん、あれにするか。基本中の基本だからちょうどいいだろ」

「あれ？」

「血」

シーナの視線は地面に向いていた。そこに零《こぼ》れている、自身が脇腹から零《こぼ》した一掬《すく》いの血だまりに向いていた。

「励起の影響であたしの怪我《けが》自体は治ってる。遠慮することない――吸ってみな」

彼女は杖の石突をその血だまりの中に入れ、垂直に立てるようにする。

これは力あるものだ、と練介《れんすけ》は本能で感じた。感じたときには既に身体《からだ》が動いていた。今の練介《れんすけ》は一本の杖《つえ》でありながら、概念的には一本の巨木でもあるのだ。生きている。

杖《つえ》の下部から小さな根のようなものが伸び、浸《つ》かっている血を貪欲に吸う。そこに宿る不可視の何かを我が物として体内に取り込む。杖《つえ》の形状や色がそれを受けて微妙に変化する。

元々血は液体ではあるが、それとはまた別の意味で、乾きが癒《いや》されたと感じた。

「ああ……なんだ、これ。凄《すご》いな。美味《おい》しい。美味《おい》しくて、力が、湧いてくる……」

「それでこそだ、愛しの相棒。飲み込みが早いぞ。――さあ、行こうぜ。血の精霊杖《せいれいじょう》と化したあんたとそれを持つあたしは、もう暗霊《スピリット》たちの支配者だ！」

シーナが杖《つえ》を一振りする。

意志が直接的に伝わってくる。練介《れんすけ》の魂の奥底がそれに応える術を知っている。

我が物とした血の中で、目に見えず姿も持たない、ひどく微小な何かが無数にざわめいていた。物理学で言えば原子に相当するのであろう、魔術的で霊的な一番の構成要素。それをそれたらしめ、支配し、その全てを知るもの。

『血』という概念の落とし子たる暗き精霊たち。

それらは練介《れんすけ》を、そして練介《れんすけ》を通してシーナを、父母のように見上げている。

眼差《まなざ》しを向けられたことに、存在に触れられたことに歓喜して——

こちらの言葉を、待っている。

「《血の精霊に命ずる《ブラッドスピリット》／円舞が如く狂いて果てよ《ト・ロンドハウンド》》！」

刹那、前方の虚空《こくう》に生まれたのは血の細帯で形作られた円だ。横向きの赤きミルククラウン。伸び上がりつつある各先端部はそれぞれが鋼鉄の槍《やり》にも負けぬ鋭さを具《そな》えており、それらは一斉に——しかし生物のようなランダム性を持って——うねり奔《はし》った。

「ムゥウウウウッ⁉」

アグヤヌバは全身の凶器と凶生物でそれらを打ち払おうとするが、量が量、何本かがその粘性の肉体を貫く。小気味よい手応え。

「貴様らの——魔術、か！　小癪《こしゃく》な、味、だ！」

「枷《かせ》のせいで面倒臭かったが、ここからが本番だ。お前たちにもわかりやすく言えば、今までのあたしは空腹だった。今初めて、まともに戦えるくらい腹が膨れた。そういうことだぞ」

粘性の肉体を抉《えぐ》ろうと、スライムの身体《からだ》から血が噴き出たりはしない。同種の粘液が飛び散り、その部分の肉が蠢《うごめ》き、穴を埋めて再生し、あるいはまた別の形を自由に取るのみ。

それを前にして、しかしシーナは余裕ある笑みを崩さない。

「わかってるだろ。ダークエルフは卑怯《ひきょう》な弓使いであると同時に、忌《い》み嫌《きら》われる闇の魔術使いだ。スライムの貪欲さと同じに語られる何かだ。つまり——一番の得意分野だってことだぜ」

「ブハハハァ！　種族の、本質同士の、戦いと、いうわけか。……よいだろうッ！」

スライムの身体《からだ》がより一層膨らんだ。それは変化というレベルではない。爆発だ。枠組み自体の放棄。かろうじて残っていた頭部までもそれ以外の部位と同一化し、どの部分が言葉を発しているのかさえわからなくなる。

「我は喰《く》らう、全てを喰《く》らう！　硬き物も、柔き物も、それは、我らに、無き、宝物。故に、喰《く》らい、我が物とする！　それが、我らが、業！　種としての、定め！　その果てに……必ず！　貴様を、喰《く》らい尽くす！」

伸びるのは触手であり、膜であり、名状しがたい塊だ。それらは届く範囲にある付近の食糧を手当たり次第に掴《つか》み、本体へと引き寄せながら同時進行で吸収する。

周囲の樹《き》を喰《く》らう。その枝から落ちてきた栗鼠《りす》を喰《く》らう。茂みを喰《く》らう。蛇を喰《く》らう。地面に半ば埋まっていた巨岩を喰《く》らう。蚯蚓《みみず》を喰《く》らう。腰に携えていた食糧袋も弾《はじ》け飛んでいた。中にあったものが飛び散る。地面に落ちるよりも早く、袋の中の非常食を全て喰《く》らう。普通の肉を喰《く》らう。エネルギーバーを喰《く》らう。ハサミを喰《く》らう。ハサミムシを喰《く》らう。錐《きり》を喰《く》らう。

クワガタを喰《く》らう。鉈《なた》を喰《く》らう。

さすがに肉やエネルギーバーはただのカロリー補給のためのようだったが、それ以外のものは有機物無機物の区別なく、喰《く》らった端から形質を取り込み、身体《からだ》を変化させていく。スライムは下半身も人間の形態を捨てた。ズボンが弾《はじ》け飛び、二本の足ではない重量感のある粘体が大地を摑《つか》む。そしてその下半身にも武器となる生物と無生物の形質を発現させていく。

「あーあ、醜いったらねぇな。ま、それでこそスライムくんだが」

「ほ、ざ、け！　おお、おおお！　我が眷属《けんぞく》よ、貴様も、働け！　失態を、取り返す、のだ！　でなくば、貴様の願いも、叶《かな》わぬ、であろう！　殺せなくとも、囮《おとり》には、なれ！」

ほんの少しだけ目が細まり、肩が僅かに下がる。

枇杷谷唯夏《びわたにゆいか》が返答に要したのは、それだけ。

「――わかりました」

そして彼女は着ていた搭乗衣《ギャンベゾン》に手をかけ、何の躊躇《ためら》いもなく脱ぎ捨てた。上半身の肌が無防備にも顕わになる。華奢《きゃしゃ》な肩、肉の少ない胸部、飾り気のない下着――彼女に恥じらう様子はない。この場に男と呼べるものがいるかどうかには練介《れんすけ》も正解を持てないが。

練介《れんすけ》がＲＶ《リボルヴ》から引きずり出したときに搭乗衣《ギャンベゾン》は多少傷んではいたものの、着れないほどではなかったはずだ。ならばその行為には別の意味がある。

「《我は柔き羽持つ者を食した《グロース・バードスライム》》」

唯夏《ゆいか》の囁《ささや》きは、その背中から鳥の翼が生える合図だ。

「委員長……」

口なき練介《れんすけ》の呟《つぶや》きが届いたか、あるいは人外の感覚で感じ取ったか。

彼女はこちらに見せつけるように、露悪的に唇の端を持ち上げてみせた。

「夜間行動用のコートには穴を開けてたんだけど、これはさすがに窮屈だから。優等生の朝倉《あさくら》くんには刺激が強すぎるかしら？　それとも貧相な身体《からだ》には興味はない？　……なんてね、わかってるわ」

最初の夜、工事現場で見たときとはさらに異なっている部分がある。彼女の手だ。それは見慣れた人類のものではなく、巨大な鉤爪《かぎづめ》を持った鳥類のものに変じていた。

不定形な、生命の系統樹を弄んでいるかのような怪物《スライム》の隣に侍《はべ》る、神話で語られる半人半鳥《ハーピー》じみた異形。それが今の唯夏《ゆいか》であった。

「化け物の裸には興味がないのか、化け物は裸には興味がないのか。どちらかでしょう。だから私は気にしていないのよ」

自らの手にちらりと視線を向けて、続ける。

「私は色んなものを食べた。これまでだってそうだったかもしれない。好きに食べてきた。なりたいものがあったから。その果てが、この化け物みたいな姿」

「……」

「あなたの果ては、それなのね。化け物じゃなくて道具と呼ぶべきかしら。……いえ、それすら私も一緒なのかも。私は彼の子機。もう一つの外付けの胃にすぎない……」

「余計な、ことを、喋《しゃべ》るな！　役目を、喰《く》らい、果たせ！　愚図の、味よ！」

自嘲のようなものを小さく漏らした彼女を、アグヤヌバが怒鳴りつけた。唯夏《ゆいか》は軽く頭を下げてから顔を引き締め、背中の羽を動かしてふわりと宙に浮く。鳥の部位を模しただけで飛べるようになるわけがないから、何らかの魔術的な力が働いているのかもしれない。

シーナはそれを見ながら、杖《つえ》の頭をとんと自分の肩に乗せるようにした。

「約束はわかってるさ。我儘《わがまま》は聞いてやる」

「……ありがとう。手間をかけて悪い」

「ははは、なーんも手間じゃないっつーの」

長い耳をぴこぴこと揺らしながら笑う。

練介《れんすけ》の魔術的視覚は、その横顔に溢《あふ》れんばかりの自信と余裕を見てとった。見ているだけで心が沸き立ち、不安が消え去り、気分が高揚してくるような。彼女がこうなのだから負けるはずがない、と心の芯から思えるような――それは、そんな表情だった。

「いいか？　シンプルに言うぞ。魔術を使えるあたしたちは、無敵だ。だからもう勝負はついてる。あんたがあたしを信じてくれた時点で、勝負はついてるのさ」

うん。きっとそうだろう、と練介《れんすけ》は思った。

地には粘体の怪物スライム、空には哀れなその眷属《けんぞく》。
それに対峙《たいじ》するのは、民族的な衣装に尖《とが》り耳、拗《ねじ》くれた木の杖《つえ》を携えた褐色の少女。
その姿はきっと、世界からしてみれば完全なる間違いだ。
だが、だからこそ、練介《れんすけ》の目にはあまりにも正しく見えた。
彼女は、自分たちは、ここに悪のダークエルフとして完成している。
だから彼女の言葉は正しい。負けるはずがない。
練介《れんすけ》と共に、ゆったりと彼女が一歩を踏み出す。

さあ——処刑モードを始めよう。

†

「《血の精霊に命ずる《ブラッドスピリット・アーネストピラー》／天を目指して捩れて歌え》！」
スライムの足下から鍾乳石《しょうにゅうせき》のように突き上がる血の杭《くい》。不定形の怪物にとっては貫かれているのか乗っているかも定《さだ》かではない。ただ苦悶《くもん》の呻《うめ》き声《ごえ》は心地《ここち》好かった。楊枝《ようじ》で刺した餅が滑り落ちるが如《ごと》く、敵は我が身を振り払って強引に前進。頭上から唯夏《ゆいか》が飛びかかってきたのでシーナは回避し跳躍、ひとまず適当な樹上へ。周囲の枝が唯夏《ゆいか》の飛行の邪魔をする。

「《血の精霊に命ずる《ブラッドスピリット》／呪よりも強き毛氈を織れ《ベネバレントカーテン》》！」

　無数の凶器を混沌《こんとん》と振りかざし、溶けたゴムボールのように下方から跳ね飛んでくるスライムを、血の茨が編み合わさって作られた網が中空で阻《はば》んだ。それは棘《とげ》の一つ一つが短刀じみた長さと鋭さを具《そな》えたもの。防壁であり、捕縛縄であり、そしてそれ以上に痛みを与えるものだ。スライムは接触の瞬間に自分自身という刃物で何ヵ所かを切断するが焼け石に水。身体《からだ》に無数の穴を開けながら無様に地面に逆戻り。その血の殺人網は全方位の空中に敷かれていたため、唯夏《ゆいか》に対する牽制《けんせい》にもなった。

「前は鉄骨とか投げてきたりもしたけどな。あいつらの基本は近距離戦だ。最終目的が喰《く》うことである以上、どっちにしたっていつかは近付いてくる必要がある。こないだはこっちの打つ手が矢しかなかったから力で押し切られたってだけだ。選択肢が増えた時点で、あいつらにはあたしたちのことなんか捉えられないのさ」

　魂の繋《つな》がりを通して伝わってくるシーナの意志に従い、練介《れんすけ》は杖《つえ》の先端を地面のアグヤヌバに向ける。血の棘網《とげあみ》のダメージはともかく、空中から叩《たた》き落《お》とされたこと自体では粘体生物に痛痒《つうよう》は与えられていない。追撃を実行。

「《血の精霊に命ずる《ブラッドスピリット》／月を砕きて驟雨と啖え《ソリッドガスト》》！」

　体勢を崩したアグヤヌバに無数に飛ぶのは血で出来た薄い刃だ。半月状のそれらは驚異の鋭さを以《もっ》て粘体を分断する。ハンマーや鉈《なた》を模した刃の部分には弾《はじ》かれるが数で圧倒し、その根元から断っていく。そこを弾《はじ》かれるならさらにその根元を。十、二十、三十。断ち続ければそれは削り取るのと同義だ。

まずいと見て横手から唯夏《ゆいか》がこちらに飛来してくる。先程の血の網を再び張るには間合いが近い。シーナは別の枝に飛び移りつつ、練介《れんすけ》にニヤリと笑いかけてから、

「《血の精霊に命ずる／怠惰な重みで踊りを止めよ《ブラッドスピリット・レイジートゥワイナー》》」

「……！」

射出されたのは両端に丸い球状の重りがついた血のロープだ。ボーラと呼ばれる狩猟器具にも似た原理で、それは唯夏《ゆいか》の身体《からだ》に触れると重りの慣性で自動的に回転、唯夏《ゆいか》の身体《からだ》を羽ごと縛り拘束する。鳥じみた姿の今の唯夏《ゆいか》には皮肉だ。顔を引《ひ》き攣《つ》らせた彼女は必死にもがくが、揚力を失い墜落——本体と同様に落下だけでは死にはすまい。

「魔術一つ分くらいの手間だったかな？　たいした我儘《わがまま》でもなかったぜ」

「……助かる」

改めて、二人は眼下のアグヤヌバを見下ろした。

「ぐ、ゥ、お、オ……！」

生命力の強いイソギンチャクを細切れにすればこんなふうになるのだろうか。もはやアグヤヌバの身体《からだ》は大小様々、数十のパーツに分割されている。それぞれは不気味に蠢《うごめ》き、近くにある自分の部品に近寄ろうとしているようだった。

「あれでまだ生きてるのか。繋《つな》がったら再生される感じか？」

「そうだな。頭も心臓もない。どっかに心臓か頭みてーな芯《核》があるんだろ。それを潰さない限りはなかなか殺せない。それがスライムって奴《やつ》らさ」

「核の場所はわかるのか」

「いんや」

シーナはあっさり首を横に振った。ただしそこには悪戯《いたずら》っ子のような笑みが浮かんでいる。

「練介《れんすけ》さ、だいぶ魔術に慣れて温まってきたよな。だったらいけるさ。……あたしらの魔術は基本、暗霊たちにどんな役目をさせるかってことだけだ。大きくは二種類しかない。本来の役目をさせるか別の役目をさせるか」

たとえば血の暗霊に本来の役目をさせれば止血などに使える。一方、今し方行ったような『血を材料にして別の何かを形作らせる』というのは別の役目をさせていることになる。

「で、脅しておだてて欲しがらせて、気まぐれな暗霊をなんとか制御するのがあたしたちの腕の見せ所ってわけなんだが……」

「なんとなくわかる。俺は出力するプリンターみたいなもんで、実際の制御計算とかそういうのはシーナがやってくれてるんだろ。あまり手伝えなくて悪いな」

「いや、実はわりとテキトーなんだ。奴《やつ》らは気まぐれで、正直、あまり頭は良くない。だから『似てれば』、けっこう無理な指示でも強引に通せたりするのさ。いけるいける、似てるんだからきっとできる、試しにこういう役目をやってみてくれ――ってさ。で、それを踏まえると」

シーナは視線をアグヤヌバに戻す。杖《つえ》を持ち上げて、だいたいの中心点に狙いをつけつつ。

「血の赤色と炎の赤色って似てるよなぁ？」

なるほど。

どこに芯があるかわからないなら、全部燃やせばいい、というわけだった。


「――《血の精霊に命ずる《ブラッドスピリット》》――」


血がどこからともなく杖《つえ》の先に集まり、赤く赤く、球体を構成する。さらに強く。さらに濃く。その赤色が不意にゆらりと揺らめいたかと思うと、刹那、球体が熱を放ち始めた。

火球だ。それはいつしか血の塊であり火球でもあるものに変化していた。


「――《欺き集いし赫炎よ爆ぜよ《フェイキングサン》》」

射出。それほど高速ではない。単純にボールを投げたのと似たような速度。だがバラバラになって蠢《うごめ》いているだけの怪物に、それを避ける術などあるはずもない。
漠然とした中心部に――――着弾。

「オオオオオオオッ⁉」

炎が噴き上がり、瞬間的な熱波が風に乗って返ってくる。

揺らめく赤色の向こうにかろうじて見えるのは、もがきながらも少しずつ小さくなっていくスライムの肉片たち。聞こえるのは恨めしい苦悶《くもん》の声。

「オオオォ……喰《く》らい、こんな、屈辱と、恥辱の味、知らぬ、許さぬ、我はッ……！」

その声すらも徐々に小さくなっていく。

スライムには炎が効く。どうやらゲーム的お約束は本当に正しかったようだ。

そうして——いともあっさりと。

暴食の怪物は、その異形の姿全てを炎の中に溶かした。

「あーらら。実は練介《れんすけ》の言った通りだったってオチかな。やっぱスライム、ザコだったわ」

「どうだろう。まあ、装備を調えれば勝てる、っていう意味では合ってたかもしれない」

「でさ。問題は、だよ」

シーナと練介《れんすけ》が視線を向けた先には。

「はぁ、はあっ……！」

息を荒らげ、額に汗を浮かせた唯夏《ゆいか》の姿があった。魔術で拘束され、地に落ちた鳥人。

その苦しそうな呼吸は脱出のために暴れたからではない。今の彼女は身体《からだ》を如何様《いかよう》にも変化させることができる。あるいはアグヤヌバのように粘体にすらなれるのかもしれない。実際、

既に先程の血のロープは解けているのだ。なのに──

彼女はまだ、地面にへたり込んだまま、肩を苦しそうに上下させていた。

顔を青くして、自分の胸元を握り込むようにして、喉の奥から呻《うめ》き声を漏らしていた。

「うう、うう、うぐっ……」

「魔術種《マギス》がいなくなって、残ったあいつがどうなるか、だよな」

それは控えめに見ても、尋常な様子ではなく。

何かの終わりが近いと思えて。

彼女と向き合わなくてはならないときだ、と練介《れんすけ》は感じていた。

あるいは──彼女との別れと。

†

いい
それは。
足掻《あが》いていた。
思考の在処《ありか》はどことも知れぬ。意識の在処《ありか》はどことも知れぬ。
ただ、まだ、在る。
故に足掻《あが》くのだ。探すのだ。

光差さぬ谷底から遠き天を見上げるが如《ごと》く。死よりも昏《くら》い汚泥《おでい》が蟠《わだかま》る沼底を幾月も彷徨《さまよ》うが如《ごと》く。生者のいない洞窟で大地の毒気すらをも甘露と求めるが如《ごと》く。

それが性《さが》。それが業《ごう》。

欲《ほっ》するという在り方。

遠慮も妥協も譲歩も不要。忌避も呪詛《じゅそ》も嘲笑も無意味。

ただただ欲《ほっ》し、ひたすらに欲《ほっ》し、果てなく永遠に欲《ほっ》し、我が物とし続ける行為。

それが即《すなわ》ち。

喰《く》らう、ということだ。

今喰《く》らいたいものは何か。退路か。逃げ道か。否。否。否！　現状での逃亡は不可能だ。それぐらいはわかっている。欲《ほっ》するのは勝算だ。喰《く》らいたいのは勝利への道筋だ！

何かないのか。

何か――――ないのか！

ちろちろと地面を残炎が舐《な》めている。シーナは無論、そちらへの意識を完全に捨て去っているわけではなかった。視界の端で炎の仕事を捉えつつ、杖《練介》を手に唯夏《ゆいか》を見下ろしている。

荒い息の唯夏《ゆいか》は、咳《せ》き込《こ》み喘《あえ》ぎながらも顔を持ち上げ、無理矢理に声を発した。唇の端には涎《よだれ》、目には涙が漏れていたが、その声自体に阿《おもね》りは微塵《みじん》も見られない。

「……忠告、するわ。私、よりも……気にすることは、他にあると思う。大変なことに、なるわよ……」

「へえ？　お前に関して以外に何を気にしろって言うんだ？」

苦笑いでシーナが肩を竦《すく》めた瞬間だった。まだ血のロープをその身に半ば絡《から》めていた唯夏《ゆいか》の背中側から、唐突に何かの影が伸びる。それは茶色で、幾つもに分かれた節を持ち、先端に凶悪な棘《とげ》を具《そな》えた──サ、ソ、リ、の尻尾だった。

それがシーナの首筋を捉える一瞬前に、練介《れんすけ》はその杖《つえ》の身で辛《かろ》うじて致命の一刺しを受け止める。自らで動いたのかシーナが動かしたのかは定《さだ》かではない。

「くっ……」

シーナは再び魔術で唯夏《ゆいか》の身を拘束しつつ、

「驚いたな。まだそんな気力があったとは」

「ふふ……あはは。びっくりした？　最近は通販でも売ってるのよ、食用サソリ。なかなか美味《お》味《い》しかったわ」

シーナの言葉を意図的に曲解したか、練介《れんすけ》に向けてか、唯夏《ゆいか》は脂汗と共にそんなことを言う。

練介《れんすけ》は理解していた。今の唯夏《ゆいか》の一撃に明確な殺意が込められていたことを。こんな極限の状況下で、彼女は最後かもしれない一瞬を、シーナを排除することに捧《ささ》げたのだ。

「委員長。どうして、そこまでして……」

「あら。そんな状態に成り果てても喋《しゃべ》れるのね。気持ち悪いわ、朝倉《あさくら》くん」

軽口の裏に隠された、本気の殺意のわけを知りたかった。

「委員長は……言ってたな。この先にあるのが自分にとっての救いなんだって。俺は、それに俺と同じ本気度を感じた。だからわかる」

最初にRV《リボルヴ》で対峙《たいじ》したときのことだ。確かに彼女は言っていた。ずっと気になっていたのだ。

「それは『ただ生きていられるように』なんて低い望みじゃない。俺と同じ——この世界にいる意味、の話なんだろ？　それは何なんだ？」

杖《つえ》を見る唯夏《ゆいか》の視線には僅かな驚きがあり、迷いがあり、そして諦めがあった。

しばしの間があり、彼女の目からふっと力が抜ける。

漏れた言葉は、きっと、真実だ。

「私は……みんなと一緒になりたい、ただ、それだけ、だったのに」

「スライムとの未来にはそれがあったのか」

「……あった。あったわ」

彼女の異形の手がきゅっと握られる。

「私は、私でなくなりたかった」

「……」

「私はみんなと違っていたから。みんなと違って弱くて、貧相で、虚弱で、可愛《かわい》くなくて、面白くもないから……みんなと一緒になりたかった。特別じゃなくていい、普通にみんなと混じれるようになりたかった。だって、そうじゃなきゃ排斥される。今は大丈夫でも、いずれ絶対に排斥される。知ってるもの」

でも、食べて、運動して、勉強して、どれだけ頑張っても、なれない。

浮いていく。自分の意に反して、委員長なんて役職を与えられて、特別な目で見られて。

違いが浮き彫りにされていく。

そんな彼女の告白を、練介《れんすけ》は黙って聞いているしかなかった。

それは違うとも気にしすぎだとも言うことはできない。どれだけ世界《まわり》と無情に解釈がズレているように見えようとも――唯夏《ゆいか》の認識は唯夏《ゆいか》だけのものだ。

「だけど、駄目で。何をやっても上手《うま》くいかなくて。このまま生きていくしかないように思えて、未来が本当に怖くて、怖くて、頭がおかしくなりかけてたとき……スライムに会ったの《殺されたの》」

そこで唯夏《ゆいか》は嗤《わら》う。これまでとは違う、真《しん》に何かを嘲《あざけ》り、嫌悪《けんお》し、侮蔑《ぶべつ》し、もはや嗤《わら》うしかないという状況でのみ出せる引《ひ》き攣《つ》った嗤《わら》いだった。

おそらくは、自分自身に向けての。

「私を第2の胃袋にしたあと、スライムは言ったわ。今は無理だけど、何かを喰《く》らい、他の魔《マ》術種《ギス》の魔力も喰《く》らい、喰《く》らい続ければ――今は枷《かせ》が嵌《は》められている胃袋も大きくなるだろうって。魂の総量として昆虫や小動物程度の生物しか今は食べられないけれど、いつか、人という存在も喰えるようになるだろうって」

「……！」

「わかる？　人の形質を丸ごと取り込めるようになる。この怪物みたいな姿じゃなくて、そのときは、私じゃない誰かに――本当に、『みんな』になることができる。できたはずだった。あなたたちが邪魔しなければ！」

ああ、それは。

なんとおぞましく、そして哀《かな》しい願いなのだろう。

自分の姿がない、不定形で、喰《く》らった何かの形を模してさらなる欲望を満たすだけの怪物。

スライム。

彼女はそうなりたかったのだ。自分の姿を失い、誰かの姿になってまでも、排斥も攻撃もされない安全な誰かになりたかったのだ。

いつも教室で見てきた、一人で黙々と勉強し、本を読み、あるいはレトロなテトリスを操作している唯夏《ゆいか》の姿を思い出す。あの日常の中に、彼女はこんな想《おも》いを隠し持っていたのか。

奇怪で醜悪な。

真摯で純粋な、
嘘《うそ》をつき続けてきた。

それは――それは。

自分とどこが違う？

「っ――」

「朝倉《あさくら》くん。どうしてこんなことを聞くの」

自分を失ったように哀《かな》しく嗤《わら》いながらも、唯夏《ゆいか》は練介《れんすけ》に対して悪意を以《もっ》て目を細める。

「あなたは私を助けられるの？　無理よね。だってあなたは私と同じだもの。頭のおかしい情けない落伍者《らくご》だもの。世界からどうしようもなく外れているだけだもの。そんなあなたに何ができるの？　だから、ねぇ、お願いだから諦めて――私のことは、放っておいて！」

言葉を発せない練介《れんすけ》の代わりに、シーナが真っ向からの邪悪な笑みで受けて立った。

「断る。何をどう理屈を捏《こ》ねようが、スライム種族はあたしの敵なんだよ」

「……頭の悪い妖精。そろそろよ。それどころじゃなくなる。どうしてわからないのかしら。今の状況は——」

そのときだった。

唐突に、練介《れんすけ》は現実が一段階拡張されたような気分を味わうことになる。

ゴオオオ、という空の轟音《ごうおん》だ。

はっと頭上に意識を向けると、木々の枝の向こうに、見慣れたRV《リボルヴ》の騎体が低高度飛行をしているのが見えた。EFジェットの風圧が葉を揺らし、地面に残る炎の滓《かす》を揺らめかせる。

ちらりとしか確認できなかったが、今のは街の駆動騎士団のものではなかった。見慣れた訓練騎だ。同隊のクラスメイトか、異常事態に駆けつけた教師か。こちらは木々の下にいたから、おそらく気付かれはしなかっただろうが——数多《あまた》の騒音、周囲の木々の破損、魔術で起きた火炎反応。この場にいるダークエルフと唯夏《ゆいか》が見つかるのは時間の問題だろう。

「言ったでしょう。こんな状況よ。私たちの事情とはまったく関係なく、今は訓練中の学生が謎の墜落事故を起こした現状。何か異変を起こせば気付くに決まっているわ。それに」

さらなる異音が、今度は頭上ではない場所から聞こえた。位置と視線の関係上、いち早くそれに気付いていたらしい唯夏《ゆいか》が、僅かに肩を落とすようにしながら言う。

顔色は青いを通り越して蒼白《そうはく》。瞳は焦点を失う寸前。

限界であった。彼女は――

「……そうよ。異変と、いうなら。最初から起こっていたもの。そもそもあれは生き物を襲うからこその、危険害獣なんだから……森に生身でいれば、鉢合わせることだって――」

茂みが大きく揺れた音は、練介《れんすけ》たちの背後から聞こえた。

振り向く。

「マジかよ」

シーナが端的な感想を漏らした。

そこにいたのは軽自動車ほどの体躯《たいく》を持った不可思議な生物。

時と場合により千差万別ではあるが、この場にいるそれは全体的には猪《いのしし》に似ていた。太く短い四肢。どこか不吉さを感じさせる黒色の体毛。そこには墨で塗り潰されたが如《ごと》き均一性があり、ともすれば非生物的な印象すら受ける。その毛皮の下に肉があるとは思えないような、認識が騙《だま》されているかのような質感なのだ。それは目や口などの感覚器も同じ。確かにその形をしてはいるが、実際にその役目を果たしているかは疑わしい、蠟人形《ろうにんぎょう》じみた虚無の造形感。

そして最も特徴的なのは――その身体《からだ》のそこかしこを縦横無尽に走る、乳白色の光の血管のようなものだ。太さも大きさも不一致、平行に走っている場所もあれば、一塊になった場所から放射状に二本三本伸びている場所もある。黒き獣を覆う輝きの網。

それは生物が古代より進化の過程で作り上げてきた血液というシステムを凌駕《りょうが》する、エネルギーを効率的に保存し伝達し運営するための『何か』。体内のどこかにある核から生成されている特殊な生体組織――すなわち、天然のエネルギー《E》流体《F》である。

「練介《れんすけ》ん家《ち》のテレビで見たやつじゃん。なんつったっけ？」

答えは一つだ。

近年、世界的に発生を始めた特殊害獣。

国家がその対処のために新たな組織やシステムを構築せざるを得なくなった元凶。

そして駆除したその体内から核を取り出し、特殊な加工を行うことで新時代のエネルギーたるＥＦが精製できると判明したあとは、未来資源として注目されている謎多き存在。

あれこそが、輝獣であった。

†

あれは。あれは――!?

……。……。…………！

見つけた。

勝算は、これだ。

喰《く》らうべきは、これだ！

寄越せ、寄越せ、寄越せ寄越せ寄越せ喰《く》わせろ寄越せ寄越せ喰《く》らう喰《く》う喰《く》らう喰《く》らう胃に入れたい欲しい欲しい絶対に喰《く》らう寄越せ寄越せ寄越せッ！

——胃がはち切れるほどの力を寄越せ、寄越せ！

†

唐突に現れた輝獣に目と意識が向いた、そのとき。

「な……何の、つもり……ぎっ……ぐ、う、おえぇぇぇぇぇぇぇっ……！」

嘔吐《えず》く音。

ごぽり、と唯夏《ゆいか》の喉が膨らみ、その口から握り拳大ほどの不定形の塊が飛び出してきた。

練介《れんすけ》たちが気付いたときにはもう遅い。それは唯夏《ゆいか》の胃の中に潜んでいたアグヤヌバだ。

「ブハハハ、ブハハハハハハハハハァァァッッ！」

それは何度か地面を跳ねつつ、小体積ゆえの俊敏な速度で一目散に——

輝獣のほうに、向かう。

シーナが咄嗟《とっさ》に魔術で血の網を形作るが、捉えるには対象があまりにも小さすぎた。僅かな隙間を潜《くぐ》り抜《ぬ》けられる。

そうして小さなスライムの塊は、そのまま——輝獣の口に飛び込んでいった。

喰《く》らわれた？　違う。喰《く》らうのだ。体内から全身を以《もっ》て喰《く》らうのだ。

何の生物的な反応も見せていなかった輝獣が、一瞬後、ぶるりと身体《からだ》を震わせた。その黒い体毛の表面に光沢が発生したかと思えば、それは一息に全身を包む。体表にある乳白色の筋が溶けたように広がり、その色が黒の体毛を塗り潰していく。

「オオオ、オオオオ……！」

歓喜の唸《うな》り。

もはやそこにいるのは獣ではない。生物としての形状は既にない。乳白色の輝きを具《そな》えたゲル状の粘体、不定形の怪物だ。

「今のが、もしかして、アグヤヌバの核……委員長の中に逃げてたのか！」

シーナは咳《せ》き込《こ》む唯夏《ゆいか》を軽く見てから、すぐに視線をアグヤヌバに戻す。

「とりあえずもう一度だ。《血の精霊に命ずる／欺き集いし赫炎よ爆ぜよ《ブラッドスピリット・フェイキングサン》》！」

頭上を旋回しているであろう騎士校のRV《リボルヴ》を気にしている場合ではない。今度は横向きに火球が飛び、狙い違わず輝獣を喰《く》らった乳白色のスライムに炸裂《さくれつ》した。

火炎爆発——四方に飛び散る粘体。しかしそれらは飛び散りながら火炎を吸収し、それぞれが一回り大きくなって、先程とは比較にならない速度でうぞりと集合して再びの融合。結果的に、元よりも一回り大きいサイズの塊となった。

「ちっ……」

シーナの舌打ち。視線の先にはさらなる異常がある。スライムの肉体は何もしていないのに膨張しているように見えた。少しずつ少しずつ、だが、確かに——大きくなっていっている。

「あ、ああ、あああ……なに、何を、してるの……」

「そりゃこっちのセリフだ！　ありゃ何だ、何を企《たくら》んでる⁉」

「ちが、違う。私は、輝獣があなたたちを襲ったら、その間に逃げて、体勢を立て直せるぐらいの考えだったのに、なんでっ……」

それを見ている唯夏《ゆいか》は。自分が体内から出したアグヤヌバがやっていることだというのに、顔を蒼《あお》くして、信じられないというような表情でがたがたと震えていた。

「……わかる。わかるわ。い、い、どんどん食べてる。だから、どんどん大きくなっていってる。なんで、どうして——輝獣を食べたら、ああなるの……？」

「知るかっての。あの……輝獣か？　ナマで見るのは初めてだしな」

そこでシーナはふんと鼻を鳴らして、

「でも練介《れんすけ》が言ってたのは覚えてるぞ。あれから作られる液体が今は便利なエネルギーの材料になってるって。特徴は何だっけ……エネルギーの蓄積効率がバカ高い、だったか。で、スライムが『食べたもののエネルギーを全てそのまま取り込める』ってなると——」

「EFの元になる輝獣を丸ごと食ったら……見た目以上のエネルギーを、丸ごと吸収することになる……!?」

「それをスライムとしての体積に変換したら、ま、膨らんでもおかしくはないだろ。しかし火が効かなかったのはちっと面倒だ。次の魔術はどうすっかな……」

思案しつつ杖をくるりと回した練介《シーナ》に、唯夏《ゆいか》が反射的にだろう、目を見開いて言った。

「駄目、無理よ、無駄よ！　あれは——今までとは違う。今までとは違う何かになったの！」

「どういう意味だよ、委員長」

聞かれて初めて、自分が敵に塩を送ったことに気付いたらしい。しかし観念したように、力なく項垂《うなだ》れて唯夏《ゆいか》は続けた。

「見たでしょう？　あれは攻撃すると分裂する。意識的かそうでないかは知らないけど、きっと、どんな攻撃をしても同じ。そうでなくても……」

まだアグヤヌバの肉体は膨らんでいる。猪《いのしし》サイズが人型サイズに、公衆電話サイズに、軽自動車サイズに——

「あれは、周りのものを手当たり次第に食べてる。それを全部エネルギーに変換して、ますます大きくなっていってる」

唯夏《ゆいか》が眷属《けんぞく》としての主、スライムの魔術種《マギス》に向けるその視線にあるのは。

紛れもない、恐怖の感情であった。

「怪物よ。あれは、本当の意味で、怪物になったの……！」

†

ああ。なんと美味《うま》い。

美味すぎて狂った。

だから、もっと、もっと、もっともっとだ。この味を知ってしまえば我慢などできない。

喰《く》いたい。喰《く》らいたい。我慢できない。

刺激された食欲が、貪欲さが、自分というモノの全てを飲み込んでいく。

自分の本質以外の全てを塗り潰していく。

喰喰喰。喰喰喰喰喰喰喰。喰喰喰喰喰喰喰喰喰喰喰喰喰喰喰喰喰喰喰喰喰

「――――――――――!!」


衝動の昂《たか》ぶりが咆哮《ほうこう》を放つ。言語ではない。それはただの希求。生まれたての赤子のような、『欲しい』という在り方の、全身全霊を使っての発露。

どこ。どこに。ある。ほしい。たべたい。もっと。ぜんぶ。

今、眼前には三つのものがあった。

一つは小さな自分《眷属》。一つは添え物の杖《つえ》。もう一つは美味《おい》しそうで食べたいけれど痛い棘《とげ》が生えていることがわかってしまったメインの食材。とても食べたいけれど、それを食べる前に、まずは、別のものだ。別のもので腹を膨らませるのだ。たくさん、たくさん、たくさん食べて。強くなって。それからゆっくりと食べればいい。向こうもこちらを食べたいと思っているのだから。逃げはしない――

それは理屈ではなく本能での思考だ。

結論。眼前の三つは、どれも、今はいらない。

必要なのは、質ではなく、量。

故に。

感覚の鼻をひくつかせる。匂いを探る。遥《はる》か遠くに感じた。

遠いが、確実に、あそこに――たくさん、ある。

獣のような何かのおかげで胃が膨らんで、今初めて全部《存在》を食べられるようになったもの。

にんげんというもの。

それをたべれば、もっと、もっと、いがふくらむ。いはじぶんだから、じぶんというものがふくらむ。だからたべよう。たべてせいちょうしよう。それから、とげのはえたあれもがんばってたべて、さらに、もっと、もっと。

そうしたら。

じぶんは、もっとおおきくなれるだろう。

せかいすべてをぺろりとたべられるほど、おおきくなれるだろう――

†

「――――――！」

言語ならざる咆哮《ほうこう》の残滓《ざんし》が消え去ると。

ずず、と土が擦れる音がする。

巨大スライムが、こちらではない方向に向かって動き出していた。途中の木も草も岩も、全てを触れたついでに飲み込み、さらにその熱量を消化して大きくなって、一目散に進んでいく。

「くそっ。あの野郎、ドコ行く気だ？」

「多分――街よ。そこに行って、人を食べる気だわ。もっと成長するために。あなたという料理を、食べられるように、なるために……」

俯《うつむ》いたままぽつぽつと言葉を漏らした唯夏《ゆいか》に、シーナは大股で近付いた。何の逡巡《しゅんじゅん》もなくその首を摑《つか》んで、後ろの木に乱暴に叩《たた》きつける。

「シーナ！」

「練介《れんすけ》。話が変わってきたぜ」

シーナの目は冷たい。木の幹に押しつけた唯夏《ゆいか》を刺すような視線で睨《にら》んでいる。一方、涙と涎《よだれ》の跡が残る唯夏《ゆいか》の表情はどこか無気力だ。抵抗の様子もなく虚空《こくう》を見つめている。

「アグヤヌバの核がこいつの中に隠れてた？　――さっきのは違う。こいつが新しく作り出したんだ」

「……!?」

「わかってきたぞ。子機とか外付けの胃とか言ってたが、それはつまり、こいつは眷属《けんぞく》であると同時にもう一匹のスライムでもあるんだ。繋《つな》がっていて、同じものなんだ。……ちっ、だったら最初から根源魔力もお前のほうが保管してたのか？　道理でさっき焼いたときになかなか出て来ねえと思った。今盗《と》っちまうか」

「もう……無理よ。さっき、ほとんど、あっちに持っていかれてしまったから」

小さな言葉を唯夏《ゆいか》が発した。それはシーナの推測の正しさを裏付けるものだ。

シーナは不機嫌そうに耳を立てながら、

「その言い方、今では二つに分かれてる感じっぽいな。しかもあたしが思うに、人格的な部分、遺伝子みてーな構成情報の部分はお前らの中で共有されてる。つまり――どちらかが倒されたとしても、今のお前たちは、何度でもお互いをお互いの中から生み出すことができる」

シーナの手の力が増した。粘体であっても呼吸はしているのか、唯夏《ゆいか》が苦しそうに喘《あえ》ぐ。

「安全装置《バックアップ》ってもんか。そりゃクソほど大事な役目を果たせる眷属《けんぞく》だな。あたしたちと違って役割が弱すぎぎんなとは思ってたが、そういうことか」

「シーナ。じゃあ、つまり……」

「根源魔力を持つスライムの魔術種《マギス》は二匹いたのと同じだ、ってことだよ、練介《れんすけ》。こいつらを倒すには、二匹の持つそれぞれの核を同時に破壊するしかなかったんだ。もう一匹が複製を作り出す前にな」

シーナは離れていく一方のアグヤヌバ、乳白色の巨塊を見やった。

それはなおも喰《く》らっている。進路上の木々を、岩を、生物を、非生物を、触れるに任せて喰《く》らって全てをエネルギーとし、それを全て自分の体積に変換し、今や小山ほどの大きさにもなって、なおも山向こうにある街に向かって前進を続けていた。

もはや、意志を持った一つの生物とは思えない有り様だ。単純なものだからこそ無限で無尽に働き続ける、一意的で専心的なプログラムのみで動いている機械。

あるいは——災害。

今のアグヤヌバは、そういう存在に成り果ててしまっている。

(勘違いしてた)

自分もシーナも、あるいは誰しもが。

スライムが弱い？　雑魚《ざこ》？　当然だ。それは人間とライオンの違い。宇宙ロケットを作り出すことができる種族と爪と牙で草食動物を仕留めることができる種族の違い。

何を以《もっ》て強い弱いを決めるのか、という話だ。

スライムの本質はあれだ。今、魂でようやく理解した。

貪欲さ。貪欲さだ。

スライムという種族は、そのただ一点において、真の意味で——

他の何にも太刀打ちできない、唯一無二の怪物なのだった。

(あんなのを相手に……どうすれば、いい？)

災害とは、個人で対処できないからこその災害だ。輝獣のように、組織と仕組みと社会で対応すべきもの。

——待て。輝獣のように？

ぞっとした。今のアグヤヌバの状態と性質、そしてこの山の状況を考えると。

次に何が起こるのかは容易に想像がついた。

このままでは。

街の人々を喰《く》らうというアグヤヌバの望みは、完全に、果たされてしまうだろう。

より事態を悪化させるであろうことが、これから起きる。

第二訓練小隊長・朝倉《あさくら》騎は原因不明の騎体トラブルにて山中に墜落。通信途絶、騎体反応も消失。手分けしてその捜索に当たっていた小隊騎のうち、枇杷谷《びわたに》騎が続いて通信途絶。この騎体に関してのアラートは共有されなかった。

現状は残る小隊騎四騎で周囲を捜索中。指揮は朝倉《あさくら》騎に代わり、学内の予備RV《リボルヴ》を駆って緊急的に現場に出た指導教員、苺村破子《いちごむらはこ》教諭である。

頭が痛い。自分の社会的な立場や自己保身などどうでもいい。ただ若い生徒が二人も行方不明になっていることが認められない。いつもの校外実習のはずが、どうしてこうなった。

そして、さらに。

†

「おい……くそ、なんだありゃあ？」

『あの色――輝獣⁉　あれがさっきの反応のやつか⁉』

『で、でもあんなの見たことないわ⁉　動物の形じゃなくて、ぶよぶよした肉の塊なんて！』

『先生！　どうなってるんですかあれ、先生！』

通信機からの声に対し、モニターに映る異形の怪物を睨《にら》みつけながら苺村《いちごむら》は力強く言った。

『知るか！』

彼女は指導教員であるため、生徒たちよりも多くのことを知っている。輝獣について一般的に知られていること知られていないこと、人間という種が輝獣という存在についてまだ何も知らないのだということを知っている。だからこその答えだった。

森の木々から頭を出しつつ、そしてそれらをメキメキと薙《な》ぎ倒《たお》しつつ、突如出現した異形は一方向へ移動し続けていた。すなわち、彼女らのホームである新仁陽市《しんじんようし》があるほうに。

『あれ……街のほうに行ってない？』『マジかよ！』『ヤバくねぇか、それ』

生徒たちもそれに気付いたらしい。苺村《いちごむら》は本部と通信を開き、頼みの綱の新仁陽市駆動騎士団の到着を探る。返答は、現着まであと十分。十分だと？　悠長な。

サイズとスケールの関係で鈍重に見えるが、おそらく前進速度はかなりのものだ。十分もすれば本当に街のすぐ近くまで辿《たど》り着《つ》いてしまいかねない。山も谷も川も関係なく、あれはただ途中の全てを飲み込みながら直進しているのだから。

法律とマニュアルに基づき、勿論《もちろん》、現状をつぶさに報告した。そして責任者に指示を求めた。

『先生、本部からの指示はなんて？』

「…………」

『先生？』

「うがー！『情報不足につき、現場の判断にて臨機応変に対応せよ』だとさ！　何かあってもゼッテェ責任取らねぇ気だあのハゲ！」

とはいえ。とはいえ、だ。

それは現場で自由に動けるようになったということでもある。今与えられたのは事無かれでなあなあの大義名分だ。とにかくなんとか上手《うま》くやれ、という。

覚悟を決めた。既に生徒二人の姿を見失っていて、これ以上生徒たちを危険に近寄らせたくはなかったが、そんなことを言っていられる状況ではなくなった。

ここで時間を稼げるかどうかで、これが教科書に載ってしまうようなレベルの大事件となるか否《いな》かが決まるかもしれないのだ。

「ええい、ちくしょう……わかった、責任は私が取る！　あれは街に向かってる。街の騎士団が到着するまでにはまだ時間がかかる。私らで足止めをするぞ」

『マジっすか先生！』

『でも、あの、朝倉《あさくら》くんと委員長の捜索は——』

奥歯を噛《か》んで、その言葉を遮る。

「今はこちらを優先させろ。あれを放置したままだとおちおち捜索もできない」

了解の応答が四つ、歯切れ悪く返ってくる。二人の事故があの見たこともないタイプの輝獣に関与しているのかどうかは考えないようにした。

「使用装備は間合いの広いＥＦランスだ。いいか、絶対に無理をするな。一撃離脱を心がけろ。訓練通りにやればできる。いいな！」

活を入れ、率先して対輝獣近接装備のＥＦランスを引き抜いた。基準位置に展開し、突騎《チャージ》の構え。ややぎこちなさはあったが、残りの生徒たちの騎体も合格点の整然さで並んだ。

そして――攻撃開始。

高度を生かし、ジェットでの加速と重力を生かしての突進攻撃。狙い違わず輝獣の肉を抉《えぐ》り取《と》る。苺村《いちごむら》も元は実戦に出ていたＲＶ駆操者《騎士》だ。昔取った杵柄《きねづか》。生徒たちは合格一名、努力賞二名、空振りでもう少し頑張れ一名。だが激突して墜落するよりはずっといい。

再上昇し、さて敵の動きは少しでも止まったか、と戦果を確認――

目を剝《む》いた。

「なんだとォ⁉」

『先生！　き……効いてないみたいです！』

『ていうか、剝がれた肉が、途中で引っかかって、吸収されて……なんか、一回り大きくなったような気が……？』

「なん、なんだよ……」

操縦桿《そうじゅうかん》を握る手に、じっとりと汗が浮いてくるのがわかる。

見たこともない輝獣。見たこともない性質。

見たこともない――災害。

今日という日が教科書に載ってしまうときが、刻一刻と近付いているような気がした。

森の上空に聞こえていたRV《リボルヴ》のジェット音が激しくなった。さらには戦闘訓練で聞き覚えのある、EFランスが標的を捉える音。

結果はわかる。森の少し向こう、木々の上部に飛び出していたアグヤヌバの身体《からだ》が、もはや動く丘じみてさらに大きくなったのが見えたからだ。

「駄目。無駄よ。今のあれは、与えられた衝撃のエネルギーすらも食べる。食べて、また大きくなる……無理だわ。どうすることもできない。新仁陽市《しんじんようし》も、もうおしまい……」

ぶつぶつと呟《つぶや》く唯夏《ゆいか》に、シーナが凶悪な顔を近付けた。

「できることは一つだけあるぞ。とりあえずお前を殺す。んで、全体の何割残ってるかは知らないが、お前の持ってる根源魔力を奪う。アグヤヌバが新しい眷属を作り出す前に向こうの核も潰せればそれでよし、仮に間に合わなくても根源魔力を盗《と》ったぶんあたしらがリードだ」

「シーナ！」

思わず非難の声をあげてしまい、しかし、すぐに気付いた。

これはハッタリ《ブラフ》だ。魂の奥底、超自然的な繋《つな》がりで意志を共有するまでもなく、彼女を見続けてきた練介《れんすけ》だからわかった。シーナは約束を守る。少なくともここで唯夏《ゆいか》を殺す気はない。

ああ言ったのは、何かを彼女から引き出すためだ。必要な何かを。

――だがそれは、はたして間に合うのだろうか？

そこで練介《れんすけ》は目を疑う。

唯夏《ゆいか》の身体《からだ》が、末端部から溶けていいた。

シーナがはっとして、

「おい、おかしな真似《まね》すんじゃない！　本当に殺すぞ！」

唯夏《ゆいか》は軽くもがいた。頭を振ろうとしたようだ。自分の手足を見るその視線には、隠しようもない絶望と怯《おび》えがある。

「違う。私の意志じゃ、ない……」

「なに？」

「あいつに、存在を、吸われてる。もう私って端末も、いらないって、こと……？」

「くそ、当然、根源魔力ごと回収するつもりだろうな。デカくなって気まで大きくなったか。核を一つにしても、セーフティがなくなるデメリットがあっても、残った根源魔力を確保するのを優先させようってハラらしい」

「もう自分をどうこうできる奴《やつ》はいないって判断したのかな」

「そうだろ。ただ自分が喰《く》いたいものを優先させることにしたって印象だな。これは喰《く》い忘れてたものの喰《く》い直しだ」

シーナと練介《れんすけ》が言葉を交わしている間にも、唯夏《ゆいか》はまだ身体《からだ》を暴れさせていた。

違う。さっきと同じだ。首を横に振っていた。

子供のように、駄々っ子のように振り続けていた。

「嫌。いや……いやっ！ このままだと、私、私は――」

それは、普段感情を表に出さない唯夏《ゆいか》のものとは思えないほどの、剝《む》き出《だ》しの叫び。

拒絶と、恐怖の、叫び。


「――あいつになっちゃう！」

†

いやだ。いやだ。もう、いやだ。

魂の緒から感じてしまう。あいつの暴食と堪能《たんのう》を。全てを食べる浅ましさ、意地汚さ。食べたものは何でも力にできる？ 限度がある。今のあいつにあるのは、地面の土を食べ続けて地球の裏側に行くような愚かさだ。空気を食べ続けて窒息死してしまうような間抜けさだ。

輝獣を食べたことで、どういうわけかあれほどの大きさになった。

だからよりはっきりと見えるようになってしまったのだ。それでいて、魂の緒という繫《つな》がりのせいで、四六時中、嫌でも誰よりも間近にいることを強いられるから。今まで心の奥底に閉じ込めていた、ごく当たり前の感想を誤魔化しきれなくなってしまったのだ。

——醜い。

——醜い、醜い、醜い！

本当に、真の意味で『食べるためだけに食べる』怪物は。

それ以外の意味をまったく持たないものは、あんなにも醜い。

自分だってそうだろう、と言われればそのとおりだ。

だからこそ、自分ではない、醜くない、みんな《だれか》になりたかった。

でも、このままでは自分があいつになってしまう。

その先にみんな《だれか》になれる道があるとかはもう関係ない。だってそこにはきっと自分としての自分はいない。奴《やつ》の中にはいるかもしれないが、あれはもう怪物であって、けっして人間になることはない。そう確信した。

願いは潰《つい》えて。

それどころか、一番なりたくないものに——そうなるのが嫌だから道を踏み外さざるを得なかったものに、自分がなってしまう！

矛盾だ。

それだけは耐えられない。

救いようのない、発狂しそうなほどの、恐怖。

それなら。

いっそのこと。

†

不意に、もがいていた唯夏《ゆいか》の動きが止まった。

「お願いがあるの」

顔が静かに持ち上がり、そこに浮かんでいたのは、力のない嗤《わら》い。

「殺して」

練介《れんすけ》は言葉を失う。ショックだったからではない。ただ、何も言えないと思ったのだ。

それが間違いなく彼女の心からの願いであると理解してしまったうえに。

——実際に自死を選んだ人間に、何かを言う権利があるのか？

「嫌だね」

だが、シーナははっきりと答えた。唯夏《ゆいか》の命などどうでもいいと思っているはずの彼女は、なぜか邪悪に意地悪く唇を曲げて、その希望を一言で拒絶していた。

「どうして。私は、これ以上、あいつになるのだけは、嫌なの。絶対に、嫌、嫌、いや……それなら、ここで終わったほうがまし。いいでしょう、どうせ、死んでるんだから……！　だから、お願い、殺して。終わらせて……」

「嫌だね。それこそ絶対に嫌だ。お前はそのままここにいろ」

嘲るようなシーナの言葉が、さらに唯夏《ゆいか》を追い詰める。

「いや、いやなのに、どうしてっ……！」

「ああ、いいぞ、いい泣き声だ。もっと無様に泣けよ。なりたくないもののことを想像してみろよ。あーあ、ホントに醜い化けモンだな、アレ。もうすぐお前もアレになっちまうのか。はっ、気持ち悪い」

「ああ、あああああ、ああああああああ――っ！」

言葉でシーナが唯夏《ゆいか》を追い詰め、彼女は今まで以上に暴れ始める。

言いすぎではないか、と反射的にシーナを非難しそうになる寸前で、練介《れんすけ》は気付いた。

これも先程感じたことの一環だ。シーナは唯夏《ゆいか》を殺す気はない。練介《れんすけ》との約束のせいでもあるだろうが、それだけではなく。何か得たいものがあるからだ。

そのために、こうしてその精神を追い詰める必要がある、のだ。それはなぜだ？

「もっとだ。もっとだよ！　想像して、震えて、狂うほどに——恐怖してみろよ！」

「いやあああああああ！」

身を大きく仰《の》け反《ぞ》らせ、涎《よだれ》と涙を飛び散らせ、瞳の焦点を曖昧にさせる唯夏《ゆいか》。

やはりだ。ダークエルフは邪悪だった。心地好《ここちよ》く邪悪だった。

そういうことか、と理解に至る。シーナは自然に杖《練介》の先端を唯夏《ゆいか》に向けてかざしていた。練《れん》介《すけ》が意識すると、そこから根や枝、蔦《つた》のようなものが伸びる。依然としてその杖《つえ》は練介《れんすけ》という大樹であるのだ。

それらの枝を、先刻シーナに対して行ったように、今度は唯夏《ゆいか》の身体《からだ》に触れさせる。手足を失いほとんど胴体だけになっている彼女の身体《からだ》に絡《から》みつき、その存在を味わう。

「んっ……あ——」

ぴくん、と彼女の身体《からだ》が震えた。末端部は完全にスライム化しているが、胴体はまだ彼女のままだ。剝《む》き出《だ》しの少女の肉体。起伏のない胸。肋《あばら》の浮いた肉の薄い脇腹。外気で溶けそうなほど白い脇や二の腕。どこの肌も滑らかで、紛れもない女の子の柔らかさがある。その全身に絡《から》みつき、遠慮なく彼女の中にあるモノを貪り吸い啜《すす》った。

「そうだ。感情に宿る精霊《暗霊》は『強く』なくちゃいけない。身悶《みもだ》え掻《か》き毟《むし》るような、そいつの全身を焼くようなものじゃなきゃいけない。今のこいつの中には、あるぜ——」

それは『恐怖』だ。

彼女自身の、アグヤヌバに対する恐怖。

醜いモノに成り果てることに対する、全身全霊を以《もっ》ての恐怖。

シーナの露悪的な言葉で意識的に引きずり出されてしまった恐怖。

それは精霊杖《せいれいじょう》に力を宿らせるに充分な強度を持っていた。根から水を吸うように、唯夏《ゆいか》から抽出した恐怖の精霊を得た杖《つえ》の形状が再び微妙な変化を見せる。

一方、その抽出が身体《からだ》に何かの影響を及ぼしたのか、あるいは関係なく単に追い詰められた精神が限界を迎えたためか、唯夏《ゆいか》はくたりと意識を失ってその身体《からだ》を弛緩《しかん》させていた。

役割を終えた唯夏《ゆいか》の身体《からだ》をそっと地面に下ろし、根や枝を格納。

「よし。いいぞ」

「これであいつをなんとかできるのか？」

「多分な。スライムは物理攻撃には強いが、火に弱い。そしてそれ以上に精神攻撃に弱い。頭じゃなくて細胞でモノを考えてっからな。あのデカさにも関係なく効くだろ。ただ……」

微妙な歯切れの悪さがあった。

「ただ？」

「……ちょっと浮くか。今の状態なら魔力操作だけで浮くことくらいはできるんだ。飛び回るなんてのは難しいけどな」

間を作るようにそんなことを呟《つぶや》いて、シーナが杖《つえ》を一振り。見えない風船に引っ張られているような感覚で、視界がふわりと持ち上がった。

空に立つ。

眼下には広がる緑。少し先には立ちはだかるもの全てを喰《く》らい進む暴食の怪物。そしてさらにその先には、無機質な白の街。

それらを言葉もなく眺めること数秒。

ややあって、ふ、と吐息混じりにシーナが口を開く。

「練介《れんすけ》。準備させといて今更言うのも何だけどな——別に、それを使わないっていう選択肢だってあると思うぜ」

「え？」

シーナは平静な目で、この高みから見えるものを全て平等に眺めていた。

「練介《れんすけ》さ、今、しんどいだろ。身体《からだ》がなくても、自分の中の大事なものが軋《きし》んでる気がするはずだ。歪《ゆが》んでいて、目眩《めまい》がして、吐き気がして、苦しいはずだ」

「……」

それは事実だったが、彼女と一緒にいるという喜びの前には些細《ささい》なことだ。だから忘れていたし、口にもしなかった。

「魔術の連続使用は魂に負担がかかる。特に、別の暗霊に切り替えてもう一回、って感じにするときはなおさらな。こっちの世界でこういう使い方をするのは初めてだから、はっきりしたことはわかんないが……なんとなく理解できるんだ。これ以上はお前にもっと負担がかかるぞ。さっきの女みたいに泣き叫んで発狂することになるかもしれない」

ああ。そうなのか。

嬉《うれ》しくなった。

「心配、してくれてるのか？」

「ばっ……！」

反射的に大口で何かを言い返そうとしたシーナだったが、すぐに視線を杖《つえ》から逸《そ》らし、

「いや、そう……かもな。わかんねーけど。この気持ちは……何だ、もったいない、に近いかもだ。お前は、あいつとは違うってわかったから」

「あいつ？」

独り言のように零《こぼ》れた言葉を聞き返す。

しまった、というようにぴくりと耳を揺らしたシーナだったが、やがて何かを諦めたように息を吐いた。

「あそこの……ラブホでの話の続きをするか」

「え？」

「正直に言えば、さっきのあたしがムカついてた理由にも関係するかな。あれはな、お前の態度もそうだけど、昔のことを思い出したってのもあった。結局そうなんのかよ、って勝手に重

ね合わせてムカついてたんだ」

「シーナの……昔の話？」

首が僅かに縦に動く。

「あたしは基本的に一人で動いてたけど、なりゆきで他の奴《やつ》と一緒に行動することもないわけじゃなかった。指で数えられるくらいだけどな。で——そん中で、ハーフオーガのメスガキと一緒に行動してたときがあった。オーガの拠点を襲って略奪したときに飼われてたやつで、殺すまでもなかったから解放してやったら、ついてくんなっつってもついてくるようになって——まあ、ウザいけど、湯たんぽ代わりにはなったから。適当に連れ歩いてた、みたいな話」

「仲は良かったのか？」

「あんま喋《しゃべ》らないやつだったけどな。犬みてーな目であたしのことじっと見てたよ。自分にはあたししかいない、だから捨てないで、なんでもするから……みたいな目。あれはあれで初めての目だった。だからなんとなく新鮮で、柄にもなく一緒にいちまって——それで、失敗した」

「失敗って……何があったんだ？」

ふっと彼女は吐息を漏らし、微苦笑で言った。

「殺された」

「え？」

「別に難しいハナシじゃないよ、マジでさ。そいつにあたしは殺されたんだ。裏切られて、あっさりな。いやー、所詮はな、そうだよな？　損得で始まったんだから損得で裏切るよなぁ。間抜けだったわー、あたし」

軽く言うシーナ。練介《れんすけ》は突然の情報に仮想の瞼《まぶた》を瞬《また》かせる。それは考えもしなかったことだった。が——確かに、そうだ。そうであってもおかしくはない。

「ああ、言ってなかったっけか？　神が種族の代表として選んだのは、世界が滅んだそのときにいた奴《やつ》らの中からじゃない。もし終わりかけの世界の生き残りから選ぶとしたら、候補がヨボヨボのジジイ一人しかいない、みたいな可能性もあるだろ？　だからなんか過去にも遡って候補者を探したらしい」

そうか。だから彼女は最初に説明するとき、『転生』と言っていたのだ。転移、ではなく。

「だからさ。実はあたしも、お前と同じ死者なのかもしんねーな」

その声音はどこか優しかった。練介《れんすけ》は瞬間的に言葉を失う。

「……ええと、何が言いたかったんだっけ。うん、あいつと同じで結局裏切られるのかよって思ってたけど、お前はあいつとは違うのがわかったから——」

それでも、そこでは声を絞り出した。

「当たり前だ、違う。絶対違う。俺はシーナを裏切らない。損得なんかで繋《つな》がってるわけじゃないから。俺は、絶対にシーナを裏切りたくない理由があるだけだ」

「わかってんよ。だから余計に、その……お前を失うのが惜しくなった、ってわけで。だって、お前、わざわざ作ったあたしの眷属《けんぞく》だし。こんなところでいなくなられたら、困るし」

後半は照れ隠しでもごもご呟《つぶや》く感じになった。正直、可愛《かわい》い。

「……ありがとう。シーナの昔の話が聞けて嬉《うれ》しかったのは嬉《うれ》しかったけど、でも、やっぱり俺のすべきことは変わらないと思う。俺は結構根性があるからさ、大丈夫だよ。あいつをどうにかできるんならやろうぜ」

しばらくじっと杖を見て――それからシーナは、ついと視線を動かした。

「……お前にとって、そのリスクを冒す意味はあるのか？」

その視線の先にあるのは、街だった。

練介《れんすけ》とシーナが出会った街。無機質で清潔で重苦しい規範の街。アグヤヌバが喰《く》らい尽くそうとしている街。

「別に、お前やあたしが危険を冒さなくてもいいんだ。街がスライムに壊されちまっても、実際のところはどうにだってなる。あたしらが直接被害を受けるわけじゃない」

「いや、でも。街の人間とか、アグヤヌバとかから得なきゃいけないものがあるんだろ」

「そりゃ間接的な被害だな。街がどうにかなっても、そのせいであたしらがすぐに死ぬわけじゃない。スライムがさらにデカくなって根源魔力が取れないのは困るけど、今慌ててやんなくても、いつか食いすぎで勝手に自壊する可能性だってある」

可能性だけは確かにある。本当に際限なく大きくなり続けるとは思えないからだ。

「ああ、街が壊れて人間がいなくなったら普段の食糧の魔力が取れなくなるかもな。それも、だから？　って話だよ。なんとなく『ここで戦え』みたいなノリで神がこの街にあたしらを転生させただけで、そこに理由があるのかどうかは知んねーからな。ひょっとしたら神はあっさり『じゃあ別の街でやるか』って舞台を変えるかもだぜ」

杖を軽くその指先で撫《な》でてから、シーナは続けた。

「そんな状況でさ。お前自身がどうにかなる危険を冒してまで、ヤツを今すぐ止める理由があるのか、って聞きたいのさ」

彼女の問いならば、真面目に答えたい。練介《れんすけ》は考えた。

そして、頭に浮かんできたのは――

「今……明日の予定をさ。考えてみたんだ。もしあれば、の話だけど」

「うん？」

「決めきれなかったけど、いろいろあった。俺の家でまた料理を作ってシーナに食べさせるのもいいなと思った。まだまだ秘蔵のコレクションはあるし、それを見ながらな。それから」

二人が出会った公園に行くのもいいなと思った。あのときはああだったこうだったと思い出話をしながら、コンビニで買ったものをベンチで食うのだ。

街を歩くのもいい。まだ行っていない場所はたくさんある。カラオケボックスなどの遊び場、図書館や駅などの施設。その一つ一つに、もしシーナを連れて行ったら彼女はどんな反応をするだろうか、という楽しい想像が待っていた。

学校もアリだ。前回は大変なことになったけど、楽しいことは楽しかった。もっと上手《うま》く変装したらいいのかもしれない。騎士校の女子制服とか着せたらどうだろう？　上手《うま》く潜り込めるだろうか。そして彼女に見慣れた制服を着せることに別種の興奮が生まれそうだ。見たい。

早口でそれらのアイデアを言っていると、彼女はどこか呆《あき》れたようなジト目で、

「欲望多すぎね？　いや、いいんだけどさ」

「俺も自分で驚いたよ。だってさ、俺――」

苦笑が漏れる。本当に、予想外だったのだ。

「あの街も、自分の家も、学校も。全然好きじゃなかったんだぜ。意味も価値もなかった。どうでもよかった。消えていいって思ってたし、実際に俺は全部捨てようとした。なのに、不思議だよな。今は……シーナがそこにいる可能性を考えただけで、なんだか嬉《うれ》しくなるんだ」

シーナは照れたように頬を掻《か》き、耳を揺らす。言葉の手加減はしない。

「今まではいらなかったけど。多分、シーナと一緒なら……価値がある。今の俺にとってはそんな場所だよ、あの街は」

「じゃあ、守りたい、って思ってるんだな」

「明日のデート予定が立たなくなるのは困るだろ？」

意識的に軽く言うと、貪欲ぅ、とシーナも冗談めかして笑う。

そこで彼女はふと、何かに気付いたように頭を動かした。

空が震えているような気がした。何かの大きな音が、複数、近付いてきている――？

「シーナ。これは多分、新仁陽市《しんじんようし》の駆動騎士団だ。アグヤヌバを輝獣だと思って排除しようとしてる。本気の部隊が全力で攻撃したら、もっと奴《やつ》が飛び散って大きくなるぞ。街に辿《たど》り着《つ》くのを止められなくなるかもしれない」

「ふぅん？　そりゃお節介な働き者たちだな。でもまぁ、大丈夫だろ」

シーナは焦《あせ》らず、練介《れんすけ》にしてみれば予想もしていなかったことを言った。

「やるとなりゃ先にそいつらから排除すりゃいい話だ。この暗霊ならできる」

排除。街を守る正義の味方である駆動騎士団を。

彼らに敵対するとは頭の片隅にも浮かばなかった考えだったが、確かに、今の状況であればそうするしかない。話を聞いてくれるとは思えないからだ。

自らの立ち位置というものを改めて練介《れんすけ》は認識した。

とても新鮮で、どこか不安で、少し高揚した気分になる。

「それを踏まえて、最終確認だ。やるのか？」

「やろう。俺たちは別に街の味方じゃない。俺は俺の都合で、明日のシーナとの遊び場を守るために、アグヤヌバを止める。――大丈夫だ。俺は気合いが入ってる。魔術の反動なんかじゃ絶対に壊れない」

「ホントかよ？」

それは疑いではなく冗談の延長だったが、練介《れんすけ》は冗談にはしない。

自分の中にあるのは、それだけだからだ。

「本当だよ。信じろ。さっきも言ったろ？」

視覚に相当する部分で、じっと彼女の目を見つめる。彼女には届くはずだ。

「俺はシーナと生きたいんだ。一緒の場所で、一緒の時間を。それは俺たちを脅《おびや》かすものから逃げ続けるって意味じゃない。戦って、勝ち取るよ。俺の力でそれができるなら、そうだ――」

だいそれているかもしれないけれど。失笑ものかもしれないけれど。

これは本気の願いだ。

その想《おも》いが伝わるように、ここでだけは呼び方を変えた。

普段は『お前』を使っていたけれど、今ばかりは、彼女をもっと尊重したかった。本当に、心の底から、宝石のように大切に眩《まぶ》しく見ているのだということを知ってほしかった。

だから真面目に、君と呼ぶ。

きっと誰しもが――プロポーズのときに、そうするように。

「……俺は、君を守りたい。一度死んだ俺だからこそ、まだここにある命は、好きな子のため

に全部を使いたいって思うから」

っぐ、とシーナは妙な声を出して、それから平手でぴしぴしと杖《練介》の表面を叩《たた》いた。

耳の先端は挙動不審に上がったり下がったりで、頬は——微妙に赤くなっている、ような。

「ま、また言いやがった。こんな大事なときに。照れもなんもなく。アホだろ。あたしのほうが照れるわ」

「本音を言うときに照れてもしょうがないだろ。あと多分、俺はこれからも何度もこんなことを言うぞ。慣れたほうがいい」

「慣れっ……られる、かなぁ？　いやホント、マジ初めてなんだからさぁ……」

そんなことを言い合って——

いつの間にか、無言で見つめ合って——

くすり、と二人で同時に喉を鳴らした。

不安があっても、照れがあっても。

少なくとも、やるべきことを妨げる障害だけは、もう、ない。

「さて、じゃあ少し近付かないとな。スライムクソ野郎にも鉄の騎士にも、魔術を使うには射程距離ってものがある」

「浮くだけじゃなくて飛べるんだな」

「横移動できるってだけだ。あのスライム女みたいに自由自在に飛ぶ、なんてレベルの動きはできないから期待すんなよ。今回は位置取りだけの話だからなんとかなると思うけど」

「一応言っとくと、駆動騎士団は行動を画像記録してる。今後動きにくくならないか？」

「そっか。じゃあそいつらの機械は魔術使って誤魔化しとくかな。人間たちに直《じか》に見られるのはどうしようもないが……ま、本性を出した姿だし、そっちはなんとかなるだろ」

風に流されるような、ふわりと滑らかな横移動。高度も若干ながら増した。

森を飲み込みながら邁進《まいしん》する醜悪な怪物の姿があった。既に小山ほどのサイズになっていて、その後方には草一本も生えていない虚無の道が次第に太くなる形で残されている。

空の遠くに、編隊を組んで飛来するRV《リボルヴ》の姿があった。一糸乱れぬプロの飛行隊形。迷うことなく、シーナはその二つの中間地点に向けて飛んでいった。

そして悠然と待ち受ける。

どう見えるのだろう、と練介《れんすけ》はその僅かな待ち時間の間に思った。

さっきの立ち位置の話だ。

正義の味方である駆動騎士団の邪魔をする。

謎の獣である輝獣の味方をしている、ように見える。

しかしその実、その巨大な脅威は自分たちのツメの甘さが生み出したものであるとも言える。

ああ、外からの観点でも、内からの観点でも。

自分たちはもはや明確な、世界に対する、社会秩序に対する――

悪役《敵》なのだろう。

だけど。だからこそ。

(それってとっても、ダークエルフっぽいじゃないか?)

練介《れんすけ》は心の底から満足しつつ、駆動騎士団と暴食の怪物に一つの魔術を撃ち放った。

†

無我夢中で喰《く》らって喰《く》らって喰《く》らう。ご馳走《ちそう》めがけて走る。途中で『振動』『衝撃』『激突』などの新しい食べ物《カロリー》が提供されたので、ありがたくいただいた。

ああ、もうすぐだ。もうすぐ、ご馳走《ちそう》たちの巣へ。

頭上から声が聞こえたのはそんなときだった。

「《恐怖の精霊に命ずる／汝らが儘に歓びで至れ《フィアースピリット・オリジナルシン》》」

刹那だった。

胸中より何かが湧き上がってくる。抵抗できない一方的な生誕。意志ある『それそのもの』が手を取り合い示し合わせて表層に浮き出、自らの全てを覆い始めたような異常。

おそろしい、おそろしい。

恐ろしい、恐ろしい、恐ろしい！

細胞は一瞬でその感情に支配される。覆い尽くされ、置換される。おかしいと思ったがその感情すら背筋の凍える恐怖に塗り潰される。

何もかもが。恐ろしい。思考することも。動くことも。進むことも。

そして、何よりも——

それは自身の存在意義の根幹であり湧き上がる恐怖と最後まで抵抗を続けていた部位だったが、結局、意志ある悪意として踊り続ける恐怖の嵐が全てを飲み込んだ。

——喰《く》らうことが、恐ろしい。

ああ、恐ろしい、恐ろしい、恐ろしいッ！

どうして今まで自分はこんなことを続けていられたのか！　他の何かを自分自身の中に導き入れて咀嚼《そしゃく》して溶かして一つになろうとするなど！　恐ろしい、不快、醜悪！

前進するという行為を恐怖のため止める。

自らの肉体の体積《大きさ》すらも恐怖の対象になった。捨てたい。怖い。縮こまりたい。だから捨てる。肉を放棄し切り離し、小さく小さく。自分だけ、自分の根幹だけ在ればいい。そして隠れたい。だがその小ささも恐怖の対象となり怖い怖いこわいたすけてだれか。

こわすぎて　なにもかんがえたく　ふるえて　かくれて

あ　じぶんが　いた　たすけ

「みじめね」

――彼女は前に立ち、それを冷たい目で見下ろしている。

「利用された挙げ句に放置された私もそうかもしれないけど。約束だからあとは全部なりゆき任せにする、ですって。ふざけてるわね。でも――少なくとも私は、あなたほどはみじめじゃない」

――表情は変わらない。自嘲にも嫌悪《けんお》にも温度はない。

「取り戻させてもらったのは元々の体積《からだ》だけ。私は、最後に残ったそのあなた自身をけっして食べたりはしない。吐き気がする」

なにを　どういう　おまえは　じぶん

「こちらにあなたの成分は残っていないし、ちょうどいいでしょう。バックアップの役目は終わり。あなたは……私以外の誰かに食べられてしまえばいい。何もかもを食べてきたあなたが、最後に食べられる気分を味わえばいい」

――彼女の前に、もう一人の存在が立った。肌の色が違う者。杖《つえ》を持った者。

――それが手を伸ばしてくる。恐ろしい手を。恐ろしいことをするであろう手を。

――恐怖。恐怖、恐怖。だが最後の一刹那、怒りが恐怖を上回った。

おまえは、ひとになりたかったのではないのか！　ちがいのないだれかになりたかったのではないのか！　やめろ、やめろ、やめさせろ！　こんなことをすればかなわない！　おまえののぞみはかなわない！

――女はふっと、力の抜けた笑みを浮かべた。拍子抜けするほどに毒気のない顔だった。

「そうね。望みは全てはもう叶《かな》わない。でもここには……少なくとも一人は、私と同じに世界からはぐれた誰かがいるみたいだし。ついさっき、ふざけた契約も結ばされたから」

——褐色の存在が伸ばしてきた手が、彼に触れて。

——食べられる。

「だから……とりあえず今は、望みは一つだけで我慢しておくわ」

そうして彼は恐怖の中に全てを失う。

ごちそうさま、と誰かが満足げに言った気がした。

†

めきめき。めきめき。みしり。

「よっ、と……んー、どこだ？　この辺か？」

声。練介《れんすけ》が薄目を開けると、暗闇の中に僅かに光が差し込んでいた。肉体は全方位的にぴったりと何かに触れていて、まったく動かせない。窮屈ではあったが圧迫感はなく、まるで優しい布団《ふとん》に包まれているかのような安心感があった。

――肉体？

めきめき、とさらに音がして、視界の光が大きく広がった。練介《れんすけ》は目を細める。

清廉で鮮烈な逆光の中に見えたのは、ああ、彼女だ。

シーナ。唯一無二の相棒。大好きな、ダークエルフ。

今は向こうの世界の服装ではなく、普段のギャル風制服の姿に戻っている。

「よっ。元気？」

「シーナ。おれ、は……？」

光が差し込んできたのでわかった。ここは樹《き》の中だ。どうやら大樹の幹の中に練介《れんすけ》の身体《からだ》はすっぽりと収まっていたようだ。杖《つえ》ではない――人間としての、身体《からだ》だ。

「極限状態だったから覚えてねーかもな。精霊杖《せいれいじょう》の役目が終わったから、地面に植え直して、樹人《ツリーマン》としてのお前を再生させたんだ。杖《つえ》も大樹も今のお前も、外面が変わってるだけで中身はだいたい同じだからな。気分はどうだ？」

「よく、思い出せない。どう、なった……？」

「スライムなら終わったぜ。情けなく残ってた最後の一欠片《核》を握り潰して、同時に奴《やつ》が持ってた根源魔力も根こそぎゲットだ。スライム種族の全体量からすると8割分くらいかな。残りの端数《はすう》は……ま、保留ってことにしとくさ。約束は約束だしな」

樹《き》から離れたところに、人間の四肢を取り戻した唯夏《ゆいか》が立っているのが見えた。安堵《あんど》も敵意もなく、ただ、静かな表情をこちらに向けている。爪や翼といった異形の部分は既になく、着ているのは事態がこうなる前の搭乗衣《ギャンベゾン》。

騎士団とアグヤヌバに魔術を発動し、その残り滓《かす》に始末をつけるまでの間——つまりは杖《つえ》としての意識を失う寸前にあった出来事を思い出した。

再び目覚めた彼女と交わした、一つの契約を。

ふっと頬が緩む。

さしたる根拠もなく、彼女は大丈夫そうだ、と思った。

シーナが手を伸ばし、幹の中に埋まっている練介《れんすけ》を掘り出そうとしてくれる。

「騎士団のほうは……？」

「あいつらか。すげぇ速さで逃げ帰っていったぜ。へへー、思い出すだけで笑える感じだった。鋼鉄の騎士団もあたしらの魔術の前じゃ形無しだな！」

魔術対策カスタムなんてものをしているRV《リボルヴ》はこの世界にはないのだから仕方がない。いつもの悪戯猫《いたずらねこ》のような笑みに苦笑を返しつつ、自分でもなんとか幹から抜け出そうとする。

「恐怖の暗霊の魔術か。すげぇ効いたんだな」

「ああ。でも一応言っとくぞ。あれは恐怖の暗霊に本来の役割を果たさせた魔術だけどさ、あいう精神干渉系のやつは本来あんまり過信できるモンじゃないんだ。単細胞なスライムとかはともかく、気を張った人間にはなかなか効きにくい」

「そうなのか」

「機ってものが大事だ。今回は元々あいつらがビビってて、それを増幅する形になったから楽ができたってだけさ」

「ビビってた？　アグヤヌバにか？　確かに、今までにない大きさの新型輝獣だ、って感じだったんだろうけど……プロでもやっぱそうなんのか」

シーナの手が、幹の中に詰まっていた枝や樹肉《じゅにく》を掻《か》き分《わ》け、ようやく練介《れんすけ》の腕に触れる。

「んー、いや、それだけじゃないと思うな。なんとなくだけど、もっとビビってたモンがある気がする」

「……それは？」

シーナはにやりと言った。

「いいいい、あたしだろ。この世界にとっての異物。完全に浮いていて、絶対的に違うもの。恐ろしいダークエルフを見たからさ」

探り当てた練介《れんすけ》の手を掴《つか》んで、体重をかけて一気に引っ張る。身体《からだ》に絡《から》みついていた枝や蔦《つた》のようなものが小気味良い音を立てて剝がれていった。

解放感。新たにここに生まれ落ちたかのような爽快感。

今まで自分を覆っていたものから抜け出せば、すぐ近くに彼女の顔があった。

それが新しい世界だ。

勢い余って彼女の腕の中に飛び込んだ状態で、笑い合う。

くすくすと、本当に愉快そうに、笑っていた。

「ああ、マジでさ。ダークエルフなんてモンを見たら、怖がるのが普通の反応だろ。好きだ、って第一声で言えるやつなんて——そうはいないと思うぜ？」

†

あれから数日が経《た》った。

テレビやネットなどでは『新型の巨大輝獣が新仁陽市《しんじんようし》近辺の山中で発生し、それに校外実習中の騎士校の生徒が巻き込まれるハプニングがあったものの、駆動騎士団の迅速なる出動により解決した』という情報が流れるのみになっている。

対外的にはそうなるのが当然の流れだろう。輝獣対策には税金が使われているわけで、となると『不祥事』とか『正体不明』とか『成果なし』とかそういう概念は国民たちには極力明かされないようにされるのが常だ。突き上げをくらって予算が削減されてはたまらない。

一方、関係者たちの間ではそれなりの大騒動になっていると思われる。

あのとき接近してきた駆動騎士たちの記録用カメラにはシーナがジャミングのような魔術を使っていたので、彼女の姿自体は捉えられていないと思いたいが、アグヤヌバの姿は衛星写真などにも映ってしまっているレベルだろう。まさに正体不明の巨大輝獣として、研究者たちは狂喜乱舞して解析に当たっているはずだ。シーナや魔術の恐慌《きようこう》についてどう判断されているのかは——大人たちの話なので知る由《よし》もない。正解を出せる者がいるとは思えないので、気にしなくてもいいことだろうと思っている。

練介《れんすけ》の騎体の墜落は、記録《データ》にもきちんと事前整備の正しさが残されていることから、原因不明のマシントラブルという扱い。RV《リボルヴ》という道具に関する重大インシデントとして公的に記録されてしまった。騎体はまともに回収できなかった（唯夏《ゆいか》騎と共に、アグヤヌバに飲み込まれていた）ので、これ以上詳細に調べられないのは好都合ではある。しかし今後は整備班への要求が一段階高くなってしまったことだと思う。非常に申し訳ない。

その犯人たる唯夏《ゆいか》のほうは、練介《れんすけ》を捜索中に件《くだん》の新型輝獣と遭遇、その果てに騎体を放棄して脱出する羽目になった、という解釈になっている。

練介《れんすけ》も唯夏《ゆいか》も、事件の直後から関係各所に取り調べじみた口頭報告タイムが設けられたので、口裏を合わせてその状況について当《あ》たり障《さわ》りなく語った。輝獣については何もわからない、とにかく大きなものがいたのだけは見えた気がする、ただずっと森を彷徨《さまよ》っていた――と。

練介《れんすけ》も唯夏《ゆいか》も演技は上手《うま》いほうだ。怪しまれはしなかったと思う。

かくして数多《あまた》の謎を残しつつも、巨大輝獣は突如消滅し、事故った二人の生徒は服をぼろぼろにしながらも奇跡の生還を果たした。なんという僥倖《ぎょうこう》。そして日常へ――というわけだが。

「はぁ……よく飽きないよな、あいつらも」

練介《れんすけ》は溜《た》め息《いき》をつきながら校舎の階段を上っていた。時刻は昼休みに入ったばかり。

ニュースとしては解決していても、年頃の好奇心はまだまだ止まらない。対象が無失点を続けていた優等生と堅物な委員長の二人となれば尚更《なおさら》である。根掘り葉掘り、野次馬根性とか後学のためとか様々な理由で生徒たちが話を聞きにやってきて、さすがにうんざりした。だから昼休みくらいはせめて落ち着こうと、あまり人のいない部室棟の屋上にまで足を伸ばしたのだ。

屋上へ続く重い扉を、ごぅん、と押し開ける。

開放感のある風が練介《れんすけ》の髪を柔らかに揺らした。その心地好《よ》さに小さな吐息を漏らしてから、屋上を見回す。予想通りに人気はない……いや、一人だけ、フェンス沿いのコンクリートを椅子にして腰掛け、もそもそとパンを口に運んでいる女子生徒がいる。

まあいいか、一人くらいなら許容しよう。騒がしい教室よりは何にしろマシだ——

そのとき先客の顔がふと持ち上がり、視線が合う。

「……あ」

「……あ」

唯夏《ゆいか》だった。

あまり離れすぎるのもそれはそれでどうなんだという気がしたので、けっして隣ではなく、さりとて話ができないわけでもない、という数メートルの微妙な距離を開けて座った。

野生動物が間合いを測っているかのような、ジリジリと空気で牽制《けんせい》されている感覚を覚える。

(味、わかるかな……)

口をへの字にしつつ、持ってきた昼食を取り出して食べ始める。

すると驚くべきことに、

「いつもお弁当なのね」

向こうのほうから話しかけてきた。努めて平静を装《よそお》い、練介《れんすけ》は言葉を返す。

「あ……ああ。まあ、朝飯のついでにな」

「つまり、手作りアピール？　そう、優等生は主婦スキルも持っていて当然ってこと」

別に態度が柔らかくなったとかそういうことは微塵《みじん》もなく、声音はいつものように冷たく、視線すら合わない。練介《れんすけ》は対応のテンションを決めかねる。

ままよ、と弁当箱を軽く持ち上げて、

「もしよかったら、卵焼きでもどうだ？　わりと自信作だぞ」

「ふぅん。出来合いの卵ロールパンを寂しく食べてる私に嫌がらせかしら。お前はずっと卵でも食ってろってわけね」

駄目か。少なくとも好感度が上がる音は聞こえなかった。

「何パン食べてるとか見ただけじゃわかんねぇよ……」

「あらごめんなさい。もっとわかりやすいものを食べていればよかったわね。サソリとか」

うーん。以前より交わす言葉の量は明らかに増えているのに、まったく会話が弾んでいる気がしない。むしろ刺々《とげとげ》しさがダイレクトに飛んでくるようになった感じだ。

対処に困り、練介《れんすけ》は横目でちらりと唯夏《ゆいか》の様子を窺《うかが》った。

見た目におかしなところはない。だがそれでも彼女はまだ『スライム』だ。本体のバックアップ、予備機、もう一つの胃という特殊な性質を持っていたのがスライムの眷属《けんぞく》。

本体であったアグヤヌバは唯夏《ゆいか》から分離した際に根源魔力の大部分を捥《も》ぎ取っていった。その後、遠隔的に魂の繋《つな》がりを通じて残りも移送しようとしていたようだが、全てを移し終える前に死んでしまったため——彼女の中にはまだ根源魔力の一部が残されているのだ。その力で彼女は今も眷属《けんぞく》で在り続けている。すなわち、力の大部分は失っているものの、今や彼女こそが現存するスライムの魔術種《マギス》なのだとも言える。

魔術種《マギス》は無論、シーナと練介《れんすけ》にとっては見逃せない獲物だ。だが——練介《れんすけ》と交わされた一つの契約により、今もまだ、彼女はここにいる。

その契約とは、ある行為を可能な限り続けるというものだ。

それは世間一般的にはよくないことだとされている。イジメの一種にもなりうる、決して推奨されざるもの。悪《あ》しき行為。

しかし、それでしか救えない誰かがいたとしたら。

——その悪は、良《い》いものだと言えるのだろうか？

静かになった森の中、目覚めた彼女の願いは変わらなかった。

アグヤヌバが矮小《わいしょう》な塊と堕したことを感覚で悟ったのか、ふ、と鼻で息を漏らして、

「終わりね。私はもう『みんな』にはなれない。みんなと一緒になれないなら死んだほうがまし。だから私の言うことは変わらないわ」

†

「……」

「むしろ、どうして起こしたの？　寝ている間に全てを終わらせて欲しかったのに」

練介《れんすけ》が無言を保っていると、馬鹿にされているように感じたのか、唯夏《ゆいか》は声を荒らげた。

「どうせ殺すんでしょう。いいのよ、やればいい、どうせ私はもう死んでるんだから。化け物なんだから。ほら、さっさと殺して、終わらせなさいよ！」

どうせ、という諦観と自棄《やけ》に支配された叫び。だが、それは確かに彼女の願いだった。

頭を揺らし髪を振り乱し、自尊も誇りも何もかもをかなぐり捨て、ただ全身全霊でもって、赤子のように純粋に自分はそれが欲しいのだということを主張していた。

「殺して、殺して、殺してよ！　私はもう駄目なの。元々変なのに、もう、人ですらない何かになった。それを他人に、あなたに知られた！『違う』ってことは、この世界では許されない。

『みんな』と一緒になれないなら、もう、私はここにいないほうがいいの！　わかるでしょう、ねぇ、あなたにならわかるでしょう⁉」

——ああ。

——わかるかもしれない。

「『みんな』と違っているのは、怖いから！　見られて、指さされて、無視されて、排除されて、虐《いじ》められるのは嫌！　それだけの願いなのに、どうして叶《かな》えてくれないの⁉　どうして、どうして、どうして！」

でも、彼女は間違っている。

「それは——願いの叶《かな》え方《かた》が間違ってるんだ、委員長」

「……え？」

練介《れんすけ》には、彼女の気持ちが痛いほどによくわかった。同じ立場で、同じ選択肢を選んだ仲間だから。しかし、だからこそ、今は別の手があると気付ける。

「ああ、世界《まわり》からズレてるのは、違っているのは、怖いよな。わかるよ。それは本当は、知ったことか、って言うべきことなんだ。本当は違っていいんだ。俺たちは違いたいんだ。だから——それを理由にしていなくなろうとするのは、止めてくれ。それこそ間違ってる」

恐怖の暗霊の魔術を行使した反動か、自分自身という枠組みが内側から軋《きし》んでいるような感覚があった。多種多様の不快感。肉体がないので言語化は難しい。平衡感覚が歪《ゆが》む吐き気、思考がひび割れる頭痛、不規則な魂の動悸《どうき》。けれどそれらはシーナと一緒に大仕事を果たしたという達成感に相殺《そうさい》されて、夢うつつのようにふわふわとした混濁の意識を生み出す。

だから余計に、お節介でしかない言葉が漏れてしまうのだろう。

「俺も君も、自分として在りたいだけで。それを普通のこととして見て欲しい、という願いがあるだけで。そう見てくれる人がいてほしい、と願っていただけで――最初から、消えたい、って思ってたわけじゃなかった。そうだろ？」

「………………」

「いや、俺だってわかってなかったさ。わかったのは――」

その『理由《救い》』はすぐ近くにいる。

褐色の肌をして。尖《とが》った耳で。楽しいことが好きだと言い、そして練介《れんすけ》の浸る楽しさも否定せず、一緒になってそれを受け止めてくれた彼女。

誰よりも身近な、異世界からの転生者。

「……実際に俺を俺として見てくれる人が、目の前に現れてくれたからだ」

シーナのほうを見る必要もない。

この姿になってから、練介《れんすけ》はいつも近くに彼女の存在を感じている。その肌の瑞々《みずみず》しい弾力に触れ、日向《ひなた》と草原の匂いに肺を喜ばせ、鼓動に照れ臭さを覚え、一緒にいられることに心からの幸せを感じている。

そう——自分は、シーナ・グレイヴ・ヴァインメリに救われた。

それだけはけっして忘れない。

真実だ。そして自分がそれに救われたのなら、自分と似たような存在も、きっと似たような真実でないと救われないのだろう。

「だから、委員長。委員長が何もしないのなら、これからは——」

これだ。これが正しいはずだ。

彼女の願い。自分たちの願い。

その妥協点。


「俺は、委員長のことを、無視するよ」


「——っ……？」

「委員長が他とは違うってことを知ってしまった俺は、でも、そのままの委員長を見ることができる。だから俺は君を君のまま見る。そのうえで君の違いだけを無視する。世界とはあからさまにズレてて、違っているけど、それはそういうものだと考えて無視をするよ」

喋《しゃべ》らなかったり視線を合わせなかったりするのではない。彼女が望めばそうするかもしれないが、本質ではない。彼女の真実を知ったうえで、見たうえで、なお、ただそこに在っていいと放置する。それはそういう意味だ。

世界からどうしようもなくズレてしまった者に必要なのは、矯正でも修正でもない。ただそれをありのままに置いたうえでの、優しい黙殺こそを求めているのだ。

わかったから。相容《あいい》れないのはわかったから。ズレているのはわかったから。見てくれる人だけが見てくれればいいから、それ以外はせめてそっとしておいてくれ、と。

唯夏《ゆいか》も明らかに世界から外れてしまっていて、とてつもない秘密を隠し持っているけれど。

それを無視して一緒の教室にいるのは、きっと不可能ではない。なぜならそれはずっと練介《れんすけ》がやっていたことだから。

「って感じで、どうだろう。たとえ委員長がどんな違いを持っていようと、俺がそれを無視して見て見ぬふりをしたら、委員長は『みんな』と一緒ってことにならないか」

「え……あ……」

僅かに口をぱくぱくさせてから、彼女はまた首を横に振った。これまでとは違う、ただただ弱々しい動作だった。

「これは約束で、契約だ。俺は委員長と同じ世界にいるために、これを守るって約束する」

「駄目……そんなの。嘘《うそ》。信じられない。私を見て……なのに、見ないふりをする、なんて。わかんない、もう何も、わかんない……！　とにかく怖くて、何をしたいのか、何をされたいのかも、私、わたしっ……！」

引《ひ》き攣《つ》れた声、全身の震え、頭が振られるたびに飛び散る水滴。全てが不安定。

そこで——はあー、とわざとらしいほどに大きな溜《た》め息《いき》が聞こえた。

まるで人間が作り出した社会のような、複雑で無意味に絡《から》まった問題を解きほぐすに必要なのは、シンプルな強さだ。

それは確かにここにあった。彼女が持っていた。

「黙って聞いてりゃ面倒臭いな、人間ってのはさあ。見てほしかったら見てほしいって言えよ。見てほしくなかったら見てほしくないって言えよ。とりあえず一番大事なところだけ口に出してはっきりさせろよ、話は全部そっからだろうが！　結局、お前は——何を望むんだ⁉」

シーナの強い言葉はショック療法か。

びくりと肩を震わせたあと、可哀想《かわいそう》なほど弱々しく、唯夏《ゆいか》は少しずつ頭を持ち上げていく。

顕わになったのは、くしゃくしゃになった顔と。

両の眼《め》から零《こぼ》れる、大粒の涙。


「嫌わないで……」


それが唯夏《ゆいか》の願い。

そして練介《れんすけ》の願い。

ごく自然に世界から外れてしまった、終わってしまった人間の願い。

「嫌わない。俺は君を嫌わない」

「あたしは元々お前のことなんか知らねーからな。嫌うも何もねぇよ」

ぐす、と鼻を啜《すす》る音が聞こえた。

おねがい、と呟《つぶや》く声も聞こえた。

何に対する、誰に対する念押しなのか、それとも意味なくただ漏れてしまった言葉なのかは誰にも、きっと彼女自身にもわからず、そして練介《れんすけ》の意識は急激な乱高下を始めて――

あとの記憶は、細切れだ。

……邪魔はしない。けじめだけは、つけさせて。

ふぅん？　ま、いいか。じゃ、ついてきな――

世界から外れた二人の声が混じり合って、溶け合って、幻想の耳朶《じだ》に優しく触れる。それは初めて体験するものだったが、意外にも心地《ここち》好く練介《れんすけ》の意識を包み込み、ここではないどこかへ運んでいこうとしていた。

逆らうことはしない。さすがに、もう疲れた。

――そうして練介《れんすけ》は、葬送のような眠りに落ちる。

夢うつつのような状態ではあったが、あの森で唯夏《ゆいか》と交わした言葉を忘れてはいない。身柄を見逃し、直接は手を出さず、無視すること――その契約が今も守られている結果、彼女はこうして今日も学校に来て普段どおりの暮らしを見せている。

他人には理解されない、見せれば眉を顰《ひそ》められる秘密を抱えながら、それを必死に隠して。練介《れんすけ》と同じように。

†

その線の細い横顔をずっと見つめていたら、なに？　というように見返された。

覚悟を決めて、少しだけ踏み込んだ。

「その。委員長は……これから、どうする気なんだ」

「知らないわよ。私は私の立場が特殊だってことは理解してる。でも、だからって何をどうする気もないわ。異世界の怪物の力が少し残ってたとしても、私はただの枇杷谷唯夏《びわたにゆいか》だもの。スライム種族の復活なんて知ったことじゃない。だから私は、私のしたいようにするだけ」

「そう、か」

「なあに、心配？　心配しなくてもボロを出したりはしないわ。人間の擬態は完璧よ。解剖でもされない限りは、健康診断ぐらいなら簡単に乗り切れる。あなただってそうでしょう」

練介《れんすけ》は同意の頷《うなず》きを返す。事故から帰ってきたあと、病院に運ばれていろいろ検査をされた。実のところはかなり焦《あせ》ったのだが、シーナも少し言っていたように、樹人《ツリーマン》としての通常状態には少しだけ幻術のようなものがパッシブ効果として発揮されているらしい。辛《かろ》うじて身体《からだ》の秘密は隠し通せた。

丁度、その体質による衝動の一つが襲ってくる。練介《れんすけ》は水筒に入れていた水をぐびりと飲み干した。いつも基本的には持ち歩くようにしないとな。

「ねえ。私からも質問、一つ、いいかしら」

予想外の、向こうからのアプローチ。断る理由はなかった。

彼女が話しやすいように意識的に優しい表情を作り、何でも来いと心の準備をする。

だが。

「あなたはわかってるの？　これからのことを言うなら、大事なのは私なんかよりあなたのほうよ。もし私の想像が正しければ、あなたの立場は、将来、、、、、、、、、、、、――」

それは練介《れんすけ》も薄々は気付いていて、しかし考えないようにしていたこと。

思わず真顔になってしまうような、本当に大事な、未来のこと。

けれどそれは答えが出ていないのと同義ではなかった。

答え自体は出ているのだ。とうの昔に。

だから迷わず、微笑のままで言った。

「覚悟は、できてるよ」

「——そう。わかってたけれど。あなたはやっぱり、馬鹿なのね」

呆《あき》れたように肩を大きく上下させ、唯夏《ゆいか》は溜《た》め息《いき》を練介《れんすけ》に見せつけた。

「ついでにどうでもいい質問もしておくわ。あれは輝獣について何か話してた？」

二つ目の質問だったが、勿論《もちろん》何も言わずに受け入れる。

「あれって……シーナのことか。いや、何も。なんでだ？」

「アグヤヌバがあれを食べたとき、あんなことになるなんて当人ですら想像もしていなかったはず。あの異常な反応には輝獣の持つエネルギー濃度だけじゃなくて、何か別の理由があるのかもしれない——と思っただけよ」

「別の理由って？」

「それがわかるとしたらあのダークエルフだけだろう、って話だったんだけど。何も言っていないなら別にいいわ。忘れて」

ふむ、と練介《れんすけ》は頷《うなず》いて、ポケットの中の携帯電話の存在を意識した。

「輝獣も、当たり前みたいに携帯とかに入れて使ってるEFも……よくよく考えてみれば俺たちはほとんど何も知らないんだよな。『わけのわからないもの』に囲まれてるって気付いた気分だ。ちょっと気持ち悪い」

「それについては同感ね。まあ多分、自分自身が『わけのわからないもの』になってしまったからこその視点だと思うけど」

そこで丁度パンを食べ終えたらしい。彼女は立ち上がりながら袋を丸めてポケットに突っ込み、そしてすたすたと歩き出した。名残惜しい様子は微塵《みじん》も見られない。

「食べたし戻るわ」

「忙《せわ》しないな。教室に戻ってもどうせテトリスやるだけだろ」

「悪い？」

「悪くないけど。なんでテトリスばっかなのかなとは思ってたよ、ずっと」

唯夏《ゆいか》は口元を歪《ゆが》ませて答えた。凶悪に、面白そうに、自嘲に満ちて。

「違っているものを無理矢理に一列に並べて、『みんな』同じに一列になって消えるのが、たまらなく快感——とか言ったら、どうかしら。カウンセリングに役立つ？」

練介《れんすけ》は軽く両手を挙げ、降参のポーズを見せる。

「別にそんな深い意味のある質問じゃなかったよ。好きなら別に理由とかどうでもいいよな」

「そういうことよ」

これで会話は終わりとばかりに、唯夏《ゆいか》は本格的に屋上の塔屋のドアに向かって歩いていった。

だが、どうしても。どうしても——最後に。

「あのさ」

「……………まだ何か？」

顔だけで振り返ってくる唯夏《ゆいか》。

どうしよう。いいのだろうか。潔《いさぎよ》くはないのかもしれない。だが今の流れだとこちらのほうが自然では。定義の問題だ。その定義は自分の中にはないのだから聞くしかない。確かめる機会は今しかないように思える。

「俺、委員長のことを無視するって言ったけど……今みたいに、普通には話しかけてもいいのかな？　ホラ、似た者同士だし、いつか何かあったときに助け合えるかもしれないし、普通に話すのもそれはそれで楽しいかもしれないし」

唯夏《ゆいか》の顔が前に戻った。

答えは再び歩き出しながら、届くか届かないかぐらいの声で小さく。

「……いいに決まってるでしょう」

「え？」

そこからは早口だった。

「平穏な生活のためには仕方のないことよ。同じクラスにいるのに、教室でまったく話をしないのは不自然だわ」

「そ、そっか。そうだよな。ありがとう」

彼女はもう答えない。歩いていく。少し速くなった気がする速度で歩いていく。

屋上のドアが開かれ、そして、いささか乱暴に閉められた。

何かに追い立てられるように、枇杷谷唯夏《びわたにゆいか》は階段を一足飛びに降りている。

眉を寄せた表情。頬には軽い朱。小さく口を尖《とが》らせるようにして、呟《つぶや》いた。

「………ばか」

その言葉を聞く者はどこにもいない。

†

ふう、と誰もいなくなった屋上に息を吐いたときだった。

「浮気《うわき》だ……」

「うわぁ！」

びっくりした。

いつからそこにいたのか、塔屋の上、給水タンクの置いてある場所から、シーナが顔の上半分だけを覗《のぞ》かせてじーっとジト目を向けてきていた。

「ち、違うぞ。浮気《うわき》じゃない。委員長と話してたのは状況確認というか、必要事項を確認する必要があったからで、別に危険とかもないと思ったし」

「あん？　危険？　まぁ今のお前なら、あのスライムもどきに襲われても速攻でやられるってことはないだろうけどさ」

周囲に誰もいないのを確認し、シーナは軽く飛び降りてきた。

それから——ずいと練介《れんすけ》に顔を近付ける。

「よし。あたしはまだるっこしいのはキライだ。とりあえずこれを見ろ」

「これ？」

シーナがスッと腹の下から取り出したのは薄い本だった。表紙には褐色で露出度の高い鎧《よろい》を着ていて健康的に腹筋の割れた、だがシーナとは違って角の生えている女キャラの姿が描かれており——

「うおおおおお!?」

なぜそれがここに!?　お宝エリアに厳重に保管していたはずだが！

焦《あせ》る練介《れんすけ》。本に伸びてきた手をさっと避けつつ、シーナは半眼で続けた。

「お前の部屋を漁《あさ》ってたら見つけてしまった。タイトルは……『オーガ女さんの力まかせな日常〜腹筋の下はいつも寂しげ〜』だと？　お前、本当はダークエルフじゃなくて、こいつらみたいな筋肉バカのほうが——」

「違う。それは違う。本当に違う」

マジで違う。ダークエルフが一番最高だと思っているのは昔も今も変わらず、しかしたまにはちょっとその派生っぽく外れたものでも買ってみるかと少し前に通販で手に入れて、それがなかなかよかったのでなんとなく保管していただけだ。系統としては同じで、近しい好みの先にあるものなのは認めるが、それはあくまでも延長線上にあるという話。根っこがどちらにあるかは誤解してもらいたくない。誤解されてはいけない。

練介《れんすけ》は人生一番の真剣さを込めた視線を真っ正面からシーナに向け、逃げも隠れもせず、両手で彼女の肩を摑《つか》んだ。その真剣さが伝わったか、彼女はこの手は避けなかった。

「シーナ。それについて大事なことを言っておきたい。俺は似たようなことを前にも言ったから、きっと信じてくれると思う」

「……なんだよ？」

視線の動きで本の表紙を示した。彼女がもう一度それを確認したのを見計らって。

一つ、ゆっくりと息を吸ってから――

「俺の中では、それは……角《ツノ》ダークエルフだ」

数分後。

ひとしきり腹を押さえて屋上を転げ回っていたシーナが、ぷるぷると震えながらようやく立ち上がった。ああハラ痛ぇ、と涙の浮いた目を自分の指で拭っている。

「まったく。いくらなんでも人のプライベートなところを漁《あさ》るのは礼儀的にどうかと思うぞ」

シーナから回収した本を制服の下にしまい込みつつ、練介《れんすけ》は言った。これを教室に持って帰りたくはない。一旦どこかに隠しておくべきか。

「あはは、いやー、ごめんごめん、ついさ。怒った?」

「別に怒ってはないけど。俺はダークエルフが好きだ、っていう真実がより一層シーナに伝わったとすれば、むしろいい機会だったかもしれないな」

「ぷひっ……ちょっ、真顔でまた面白いこと言うの止めろよ! 今は弱ってるぞあたし!」

「真実だからな」

「……くくくっ……くそっ……」

また噴き出して笑い始めるシーナ。練介《れんすけ》も微笑《ほほえ》んでそれを見つめた。

楽しそうな彼女の姿を見るのは、本当に精神安定上よいことだった。問答無用で幸せな気分になれる。

これさえあれば、これからどんな未来が待っていようが幸福にお釣りが来る、と思えた。

——これからの未来。

——先程別れた唯夏《ゆいか》が発した、一つの問い。

言うまでもなく、練介《れんすけ》も考えていたことだった。

彼女は向こうの世界で滅んだ種族を蘇《よみがえ》らせるべく、この世界に来て戦っている。そのルールを神らしき何かに与えられている。では仮に、彼女が戦って勝ち続けて、全ての根源魔力を手に入れ、神が勝者だと認めるようになったとき。

ダークエルフという種族はどこに復活するのだろう？

——可能性が高いのは、無論、この地球だ。だからこそ来ているとしか思えない。

たとえば、彼女だけではない、種族としてのダークエルフが地球に現れたとする。王国のようなものを作るのでも、世界に散らばるのでもいい。

彼ら彼女らは、明確に、この世界に対する敵となるだろう。

暗霊魔術《スピリットマジック》。シーナが森で言ったとおりだ。最新鋭の技術の粋を尽くして作られたRV《リボルヴ》であろうとも、それに対する備えはまったくない。魔術という新しい概念に対して、人はあまりにも無防備だ。戦争が起こるかもしれないし、人がたくさん死ぬかもしれないし、最悪の場合は絶滅してしまうかもしれない。この地球という星がダークエルフという種族に乗っ取られてしまうことだってないとは言えないのだ。

だから唯夏《ゆいか》は聞いてきたのだった。いいのか？　と。


「——」


練介《れんすけ》の答えは変わらない。

シーナの顔を見ながら、覚悟はしているさ、と胸中で唱えた。

「はー、笑ったら喉が渇いてきた」

「水飲むか？」

「それは練介《れんすけ》のぶんだろ。ここにはポスニキロの卵ドリンク……じゃないや、タピオカミルクティー？　売ってないんだっけ。外に買いに行こうぜー」

なあなあ行こーよー、と妙に可愛《かわい》らしくおねだりをしてくる。

練介《れんすけ》はふっと頬を緩めた。

これまでは絶対にしなかったことだが、今ならいいかもしれない。

「よし。じゃあ午後の授業はサボって外に行くか」

「マジで!?　話せるゥ！」

「正直、この本を学校で持っておきたくはないってのも理由の一つだけどな。軽く家に寄ってポストにでも突っ込んどこう」

そうだ。

彼女と一緒なら、何をすることになっても大丈夫だ。

いずれ世界の敵になろうとも。

普通の人間の世界に二度と戻れなくとも。

他でもない、朝倉練介《あさくられんすけ》という自分をありのままに映してくれるその瞳と、見ているだけで幸せになるようなその笑顔があれば。

きっと自分はどこまでも進んでいける。

共に悪の存在としての道を歩んでいける。

未来を想像した。ここから始まる物語を夢想した。

普通の世界から零《こぼ》れ落《お》ちた男が、彼女《ダークエルフ》が好きだというただそれだけで元の世界を滅ぼし、
虐《しいた》げられていた者たちに新しい居場所を作る手伝いをする。

これはそんな、どうしようもなく身勝手なお話。

大袈裟《おおげさ》に言うならば、大それた神話で――黙示録《アポカリプス》だ。


じゃあ早く行こうぜ、と嬉《うれ》しそうに身を翻《ひるがえ》すシーナ。

ふわりと跳ねた髪が昼休みの陽光を反射して煌《きら》めき、練介《れんすけ》の目を眩《まばゆ》く細めさせる。

どうしてか、涙が零《こぼ》れそうになった。

あとがき

お久しぶりです、水瀬《みなせ》です。

昨今はありがたいことにゲームのシナリオのお仕事やらアニメの脚本のお仕事やら色々やらせてもらっておりまして、生活としてはそれで成り立ってしまっているわけですが、そんな中『自分はなぜ小説を書くのか』という基本に立ち返ってみた結果生まれたのが本作であります。

結局のところね、やっぱ「自分の小説なんだから自分が好きなもの書くしかないよなー」という感じになったのですよ。まあ今までもやってきたことですけど。で、それを考えていくと、別に自分の趣味というか性癖が十年前と比べて激変してるとかではないので、わりと根本的な部分で「これ昔もやったような」というのが発生してしまうわけで……今回は、まあそれもいいか、とある意味開き直ってみた次第です。

それは逆に言えば、この小説を書くことで『自分はこれが好きだ』という気持ちをリブートしようということでした。自分の創作の芯になるもの。ぼうっと日々を過ごしているうちに見失いそうになっていたもの。

ほとんどの人はご存じないかもですが、かつて『ぼくと魔女式アポカリプス』という作品を書きました（今は電子版で読めます）。自分の作家人生でおそらく最も純度の高い『これが好き』を詰め込んだ作品です。その甲斐《かい》あってか、妙に業界人ウケがよかったり熱狂的に好きになってくれる読者の方がいたりしましたが、デビューしたばかりで色々若かったからでしょうし自分の性癖もニッチすぎたからでしょう、三巻でストップがかかってしまいました。

しかし好きをリブートした作品を書こうとするなら、あれを避けては通れない。なので避けずに被《かぶ》せることにしました。令和の時代の今だからこそ書ける少年と少女の黙示録《アポカリプス》を、と。

そういう意味合いを込めて、今作は少しだけそのエッセンスを意識的に加えて構築しております。設定が繋《つな》がっているのか単語が同じだけなのかは、はたして……。とはいえ全然今作のお話には関係ないフレーバー的なところなので未読の方もご安心ください。


そんな前置きはさておいて中身の話。ダークエルフですよダークエルフ！　世のダークエルフ好きに届け！　ここに集まってくれ！　というストレートな速球ですが、もちろん褐色好き、日焼け好き、怖いように見えて実はオタクくんに優しい黒ギャル女子高生好き、みんなに楽しんでいただけたら幸いです。だってそれらもある意味ではダークエルフだし。ダークエルフの可能性は無限だ。

別に好きじゃないけどなんとなく手に取ってみた、という読者さんもまた素晴らしい。この本でダークエルフの良さに気付いてもらうのも目標の一つです。どうぞ。元々好きだった人もこの本で気付いてくれた人も、また別のお友達にこの本を使ってダークエルフの良さを布教してもらえれば……世界はダークエルフの輪に包まれる……さいこう……。

そしてそれも不可能ではないと思わせてくれる素晴らしいイラストを描いていただきましたコダマさんにこの場を借りて大感謝を！　表紙が担当さんから送られてきた瞬間に速攻でメインPCの壁紙に設定しました。仕事中もずっとこのシーナに笑いかけてもらいたい……。

また珍しく（というか初めて）作品にメカ的なものが出るためお願いしたメカデザインの黒《くろ》銀《ぎん》さんにもお礼申し上げます。ファンタジーと現代モノが融合する作品なので、ロボロボしすぎず鎧《よろい》騎士っぽさもあるといいよね……みたいなオーダーを見事にクールな形にしていただきました！　またエオルゼアで一緒に冒険しましょう。

担当編集の阿南《あなん》様、執筆ペースが遅かったり書き直しがあったりして諸々《もろもろ》ご迷惑をおかけしました。今後ともよろしくお願いします。その他デザイナーさんや校閲さん、この本の出版に関わってくださいました全ての方々にも――ありがとうございました！

これを書いている2020年7月現在、世界はまだまだ大変な状況ですが、心の健康維持や気晴らし、ダークエルフ欲の充足等、この本が少しでも皆様の助けになれば幸いです。

水瀬葉月《はづき》

◉水瀬葉月著作リスト

「結界師のフーガ1〜3」（電撃文庫）
「ぼくと魔女式アポカリプス1〜3」（同）
「C^3 ―シーキューブ― I〜XVII」（同）
「藍坂素敵な症候群1〜3」（同）
「鮎原夜波はよく濡れる1〜2」（同）
「課外活動サバイバルメソッド1〜3」（同）
「悪逆騎士団I〜II　そのエルフ、凶暴につき」（同）
「モンスターになった俺がクラスメイトの女騎士を剥くVR」（同）
「ダークエルフの森となれ　―現代転生戦争―」（同）

本書に対するご意見、ご感想をお寄せください。

ファンレターあて先
〒102-8177　東京都千代田区富士見2-13-3
電撃文庫編集部
「水瀬葉月先生」係
「コダマ先生」係
「黒銀先生」係

本書は書き下ろしです。

電撃文庫

ダークエルフの森《もり》となれ
－現代転生戦争《げんだいてんせいせんそう》－

水瀬葉月《みなせはづき》

2020年８月７日　初版発行

発行者　青柳昌行
発行　株式会社KADOKAWA
〒102-8177　東京都千代田区富士見2-13-3
0570-002-301（ナビダイヤル）
装丁者　荻窪裕司（META＋MANIERA）
印刷　株式会社暁印刷
製本　株式会社ビルディング・ブックセンター

●お問い合わせ
https://www.kadokawa.co.jp/（「お問い合わせ」へお進みください）
※内容によっては、お答えできない場合があります。
※サポートは日本国内のみとさせていただきます。
※ Japanese text only
※定価はカバーに表示してあります。

ISBN978-4-04-913274-8　C0193　Printed in Japan

電撃文庫　https://dengekibunko.jp/

電撃文庫創刊に際して

文庫は、我が国にとどまらず、世界の書籍の流れのなかで〝小さな巨人〟としての地位を築いてきた。古今東西の名著を、廉価で手に入りやすい形で提供してきたからこそ、人は文庫を自分の師として、また青春の想い出として、語りついできたのである。

その源を、文化的にはドイツのレクラム文庫に求めるにせよ、規模の上でイギリスのペンギンブックスに求めるにせよ、いま文庫は知識人の層の多様化に従って、ますますその意義を大きくしていると言ってよい。

文庫出版の意味するものは、激動の現代のみならず将来にわたって、大きくなることはあっても、小さくなることはないだろう。

「電撃文庫」は、そのように多様化した対象に応え、歴史に耐えうる作品を収録するのはもちろん、新しい世紀を迎えるにあたって、既成の枠をこえる新鮮で強烈なアイ・オープナーたりたい。

その特異さ故に、この存在は、かつて文庫がはじめて出版世界に登場したときと、同じ戸惑いを読書人に与えるかもしれない。

しかし、〈Changing Times,Changing Publishing〉時代は変わって、出版も変わる。時を重ねるなかで、精神の糧として、心の一隅を占めるものとして、次なる文化の担い手の若者たちに確かな評価を得られると信じて、ここに「電撃文庫」を出版する。

1993年6月10日
角川歴彦

電撃文庫DIGEST　8月の新刊

発売日2020年8月7日

はたらく魔王さま!21

【著】和ケ原聡司　【イラスト】029

エンテ・イスラの人間世界をまとめ切り、魔王城を打ち上げた真奥達。果たして神討ちは成るのか。成ったとして真奥、恵美、千穂、芦屋、漆原、鈴乃、そしてアラス・ラムス達の生活は続くのか。感動の完結!!

ストライク・ザ・ブラッド22
暁の凱旋

【著】三雲岳斗　【イラスト】マニャ子

眷獣弾頭の脅威に対抗するため、日本政府は雪菜に絃神島の破壊を命じる。一方、孤立した絃神島を救うべく、天部との交渉に挑む古城の真の目的とは——!?　本編ついに完結!!

とある魔術の禁書目録《インデックス》外典書庫②

【著】鎌池和馬　【イラスト】はいむらきよたか、冬川 基

鎌池和馬デビュー15周年を記念して、超貴重な特典小説を電撃文庫化。第2弾では科学サイドにスポットを当て『学芸都市編』『能力実演旅行編』『コールドゲーム』を収録!

豚のレバーは加熱しろ(2回目)

【著】逆井卓馬　【イラスト】遠坂あさぎ

メステリアの地に再び豚として転生!　俺を「くそどーてーさん」と呼ぶロリッ子イェスマのセレスたんとともに、王朝に反旗を翻す勢力の動乱に飛び込んでいく。もう一度、ジェスに会いたい。そんな想いを胸に秘めながら。

Re:スタート!転生新選組2

【著】春日みかげ　【イラスト】葉山えいし

未来から転生してきたことを土方さんに打ち明け、恋人同士になった俺。しかし、死に戻りの能力を失ってしまうことに。もう失敗は許されない中、新選組崩壊阻止の鍵を握る坂本さんの暗殺を阻止しようとするのだが——?

あの日、神様に願ったことはⅢ
beginning of journey
under the bright blue sky

【著】葉月 文　【イラスト】フライ

一学期の終業式に、後輩の高峰瑠璃が家出した。"本当の父親"を探す瑠璃だが、試練のため時間の経過とともに幼児退行してしまい……!?　——これは、叶羽と彼女ふたりだけの、ひと夏の逃避行。

新作 ダークエルフの森となれ
-現代転生戦争-

【著】水瀬葉月　【イラスト】コダマ
【メカデザイン】黒銀

異世界から現代に転生しという黒ギャルJK染みた格好のダークエルフ・シーナ。彼女と運命的な出会いを果たした練介は、ダークエルフの眷属として魔術種の生き残りをかけたバトルロイヤルに参加することになったが……。

新作 さいはての終末ガールズパッカー

【著】藻野多摩夫　【イラスト】みきさい

——レミ。私、もうすぐ死んじゃうんだ。　自動人形のリーナは人形技師の少女・レミと出会う。太陽が燃え尽きようとしている世界で、壊れかけたリーナを直すため、二人は《楽園》を目指し凍えた終末の雪原を旅する。

新作 せかいは今日も冬眠中!

【著】石崎とも　【イラスト】巻羊

世界寒冷化を食い止めるため研究機関に入学したササ。彼女がメンバーに選ばれたのは世界を救う希望、ケモ耳の妖精さん・シムを増やす研究だった!　けれど、自由気ままな彼らに振り回され、研究は大混迷——!?

新作 異世界よ、俺が無敵の吸血鬼だ!
～夜のハーレム性活は計画的に～

【著】猪野志士　【イラスト】イコモチ

異世界に召喚されてしまう吸血鬼・栄一郎。人間と魔物が争う中、チートな能力をもつ吸血鬼として、次々と少女たちを従属させながら、第三勢力として暴れまくる!　笑いとエロが交錯する異世界生活、うらやましいぞ!

新作 落第《ポンコツ》魔術師を伝説にするまでの果てなき英雄譚《クロニクル》

【著】榎本快晴　【イラスト】林けゐ

遺跡で拾った杖に導かれ、盗賊アランは過去の時代にタイムスリップ。世界を救う予定の大英雄を捜し出し、恩を売ろうとするが……肝心の少女はポンコツだった!?　英雄未満を伝説にすべく奮闘する果てなき英雄譚!

二月 公
イラスト／さばみぞれ
声優ラジオのウラオモテ
#01 夕陽とやすみは隠しきれない？
オモテは元気＆清楚なアイドル声優／
ウラはギャル＆根暗地味子な女子高生!?
プロ根性で世界をダマせ！
バレたらアウトの声優ラジオ
Now On Air!!
第26回
電撃小説大賞
大賞
受賞
電撃文庫

豚になった俺が、
異世界で美少女と
いちゃラブ(!?)する
ファンタジー
逆井卓馬
Author: TAKUMA SAKAI
[イラスト] 遠坂あさぎ
Illustrator: ASAGI TOHSAKA
純真な美少女にお世話される生活。う〜ん豚でいるのも悪くないな。だがどうやら彼女は常に命を狙われる危険な宿命を負っているらしい。
よろしい、魔法もスキルもないけれど、俺がジェスを救ってやる。運命を共にする俺たちのブヒブヒな大冒険が始まる！
豚のレバーは加熱しろ
Heat the pig liver
the story of a man turned into a pig.
電撃文庫

最強の聖仙、復活!!
クソッタレな世界をぶち壊す!!
少女願うに、
この世界は
壊すべき
桃源郷崩落
「世界の破壊」
それが人と妖魔に虐げられた少女かがりの願い。
最強の聖仙の力を宿す彩紀は
少女の願いに呼応して、千年の眠りから目を覚ます
世界にはびこる悪鬼を、悲劇を打ち砕く
痛快バトルファンタジー開幕!
小林湖底
ILLUST ろるあ
Should
BREAK IT
電撃文庫